土族《格萨尔》翻译系列丛书

大战魔王部

第一册

王永福　说唱
王国明　搜集整理

上海古籍出版社

本书得到

中央高校基本科研业务费资助，项目编号：1001860539

国家社科基金项目：土族《格萨尔》创世神话研究，
项目编号：19BZW183

资金资助

前　　言

《格萨尔》是我国藏族人民创作的一部伟大的英雄史诗,它全面地反映和记述了古代藏族社会的民族关系、语言、宗教、民俗、政治、经济、军事、历史、地理、神话、传说等等,内容博大精深,被列为世界著名史诗之一。它的流布很广,对周边兄弟民族产生过重大影响,并且在流传过程中与其他民族的社会生活和传统文化相交融,形成了不同民族文化特质的《格萨尔》。土族《格萨尔》就是在藏族《格萨尔》的深刻影响下产生的一部以韵散体形式说唱的长篇史诗。

"土族《格萨尔》说唱"于 2005 年被列入"甘肃省非物质文化遗产名录",2006 年 6 月被列入"第一批国家级非物质文化遗产保护名录",2009 年再次被列入"联合国教科文组织世界人类非物质文化遗产保护名录"。

在国家力量的支持下,土族《格萨尔》的抢救、整理、翻译和研究工作已经有序地展开,计划出版以下三套系列丛书。

1. 资料系列丛书

由于历史上形成的土族只有语言没有文字及与藏民族的长期深入的交往等原因,造成了土族《格萨尔》具有独特的说唱形式和内容。在说唱时,用藏语咏唱其韵文部分,韵律与行序都没有限制。然后,用土族语进行解释,但这种解释并非原文原样地照释藏语唱词,而是在解释藏语唱词的同时,又加述了许多具有土族古老文化特质的新的内容,起到了承上启下的作用。针对这一情况,笔者在整理土族《格萨尔》时,采用了国际音标记音的方法,将其完整、科学地记录,然后,用藏文和汉文对其唱词进行对译。土族只有语言而没有本民族文字,对土族语叙述的部分,先用国际音标记音,再用汉文逐词逐句地进行对译,最后再把藏语和土族语统一翻译成汉文。

这套资料系列丛书包括《虚空部》《创世部》《神子下凡部》《安邦兴国部》《大战魔王部 1—4》《超同之死部》《大战里域部 1—6》等共计 30 部，每部字数约在 120 万字。

2. 翻译系列丛书

这套翻译系列丛书是在土族《格萨尔》说唱原著的基础上翻译完成的，包括：《虚空部》《创世部》《神子下凡部》《安邦兴国部》《大战魔王部 1—4》《超同之死部》《大战里域部 1—6》等共计 25 部，每部约在 25 万字。等将来条件成熟时将它翻译成英、法、日、俄等国文字出版。

3. 研究系列丛书

这套系列丛书是在原著整理和翻译的基础上对土族《格萨尔》进行的研究，内容包括《土族的融合与形成》《鲜卑的起源与发展》《土族〈格萨尔〉语言研究》《土族〈格萨尔〉宗教研究》《土族〈格萨尔〉民俗研究》《土族〈格萨尔〉音乐研究》《土族〈格萨尔〉军事研究》《土族〈格萨尔〉地理研究》《土族〈格萨尔〉人物研究》《土族〈格萨尔〉研究》等总计 10 部，每部字数约在 25 万字以上。

本书是翻译系列丛书中的一本，也和土族《格萨尔》一样，是新启动的一项工程，笔者计划将土族《格萨尔》的搜集、整理、翻译和研究工作同时开展起来，使这部原生态的民间文学巨著得到理论的提升和滋养，以便使更多的人了解土族《格萨尔》的历史价值。我坚信在文化和旅游部、财政部、甘肃省文化和旅游厅、西北民族大学等各级领导的支持下，我们一定会将土族《格萨尔》的所有部本顺利完成并出版。同时，我也相信这三套系列丛书全部出版之日，《格萨尔》的研究也将进入一个崭新的时代。

王国明

2022 年 3 月于西北民族大学

内容梗概

　　格萨尔通过赛马称王后，没过多少年，阿朗部落日趋强盛，人们的生活安定幸福。阿朗部落的发展使得阿古加党日日难熬，夜夜无眠，总想着要对格萨尔进行肆意报复。突然有一天，他找到了他的旧部将领贡宝恰朗前来商议。贡宝恰朗因为是他的旧部将领，不得不听他的召唤，于是按他的吩咐，找来了阿古加党旧部五位将领进行商议。经过一番讨论之后，阿古加党不听劝阻，一意孤行。将个人的城池及民众事宜都交给其他四位将领之后，便带着阿卡达吉离开了城堡，直奔魔部而去。他们历经艰辛走过了茫茫的戈壁滩，又翻山越岭来到了茂密的原始森林，路途遥远，寸步难行，处处遇到妖魔和鬼怪、豺狼和虎豹。不知过了多久，他们终于来到了魔部，见到了魔王。阿古加党用贱人的嘴脸、懒人的惰性、损人的肚肠、毒人的恶性和三寸不烂之舌，说服魔王说："现如今的阿朗部已经不是过去的阿朗部，自从格萨尔称王之后，阿朗部已经强大无比，他的坐骑足够踏碎你的脑袋，他的烈狗足以咬断你的脖子，这一切都已经成为你强大的对手。还有他的妃子珠牡，美若天仙，无与伦比，他格萨尔不配拥有这一切，只有能力强大无比的魔王您才适合拥有这一切！"阿古加党说完这些话，酒足饭饱之后，揉着肥大的肚皮，得意洋洋地离开了魔部。之后，格萨尔王为了备战魔王，任命齐项丹玛为总统帅，历尽艰辛，初次建立阿朗部一万三千人的作战部队。

目　录

第一章

格萨尔称王国富民强
阿古加党欲勾结报复

　　按照阿朗部在赛马称王之前的约定,谁能在赛马会上拔得头筹,谁就是阿朗部的首领。在阿朗部举行了盛大的赛马大会之后,格萨尔一举夺冠。格萨尔就顺理成章地成为阿朗部落的首领。

　　阿朗部落日趋强盛,人们的生活安定幸福。阿朗部落的发展使得阿古加党日日难熬,夜夜无眠,总想着要对格萨尔王进行肆意报复。他找到了他的五位旧部将领进行商议。

第一节　心生不满施诡计

就在这时,阿古加党对他的旧部阿卡阿朗说道:

> 阿卡阿朗请你听,
> 请你听呀我来说!
> 最近不知是何因,
> 双眼又跳手又痒。
> 辗转反侧难入眠,
> 就连睡觉不安稳。
> 明天早晨天亮时,
> 请你备马就出发。
> 你去上部跑一趟,
> 去把那位老将请。
> 你去中部跑一趟,
> 去把那位老将请。
> 你去下部跑一趟,
> 去把那位老将请。
> 邀请老将有五人,
> 请来我有话要说。
> 我有要事赴魔部,
> 不去魔部心不安。

阿古加党对阿卡阿朗说道:"阿卡阿朗请你听,请你听呀我来说! 我最近不知道怎么了? 两只眼睛都在跳个不停,我的手掌也奇痒难耐,就连晚上睡觉也不安稳,经常到了半夜就会惊醒,醒来后全身大汗淋漓。明天早晨天亮之后你就去一趟上部、中部和下部,把那里的五位老将领请到这里来,把他们请来之后我有话要对他们说。近期我一定要去一趟魔王部落,那边有很重要的事要去办!"阿卡阿朗听了阿古加党的这番话之后说道:

> 阿古加党请您听,
> 请您听呀我来说!
> 您是朗部老首领,
> 您说这话我相信。
> 人若白天有心事,
> 夜里定会难入眠。
> 今天让我去下部,
> 明天黎明就出发。
> 格萨尔王已称王,
> 阿朗部落好生活。
> 不愁吃来不愁穿,
> 安居乐业民心安。
> 六畜兴旺百业兴,
> 物阜年丰人气旺。

　　阿卡阿朗听了阿古加党的这番话之后对他说道:"阿古加党请您听,请您听呀我来说! 您是我们阿朗部的老首领,您的心情我十分理解,我们每个人都是一样的,每当白天遇到什么不顺心或者不理解的事,到了晚上就会做噩梦,睡不安稳,时常还会半夜惊醒。现如今您有这样的问题,我也能理解。在格萨尔称王之前,民众的生活怎么样? 这您是知道的,可现如今格萨尔称王之后,阿朗部的民众刚刚过上了好日子,大家不愁吃、不愁穿,民众安居乐业,六畜兴旺,物阜年丰。民众过上这样的日子没几天,您却要去魔王那里,我不知道您是怎么想的?既然您已经决定了,那我明天早晨就按您的吩咐,去把他们五位老将领请来,到时候我们坐在一起来分析分析吧!"

阿古加党听了阿卡阿朗的这番话之后,又觉得身上痒痒的,说道:"呀,您阿卡阿朗说的话千真万确。现如今我们阿朗部有吃有穿,也成功地举办了赛马大会,所有事宜都已经办妥了。但是,格萨尔永远都是我的对手,是我的敌人。虽然我们阿朗部百业待兴,但我有一件很重要的事需要去一趟魔部,我最近心脏跳得厉害,眼睛也跳,手也痒,夜不能寐都是有原因的,这件事你们是不会明白的!无论如何,魔王部落我是一定要去的!你明天早晨天亮时分就去把那五位老将领请到我这里来,我有话要说!"

阿卡阿朗听后又说道:

> 阿古加党请您听,
> 请您听呀我来说!
> 朗部生活很幸福,
> 自由自在好时光。
> 安居乐业民心安,
> 没有必要生事端。
> 阿古加党是非多,
> 安稳日子你不过。
> 光明大道你不走,
> 羊肠小道非得去。
> 幸福之地你不待,
> 害人害己偏要做。

如今朗部好生活，
不愁吃来不愁穿。
若赴魔部是大事，
我看定是牟私利。
明天早晨天亮时，
五位将领都叫来。

阿卡阿朗对阿古加党说道："阿古加党请您听，请你听呀我来说！现如今我们阿朗部民众的生活幸福美满，吃有吃的，喝有喝的，穿有穿的，用有用的，什么都不缺，就您阿古加党是非多，一会儿您说心跳，一会儿您说眼睛跳，一会儿您说睡不安稳，一会儿您又说手痒痒，您到底怎样才能舒服？既然您今天给我安排了这件事，我不能不听您的吩咐，明天早晨天亮时我就出发去请那几位老将领，等我们聚齐之后您有什么要说的您就说吧！在我看来您安稳地过日子，这是比较稳妥的做法呀！"

阿古加党接着对阿卡阿朗说道：

阿卡阿朗请你听，
请你听呀我来说！
我的心事你不懂，
我意已决去魔部。
明天早晨天亮时，
你去唤那五将领。
唤来我有很多话，
要对你们说明白。

阿古加党接着说道："阿卡阿朗请你听，请你听呀我来说！我的心里想什么你们是不会明白的，你们也不会懂的。去魔部的事，我意已决。明天早晨天刚刚亮时，你就去把五位将领都叫来，我有很多话要交代！"

阿卡阿朗听了阿古加党的这番话之后，他看到了阿古加党狰狞的目光和充满仇恨的眼神，同时也看到了他嘴角微微上翘的胡须不时地在颤抖。此时此刻他感觉到自己再说什么都是白费口舌，苍白无力，再说多少好话他都不会听进去了。于是，他告别了阿古加党，向着自家走去。

当他回到家时，天色已晚。他将马匹赶进马厩，喂了草料，而后敲开大门进了家门，看见妻子蜷缩在火灶旁已经睡着了，他赶紧叫醒妻子后对她说道：

爱人爱人请你听，
请你听呀我来说！
有人请我去他家，
他的名字叫加党。
加党说了他心事，
他的心事不一般。
最近不知是何因，
双眼又跳手又痒。
辗转反侧难入眠，
怕是朗部生事端。
加党这人不可靠，
诡计多端是非多。
明天早晨天亮时，
请你熬茶把饭做。
吃完早饭把马牵，

牵马来呀把鞍备。

阿卡阿朗回到家之后,对妻子说道:"爱人爱人请你听,请你听呀我来说! 今天有人请我去了他家,这人的名字就叫阿古加党。阿古加党说了不少他的心事,我听了他的心事之后,觉得他的心事不一般,就赶紧回来了! 现如今我们阿朗部民众的生活幸福又美满,不愁吃不愁穿的,他放着安稳的日子不过,非要去魔部,他还说最近不知道是什么原因,每天两只眼睛又跳手又痒,辗转反侧无法入眠,看这个怕是我们阿朗部又要生事端,民众要遭殃。阿古加党这人不可靠,诡计多端是非多。但他是我们的老首领,既然他这么说了,我也不得不听他的话,明天早晨天亮时,你就熬上茶,再把早饭做好,我吃完早饭之后,备上马鞍我就出发去下部。"

阿卡阿朗的妻子在睡眼蒙眬中醒来,听了他的这番话之后说道:

阿卡阿朗请你听,
请你听呀我来说!
你的话语没有错,
说得全是大实话。
他在位时人遭殃,
民不聊生没活路。
牛羊牲畜没一只,
老婆孩子饿肚子。
民众炒面没一口,
家家户户熄炉灶。
朗部赛马又称王,
民众生活大变样。

> 加党这人不可靠，
> 诡计多端是非多。
> 毛毛细雨湿衣裳，
> 小事不防上大当。
> 明天早晨天亮时，
> 我就熬茶把饭做。
> 吃完早饭把马牵，
> 牵马来呀把鞍备。
> 明天早晨去下部，
> 快去快回平安归。

　　阿卡阿朗的妻子听了之后说道："阿卡阿朗请你听，请你听呀我来说！你说的话一点也没有错，你说的全是大实话。在他当首领时，民众生活极其贫困，大家连一口炒面都没有，大人孩子没饭吃，时常饿着肚子去干活，我们大家都变成了乞丐。自从格萨尔赛马称王之后，我们的生活越来越好，可是坏人却容不下格萨尔。阿古加党这种人的确不可靠，他的嘴里没有一句实话，他不但诡计多端，而且是非还多，他这种人你要敬而远之。明天早晨天亮时，我就给你熬茶做饭。你要去请那五位老将领，不但路途遥远，道路还不好走，出发前你要备上足够的炒面，穿上暖和的衣服和靴子，吃完早饭之后我把你的赤兔马牵来，给马备好鞍，然后你就出发吧，记得平安归来！"

　　阿卡阿朗听后说道：

> 爱人爱人请你听，
> 请你听呀我来说！
> 你的话语无过错，

　　你的话语都在理。

　　明天早晨天亮时，

　　你在锅里熬上茶。

　　吃过早饭去备马，

　　骑上我的赤兔马。

　　我骑马儿就出发，

　　去把老将他们叫。

　　要去那里不一般，

　　路途遥远又艰辛。

　　阿卡阿朗听后对妻子说道："爱人爱人请你听，请你听呀我来说！你说的话一点也没有错，你说的话都是千真万确的，你一句话说到我的心坎里了。明天早晨天蒙蒙亮时，你在锅里熬上香甜的奶茶，我吃过早饭之后就去备马，然后骑上我的赤兔马就出发。这次我去把这些老将领都请到这里来，这是老首领的旨意，我不能违抗。这次去那里非同一般，路途遥远不说，我还要吃得苦中苦才能把这件事做好，我既然答应了，就不能不讲信用，再辛苦再艰难也要完成。"

第二节　阿卡阿朗寻将领

　　到了第二天早晨，天刚刚蒙蒙亮，妻子熬好了茶，叫来阿卡阿朗吃了一顿香甜的早餐，又牵来了他的赤兔马，备好马鞍后，阿卡阿朗骑着马出发了。

　　骑马那边走去时，

遥望那边那片地。
看到那边雾朦胧，
无限沙尘在飞扬。
眼前朦胧一片黑，
沙尘飞扬是何因？
不知缘由不碍事，
快马加鞭急飞驰。
万恶深渊在前方，
如若松懈事难成。
如此这般没多久，
再看那边那疆域。
沙尘飞扬难阻挡，
黑尘翻滚来这边。
如此险恶是何因？
是吉是凶尚不知。
策马扬鞭扶马背，
匍匐沙尘疾驰过。
马蹄踔踔飞沙扬，
嘶声震震耳欲聋。
如此险境事难料，
堪似万马赴杀场。
看此境况不一般，
定是凶险不吉祥！
沙尘飞扬定是凶，
如若吉兆无沙尘。
再往那边走去时，
一阵沙尘更凶险。

脚下道路难辨认，
奇怪奇怪真奇怪。
如此道路实难行，
万般艰辛不易行。
是何缘由成这般？
眼前吉凶实难料！

阿卡阿朗告别了妻子，只身一人骑着赤兔马，向着下部走去。当他来到了一片荒漠般的平原时，顿时从下方刮来一股大风。人走在大风中，每前进一步就倒退半步，前进两步就倒退一步。大风伴着沙尘，人走在沙尘中，睁不开眼睛，更迈不开步伐，迎面刮来的沙尘打得脸阵阵作痛。这时，他只好闭上眼睛，策马扬鞭，匍在马背上。这时他只听见马蹄一阵阵踩沙的声音，耳边不断地响起震耳欲聋的马的嘶鸣声和飞沙的敲击声。经过一番折腾之后，境况越来越凶险，于是，他下马说道：

勇敢马儿请你听，
请你听呀我来说！
眼前境况不一般，
沙尘飞扬很凶险。
脚下道路实难行，
要去何方难辨认。
眼下只好来下马，
此地下马煨桑烟。
煨桑祈求这沙尘，
祈求让我过此地。

于是，他下马之后，在黑暗中摸索着找到了一块较为平坦的地方，在那里煨起了一堆桑烟，磕着头，跪拜当地的土地神并面向四方磕头求饶，以此祈求和祷告在凶险的沙尘中开出一条路。他的祈求和祷告得到了当地的土地神和四方神圣的响应，不一会儿工夫，沙尘散尽，眼前顿时明亮了起来。

感谢土地四方神，
承蒙诸神沙散尽。
条条道路在眼前，
我骑马儿快上路。
此地遥望那下部，
隐约看见有人烟。
在那遥远下部地，
有人朝着这边来，
此人越走越亲近，
走着走着到眼前。
近前一看是老者，
便上前去问究竟。
老人老人请您听，
请您听呀我来说！
看您模样不一般，
请问您要去何方？

经过阿卡阿朗的祈求和祷告，沙尘立刻散尽。他骑着马儿向着下方走去，他没走多久，就看见有一个人从下方走来。此人走路速度很快，不一会儿就走到了阿卡阿朗的眼前。当他走到眼前时，阿卡阿朗才看清这是一位老者。于是，他就问老人道："老人老人请您听，请您听呀我来说！看您模样不一般，请问您要去何方？"

走过来的老者听后说道：

> 这位老人请您听，
> 请您听呀我来说！
> 我要去那上部地，
> 要去上部有要事。
> 我是朗部牧马人，
> 我的马群在上部。
> 我去寻找那马群，
> 不知如今在何方？
> 看您老人不一般，
> 您到此处是为何？

这位老人对阿卡阿朗说道："我是阿朗部的一位牧马人，我的马群就在上部那个大草原上，我还没有来得及去看我的马群，现如今也不知道它们在哪里？看您头发和胡须都变白了，看上去非同一般呀，您到这里来是干什么的？"

阿卡阿朗听了后说道：

> 这位老人请您听，
> 请您听呀我来说！
> 我从遥远上部来，
> 来到此处很艰难。
> 我来此处有要事，
> 是来此地找一人。
> 贡宝恰朗是他名，

恰罗爷爷认识否？

阿卡阿朗对牧马人说道："这位老人请您听，请您听呀我来说！我是从遥远上部来这里的，从我们上部来到此处路途遥远很不容易。我来这里是有重要的事要办理，是来寻找一位老人的。他的名字叫贡宝恰朗，恰罗爷爷您是否认识他？您若认识他，请给我指条路，我怎么也找不到他！"

这位牧马人听后对阿卡阿朗说道：

> 这位老人请您听，
> 请您听呀我来说！
> 请从此地去那边，
> 那里村落在围绕。
> 村落当中有白宅，
> 此宅大门很雄伟。
> 门前有棵檀香树，
> 枝干茂盛直冲天。
> 门前守卫是条狗，
> 黑色雄狗很勇猛。

牧马人对阿卡阿朗说道："这位老人请您听，请您听呀我来说！请您就从这里向那边走去，您会看见那里有许多个村落，村落中有不少的宅子。您去了以后，在诸多宅子中会看见一座白色的大宅子，此宅子的大门非常高大而且雄伟。门前种着枝干茂盛的檀香树，门前有一条凶猛的黑色大狗，那就是你要找的贡宝恰朗老爷的家。"

阿卡阿朗听了牧马老人的话，与他道别之后，又骑着马向着牧马老人指的方向走去。

骑着马儿去那边，
要去那边路难行。
遥望那边多村落，
村落当中有白宅。
白宅大门很雄伟，
此宅门前有棵树。
檀香大树是它名，
大树顶端落只鸟。
左顾右盼在鸣叫，
此鸟名称叫什么？
雄伟大门正东方，
门前有条大黑狗。
大门黑狗在把守，
此狗见人就吠叫。

　　阿卡阿朗来到白宅附近时就看见门前有棵檀香大树，树的尖端有一只鸟。于是，阿卡阿朗问坐骑道："马儿马儿请你听，门前看见一棵大树在那边，树枝上落了一只鸟，这只鸟的名字叫什么？"马儿听后回答道："阿卡阿朗请您听，这只鸟的名字叫喜嘉尕叉毛鸟，它看到我们来就开始叫了。"当阿卡阿朗走到大门口时，鸟在左顾右盼地叫着，大黑狗也在左转右扑地吠叫着。这时，阿卡阿朗说道："这座宅子是白色的宅子，宅子门口有棵大树，旁边还有条黑色发亮的大黑狗。按照牧马老人的描述，这座宅子应该就是贡宝恰朗的宅子。我现在就下马去敲大门，如果是贡宝恰朗的宅子，他就会出来开门的。"说完他下了马，向着大门走去。

阿卡阿朗拉着马快要走到大门口时,树上的鸟儿上蹿下跳叫个不停,门口的大黑狗看见阿卡阿朗后也在吠个不停,一个劲地扑向他们。这时,阿卡阿朗对大黑狗说道:

> 非同一般大黑狗,
> 请您听呀我来说!
> 我是上部一老者,
> 今日有事到此地。
> 贡宝恰朗是你主,
> 我要求见你主人。
> 现在祈求您黑狗,
> 能否禀报你主人?

阿卡阿朗到了门口,大黑狗不停地吠叫,于是阿卡阿朗对大黑狗说道:"非同一般的大黑狗呀,请您听呀我来说!我是从上部来的一位老人,我今日受人之托来到这里。贡宝恰朗老人是你的主人,我有十分重要的事要求见你的主人。现在我祈求您大黑狗别叫了,您现在能不能去给您的主人禀报一声?"说完,他又对着树上的喜嘉尕叉毛鸟说道:

> 喜嘉尕叉毛您听,
> 请您听呀我来说!
> 我从上部来此地,
> 今日有事要商量。
> 贡宝恰朗是你主,
> 而我求见你主人。
> 现在祈求您大鸟,

能否禀报你主人?

阿卡阿朗看见喜嘉尕叉毛鸟不停地在叫,阿卡阿朗对大鸟说道:"喜嘉尕叉毛请您听,请您听呀我来说! 我是从上部来的,我今日受人之托来到这里。贡宝恰朗老人是你的主人,我有很重要的事需要见你的主人。现在我祈求您大鸟别再叫了,可否去向您的主人禀告一下?"

大黑狗听了阿卡阿朗祈求的话语之后,对他说道:

> 非同一般的爷爷,
> 请您听呀我来说!
> 此处大门我把守,
> 若是来了陌生人,
> 不能随便来出入,
> 进出必须要禀报。

大黑狗对阿卡阿朗说道:"非同一般的老爷爷,请您听呀我来说! 我遵循宅子主人的吩咐守卫大门,不能让陌生人随随便便地出入,这是我主人的嘱咐。今天看到您是一位老人,又再三恳求的份上,我就去禀告我的主人,等他来了之后,您有什么需要告知的话您自己表明!"说完,大黑狗就用不同的吠叫声呼唤着主人。这时,树上的大鸟也对阿卡阿朗说道:"呀! 看您的模样非同一般,您的头发和胡须都已经花白了,看样子非同一般,今天您来到这里又再三地央求,我也同意您去见我的主人。我现在就请他,他能不能出来见你,我也不好说呀!"说完,大鸟也用悦耳动听的声音和语调唱起了呼唤主人的歌。

大黑狗和大鸟用不同的语调对着大门唱道:

> 恰朗爷爷请您听，
> 请您听呀我来说！
> 上部老者来这里，
> 他有要事要商议。
> 为此缘由要见您，
> 请您出来面见他！

贡宝恰朗老人听到了大黑狗的吠叫声和喜嘉尕叉毛鸟的叫声后，急急忙忙地来到了门口。当他打开大门后看见门口有一位白胡须的老人，牵着赤兔马站在门口。贡宝恰朗老人连忙说道：

> 非凡老者请您听，
> 请您听呀我来说！
> 老人不知何方人？
> 不知您要去哪里？
> 今日来我白宅处，
> 不知来此有何事？
> 您来定是有要事，
> 如若无事不会来！

贡宝恰朗对阿卡阿朗说道："非同一般的老爷爷请您听，请您听呀我来说！您老人家是从上部来的吗？我怎么从来也没有见过您呀？也不知道您是要去哪里？您今天既然来到我的白宅子敲门，您这般年纪还来我的白宅子，您肯定有十分重要的事要商量吧？如果不是这样的话您是不会来的！现在您有事就在这里告诉我，白宅里面是不会让任何人进出的！"

阿卡阿朗听了他的这番话之后，说道：

非凡老者请您听，

请您听呀我来说！

我有要事来告知，

如若无事我不来。

之前加党召见我，

心事重重难忍受。

自从赛马称王后，

全身顿觉不舒服。

最近不知是何因，

双眼又跳手又痒。

辗转反侧难入眠，

就连睡觉不安稳。

我受加党的吩咐，

前来叫您去见他，

让我叫齐五老将，

他有要事需商议。

　　阿卡阿朗对贡宝恰朗说道："非凡老者请您听，请您听呀我来说！呀，您就是大名鼎鼎的贡宝恰朗吧！我是从上部来的阿卡阿朗。您看上去的确非同一般，头发花白眼不花，胡须变白耳不聋，年龄虽大思维敏捷。今天我来不是为私事，而是阿古加党派我来找您的。不一般的老人请您听呀我来说！我有十分重要的事要告知，如若没有大事我不会来。在我来找您之前，阿古加党召见了我。他说自从赛马称王之后，格萨尔得了第一名，从此格萨尔成了阿朗部的首领。自从格萨尔当了首领之后，阿朗部落发生了翻天覆地的变化，人民安居乐业，阿朗部的民众喜欢他、拥戴他。现如今阿古加党心事重重难以忍受，他全身的肌肉都觉得不舒服了。

他还说最近不知是怎么了，双眼又跳手又痒，每天辗转反侧无法入眠，就连睡觉都睡不安稳。我受阿古加党的吩咐和委托，前来请您去见他，他让我近期叫齐五位老将领，他有要事需商议。"

贡宝恰朗听后说道：

> 阿卡阿朗请您听，
> 请您听呀我来说！
> 您的话语没有错，
> 您的来意全领会。
> 我邀您老进我家，
> 我们慢慢把话聊。
> 您到此处定有事，
> 如若没事您不来。
> 请到屋内喝碗茶，
> 稍作休息慢慢聊。

贡宝恰朗接着说道："阿卡阿朗请您听，请您听呀我来说！听了您刚才的述说之后，我也基本上知道了您的来意，既然是阿古加党派遣您来找我，那我就要请您进屋，咱们坐下喝杯茶，慢慢说道说道，这样就会明白阿古加党的心思，这事是吉是凶也就会明确的哈！"说完，贡宝恰朗将阿卡阿朗邀请到内屋休息。

他们进屋之后，阿卡阿朗被邀上炕头，二人围坐在坑桌的两边，一人一边坐稳之后，贡宝恰朗对妻子说道：

> 爱人爱人你快来，
> 你快来呀听我说！
> 土灶尚有上中下，

上灶锅里来酿酒；
中灶锅里来熬茶；
下灶锅里来煮肉。
阿卡是从朗部来，
他来定是有要事。
朗部归来路遥远，
长途跋涉不容易。
尊贵客人肉招待；
尊贵客人酒招待；
尊贵客人茶招待，
敬请阿卡慢享用。

　　贡宝恰朗将妻子叫到身边后说道："爱人爱人你快来，你快来呀听我说！阿卡阿朗今天是从遥远的阿朗部来到这里的，他肯定有很重要的事要对我说。他从阿朗部来到这里不容易，路途遥远，长途跋涉来到这里，他的肚子肯定也饿坏了，今天他是我们家最尊贵的客人，我们要好好地招待。我们家有上、中、下三个土灶，你去上灶锅里酿上酒，中灶锅里熬上茶，下灶锅里煮上肉。等你把酒酿好了，肉煮好了，茶熬好了，我们要边吃边聊，好好说说话。"

　　说完，贡宝恰朗的妻子便去准备了。没过多久，她就把煮好的肉端上了桌，酿好的酒也端上了桌，熬好的奶茶也端上了桌。

　　这时，阿卡阿朗对贡宝恰朗说道：

恰朗爷爷请您听，
请您听呀我来说！
你们为我熬了茶；

你们为我酿了酒；
你们为我煮了肉；
为此让我很感动。
此事给您添麻烦，
酒肉茶齐来招待。
茶余饭后有话说，
反复磋商得商议。
阿古加党有旨意，
我来请您去朗部。
商议之后速出发，
去与不去请思量。
我得马上去复命，
请您给我下旨意。

　　阿卡阿朗对贡宝恰朗说道："恰朗爷爷请您听，请您听呀我来说！今天来到你们家，受到了你们的热情款待。你们给我敬献了肉、酒和茶，为此，我非常感动。我这次来是受了阿古加党之托邀请您去阿朗部。如果您能去的话，咱们一起出发，如果您去不了，我便先行一步，回去晚了阿古加党会责备我的！"
　　贡宝恰朗听后说道：

阿卡阿朗请您听，
请您听呀我来说！
加党身为老首领，
如今派您来唤我。
我若不去不可以，
无论如何都得去。

今日太阳已落山，
明天早晨天亮时，
骑着马匹赶路程，
我们搭伴一起去。

　　贡宝恰朗对阿卡阿朗说道："阿卡阿朗请您听，请您听呀我来说！阿古加党是阿朗部的老首领，既然是他让您来叫我去，那我也不得不去，无论如何也得去。今天太阳已经落山了，要去阿朗部路途遥远，一时半会儿还到不了，我想今晚您也住在我家，明天早晨天蒙蒙亮时我们就出发呀，我们骑上各自的骏马，快马加鞭不会耽误事的，您看怎么样？"

　　阿卡阿朗听了贡宝恰朗的话之后，说道：

贡宝爷爷请您听，
请您听呀我来说！
您说的话语没有错，
今天太阳已落山。
像佛陀的言语没过错，
像上师的话语无疑虑。
就像刚才您所说，
明天早晨天亮时，
骑着马匹赶速度，
我们搭伴一起去。

　　阿卡阿朗听了贡宝恰朗的话之后，说道："贡宝爷爷请您听，请您听呀我来说！贡宝恰朗爷爷说得在理，您说的一点也没有错，今天的太阳已经落山了，天色已晚，要去上部路途遥远，道路

崎岖难行。我今天来这里时就已经感觉到了路途中的艰辛和苦
难，我也想明天早晨天亮以后再结伴去上部，今晚我们就好好地
聊一聊吧!"说完，阿卡阿朗就住在了贡宝恰朗家中。这一夜，阿
卡阿朗和贡宝恰朗他们谁都没有睡好，聊了很多很多，不知不觉
已经听到了鸡鸣。

> 天上的金鸡叫了，
> 地上的公鸡叫了。
> 早晨黎明天亮了，
> 我们也该起来了。
> 起床赶紧把饭吃，
> 摆上檀香木桌案。
> 上方摆着牦牛肉，
> 中间摆着青稞酒，
> 下方摆着酥油茶，
> 还有馒头和糌粑。
> 赶紧吃完要出发，
> 饭后备马又备鞍。

到了第二天早晨，他们刚刚起床，贡宝恰朗的妻子已经为他们
准备了丰盛的早餐，炕上放置了一张檀香木制成的四方形的木桌，
桌上摆放着牦牛肉、青稞酒、酥油茶，还有馒头和糌粑。二人吃过
早餐之后，牵马过来，备马备鞍，一切准备妥当之后就出发了。

> 二人骑马奔上部，
> 要去上部很艰难。
> 从此仰望那上部，

望见上部有岩山。
日照岩山呈红色，
好比唐卡悬崖壁。

　　二人骑着各自的骏马来到了一块相对开阔的空地上。这时，贡宝恰朗抬头向上看了看，看见前方有一座高大巍峨的岩石神山在上部，早晨的一缕阳光恰好照在崖壁上，远远望去，红色的崖壁就像是一幅悬挂着的巨幅唐卡画一样，十分壮观又美丽。

　　这时，贡宝恰朗对阿卡阿朗说道：

阿卡阿朗请您听，
请您听呀我来说！
要走此路不一般，
步步艰辛难上难：
东边石崖西边倒；
西边碎石东边流；
南边棘刺北边斜；
北边毒刺南边挂。

　　贡宝恰朗对阿卡阿朗说道："阿卡阿朗请您听，请您听呀我来说！要去上部的阿朗部道路如此难走，这是我没有想到的，东边的石崖向西边倒着，西边的碎石向东边流着，南边的棘刺向北边斜着，北边的毒刺向南边挂着，根本找不到能骑着马行走的道路呀！每一步都这么艰辛，这么难走啊！"

　　阿卡阿朗听后说道：

贡宝恰朗请您听，

请您听呀我来说！
从此仰望那上部，
望见上部有岩山。
日照岩山呈红色，
好比唐卡悬崖壁。
看见崖壁您别怕，
此地就是阿朗部。
东边石崖西边倒；
西边碎石东边流；
南边棘刺北边斜；
北边毒刺南边挂。
要走此路不一般，
步步艰辛难上难，
恰朗请您不要怕。
过了此地那一边，
道路宽广又平坦，
骑马赶路快又快。

　　阿卡阿朗对贡宝恰朗说道："贡宝恰朗请您听，请您听呀我来
说！您刚才看到的上部那个像悬挂着巨幅唐卡的崖壁您别怕，您
也没有必要怕它，那里就是我们阿朗部的地界。这边的道路实在
有些难走，东边的石崖向西边倒去，西边的碎石向东边流去，南边
的棘刺向北边斜着，北边的毒刺向南边斜着。这些道路的缝隙间
有一条兔子跑过的小路，我们沿着这条路走下去，就可以走出这片
凶险之地，您也不必过于担心和惧怕！过了此地另一边，道路宽广
又平坦，骑马赶路速度快。"
　　阿卡阿朗接着说道：

贡宝恰朗请您听，
请您听呀我来说！
请您仰望那上边，
短尾兔子在蹦跳。
蹦蹦跳跳去那边，
不知那是何动物？
不知是兔还是麝？
蹦蹦跳跳去那边。

阿卡阿朗对贡宝恰朗说道："贡宝恰朗请您听，请您听呀我来说！我刚才看见那边有只动物一蹦一跳地向着上方跑去，远远望去像兔子，再看又像是麝，这到底是什么动物？"他们骑着各自的骏马，沿着动物跑去的方向一直追了上去。不一会儿，他们走出了棘刺之地来到了一处开阔的场地。

这时，贡宝恰朗对阿卡阿朗说道：

阿卡阿朗请您听，
请您听呀我来说！
从此仰望那上边，
短尾兔子在蹦跳。
蹦蹦跳跳去上部，
那是兔子不是麝。
我们跟着那兔子，
定能走出这险地。

贡宝恰朗对阿卡阿朗说道："阿卡阿朗请您听，请您听呀我来说！我们的前方有一只动物在奔跑，那不是麝而是兔子，我们跟着这只兔子走，就会找到去上部的道路！"说完，两个人快马加鞭，迅速地跟进那只兔子。那只兔子绕过一个小山丘，又爬过一个小山岗，再绕过一片荆棘林之后，到达了一片开阔地，眼前出现了一片大草原。这时，他们才松了一口气，终于走出了荆棘丛生的凶险之地。

> 向着上部走去时，
> 看见一片大草原。
> 沿着草滩向上去，
> 快马加鞭飞奔去。
> 不见兔子它踪迹，
> 那只兔子很奇怪。

贡宝恰朗对阿卡阿朗说道："阿卡阿朗请您听，请您听呀我来说！我们跟着那只兔子一路追来，现在到了这个大草滩，那只兔子突然不见了，很奇怪呀！"

阿卡阿朗说道：

> 贡宝恰朗请您听，
> 请您听呀我来说！
> 从此草滩去上部，
> 不是兔子不是麝。
> 那是朗部一神灵，
> 专来给咱带路的。

阿卡阿朗对贡宝恰朗说道："贡宝恰朗请您听，请您听呀我来说！我们看见的那只'兔子'，既不是兔子，也不是麝，它是我们阿朗部的一位神灵，它担心我们迷路会丢了性命，是专程来为我们带路的！"

贡宝恰朗对阿卡阿朗说道：

> 在这广阔大草原，
> 有条小路去上部。
> 我们赶紧去上部，
> 从此仰望那上部。
> 再看上部开阔地，
> 望见一座大城堡。
> 城堡名称叫什么？
> 那座城堡是四方，
> 还是三角一城堡？
> 请您告诉我真相！

贡宝恰朗对阿卡阿朗说道："呀，阿卡阿朗请您听，请您听呀我来说！我们来到这片大草原，在草原上有一条小路直通去上部，我们赶紧沿着这条小路走吧！我遥望见开阔的草原上有一座很雄伟的城堡，乍一看像是四角城，又看像是三角城，再看又像是圆城堡，请问这到底是三角城还是四角城？请您告诉我！"

阿卡阿朗听后说道：

> 贡宝恰朗请您听，
> 请您听呀我来说！
> 刚才看见一城堡，
> 不是三角和圆形。
> 那是一座四角城，

> 阿古加党住里面，
> 那是他的四角城。
> 此次仰望那上部，
> 上部沙尘在飞扬，
> 多人骑马而形成。

　　阿卡阿朗对贡宝恰朗说道："呀，贡宝恰朗请您听，请您听呀我来说！您看见的那座城堡，既不是三角城堡，也不是圆形城堡，而是阿古加党住的四角城，您不必多虑。上部沙尘飞扬，是多人骑马形成的。现在我们赶紧去呀，马上就到了！"

第三节　贡宝恰朗见加党

　　就在他们一边说话一边向上部走去时，阿古加党此刻也正好到城堡屋顶，正向下观望。他看见下部有两个骑马的人向着城堡奔驰而来。这时，他对手下将领说道：

> 你们大家快过来，
> 从此俯瞰下部地。
> 遥望远处那片地，
> 沙土飞扬不一般。
> 不知为何起沙尘？
> 谁能告诉我原因？
> 估计恰朗与阿朗，
> 向着这边飞奔来！
> 他们骑着骏马跑，

遥望好似鸟飞翔。
不起沙尘才奇怪，
他们眼看到城堡。
你们大家听一听，
你们听呀我来说！
四方木桌放门口，
方桌摆上那"曲卦"①，
方桌摆上那"贵达"②，
方桌摆上那"德尕"③！
阿卡阿朗要到达，
你们赶紧去迎接！

阿古加党说道："呀，所有的将领你们听，请你们听呀我来说！我刚才站在城堡的屋顶看见从下方来了两个人，他们骑着马向着我们飞奔而来，他们走过的地方沙尘飞扬，马快得像两只鸟在飞翔。你们赶紧到门口放上檀香木做成的方形木桌，桌上摆上'曲卦''贵达'和'德尕'，看样子好像是阿卡阿朗和贡宝恰朗二位马上就要到了，你们到门口热情地去迎接他们！他们来到门口时献上'贵达'，敬上'曲卦'，放上'德尕'，以最高礼节迎接他们，这样，他们才会开心，才会喜悦的！"

于是，他手下的将领们在门口放上了檀香木做成的方形木桌，桌上摆上了"曲卦""贵达"和"德尕"。之后，众人等候在门口，迎接他们的到来。

没过多久，二人从下方飞奔而来。

---

① 曲卦：盛满牛奶的碗，碗中放有松柏树枝。
② 贵达：白色哈达。
③ 德尕：抹有酥油的馍馍。

从此俯瞰下部地，
阿卡阿朗和贡宝。
二人骑马飞奔来，
到达门前就下马。

　　二人到达门口之后下了马。这时，众人接过阿卡阿朗和贡宝恰朗的马，给二位敬献了"贵达"，把"曲卦"交到阿卡阿朗的手中，他接过"曲卦"后对所有山神、家神和各路大神进行了祭奠，在门口举行了盛大而隆重的迎接仪式。之后，在众将领的簇拥下，他们二人走到了阿古加党的面前。他们见到阿古加党后又行了膜拜大礼，阿古加党说道：

你们二位来了啊，
二位老人请坐下。
各位厨师听吩咐，
阿古加党下旨意：
烧起上中下三灶，
上灶锅里煮上肉；
中灶锅里酿上酒；
下灶锅里熬上茶。
给他二位端上肉，
还要端上茶和酒。

　　阿古加党与二位老人经过几番寒暄之后，吩咐手下厨师烧起了上、中、下三灶，上灶锅里煮上了肉，中灶锅里酿上了酒，下灶锅里熬上了茶！他们是从遥远的下部而来，肯定是渴了，也饿了，赶紧让他们吃饭。说完没多久，他的手下给阿卡阿朗和贡宝恰朗二位端上了肉、茶和酒。等他们吃饱喝足之后，阿古加党说道：

你们二位听一听，
听一听呀我来说！
最近不知是何因，
双眼又跳手又痒，
辗转反侧难入眠，
就连睡觉不安稳。
我们要去魔部地，
要把我方事来说，
要向魔王去禀报，
要去魔部需商议。
集思广益要商定，
如若不议事难成。
我们三人聊一聊，
前因后果都挑明。

阿古加党对阿卡阿朗说道："阿卡阿朗和贡宝恰朗请你们听，听一听呀我来说！我最近不知道怎么了？两只眼睛都在跳个不停，我的手掌也痒痒的不舒服，就连晚上睡觉也不安稳，经常到了半夜就会惊醒，醒来后全身大汗淋漓。所以，我一定要去一趟魔部，要把我们阿朗部的情况向魔王禀报，我们要去魔王部落必须要经过商议才行，如果不再三地进行商议，我们的事很难办成。今天我们好好地聊一聊，前因后果都得挑明！"

贡宝恰朗听了阿古加党的这番话之后对他说道：

阿古加党请您听，

> 请您听呀我来说！
> 我们朗部事已成，
> 不愁吃呀不愁穿。
> 衣食住行都不缺，
> 您为何事不安稳？
> 我们联名求求您，
> 没有必要去魔部。

　　贡宝恰朗对阿古加党说道："阿古加党请您听，请您听呀我来说！现如今我们阿朗部落的民众生活蒸蒸日上，不愁吃也不愁穿，牛羊牲畜都满圈了，衣食住行都不缺了，您没有必要再去魔部，无中生有地挑起事端，让民众再次陷入战争的漩涡。我看您就想故意搞出事端，现在的日子过得多么幸福舒适，您还眼睛跳，心也跳，手还痒，就连睡觉也不安稳，这个我觉得没有一点儿必要！"
　　阿古加党听后又说道：

> 二位老将你们听，
> 你们听呀我来说！
> 晚上睡觉不安稳，
> 睡觉不安有缘由。
> 魔部必定去一趟，
> 我去魔部有要事。
> 我去魔部这件事，
> 不必告知格萨尔。

　　阿古加党听后又说道："呀，二位老将领你们听，你们听呀我来说！我每天晚上睡觉睡不安稳是有原因的，你们是不会明白的，我有一件非常重要的事要去魔部办理。这件事你们千万别告诉格萨尔，如果他知道了会对我们不利的，再说他也没有必要知道这件事呀！"他接着说道：

> 明天早晨天亮时，
> 你们二位去东方。
> 去把甘德老人找，
> 找到唤他来见我。
> 叫他来呀有话说，
> 没有必要都知道。
> 明天黎明天亮时，
> 烧起上中下三灶：
> 上灶锅里煮上肉；
> 中灶锅里酿上酒；
> 下灶锅里熬上茶；
> 你们二位进餐饮。
> 金色太阳升起时，
> 你们二位去东方。
> 去把甘德老人寻，
> 找到请他来见我！
> 我有要事要商议，
> 寻访一定要记住。
> 就说加党我召见，
> 如若不说他不来。

阿古加党接着说道："呀，这件事我们就这样决定了，没有必要告诉格萨尔，也不能告诉他，说了只有坏处没有好处。明天早晨天蒙蒙亮时,吃足肉,喝过茶之后就去东方寻找一位叫甘德的老人,切记找到之后就说是我的旨意,是我派遣你们去找他的,如果不这样说他就不会来的!"

二位老将领听后说道:

> 阿古加党请您听,
> 请您听呀我来说!
> 加党今日下旨意,
> 明天太阳升起时,
> 我们二位就出发,
> 如若不去不可以。
> 向着东方去寻访,
> 必定能将他找来。
> 要去东方很艰难,
> 寒风凛冽刺骨痛。
> 东方猛兽有十万,
> 我们二位很惧怕。
> 要去东方很艰辛,
> 猛兽虎王在东方,
> 褐色乌鸦在东方,
> 万千猛兽在围绕。
> 我们心中很惧怕,
> 阿古加党下旨意。
> 如若我们不答应,
> 我们自觉很惭愧。

二位老将领对阿古加党说道:"阿古加党请您听,请您听呀我来说！您今天执意让我们去东方寻访一位名叫甘德的老人，东方有万千只猛兽在盘踞，还有猛兽之王的老虎、褐色的乌鸦都在那里，还有刺骨的寒风不停地刮来，吹得骨头都痛，要去东方实在是感到很惧怕呀！如果我们不答应的话，您又一定要让我们去，如果不去的话，我们自己也会觉得很惭愧，没有听您的话。"

阿古加党听后又说道：

二位老将你们听，
你们听呀我来说！
二位老将也难怪，
猛兽虎王在东方；
褐色乌鸦在东方；
万千猛兽在围绕。
要去东方很艰难，
寒风凛冽又刺骨。
二位此行不用怕，
背上武器弓箭矛；
身穿铠甲长大衣，
内嵌动物毛皮物；
下穿动物皮毛裤；
头戴狐皮大翻帽；
脚穿毛皮大靴子；
骑上黄色骏马去。
如此这般去东方，
二位老将不用怕。
明早太阳升起时，
向着东方此地去。

　　阿古加党听后又说道："二位老将你们听,你们听呀我来说!二位老将说的在理,我也曾听说过,去往东方很艰难,猛兽虎王、褐色的大乌鸦也在东方,有万千猛兽在围绕。要去东方很艰难,不容易。那里经常刮凛冽刺骨的寒风。虽然听起来很可怕,但二位是无比勇敢的老将了,这点困难算不得什么! 我给你们准备了去东方的铠甲和武器,明天早晨太阳升起来出发时,就背上武器弓、箭、矛,身穿铠甲长大衣,内嵌有保温的动物毛皮制作的内胆。下穿动物皮毛裤,头戴狐皮大翻帽,脚穿毛皮大靴子,骑上从马群中挑选出来的黄色骏马。如此这般去东方,二位老将不用怕啊! 明天早晨太阳刚刚升起时,你们就出发!"

　　他们二位听了阿古加党的这番无法推辞的言语之后,阿卡阿朗对阿古加党说道:

阿古加党请您听,
请您听呀我来说!
要去东方很艰难,
要说不去不可以。
别去别去非得去,
您下旨意我就去。
早晨太阳升起时,
我们二位就启程。
我们就按您吩咐,
背上武器弓箭矛;
身穿铠甲长大衣,
内嵌动物毛皮物;
下穿动物皮毛裤;
头戴狐皮大翻帽;

脚穿毛皮大靴子；
骑上黄色骏马去。

阿卡阿朗对阿古加党说道："阿古加党请您听，请您听呀我来说！您既然这样说了，那我们二人就去东方。我们说了不要去！不要去！您是听不进去了，既然您已经下定决心了，也给我们下了旨意，我们不同意去也不可能了。明天早晨太阳升起时，我们就按您的吩咐，背上武器弓箭矛，身穿内嵌动物毛皮物的铠甲长大衣，下穿动物皮毛裤，头戴狐皮大翻帽，脚穿毛皮大靴子，骑上黄色骏马出发呀！"

第四节　寻访途中多险阻

到了第二天早晨，阿古加党的手下将内嵌动物毛皮物的铠甲长大衣、动物皮毛裤、狐皮大翻帽和毛皮大靴子都已准备妥当，又从几万匹马中挑选出了黄色的骏马，他们备马备鞍，忙得不可开交。没多久就把这一切都准备妥当了，他们骑上马，威风凛凛地出发了。

我们骑上黄骏马，
骑着马儿去东方。
要去东方去上方，
去到上方大草滩，
要在大滩卜吉凶。
草滩处处鲜花开，
鲜花大都已枯萎；
草滩遍地开蓝花，

> 蓝花大都已枯萎。
> 我们在此稍休息，
> 稍作休息卜吉凶，
> 鲜花枯萎不吉祥。

　　他们骑着黄骏马向着东方出发了。当他们走到上方的一个大草滩上，看见那里的草滩上处处开满了各种各样的鲜花，但是鲜花大都已经枯萎。他们沿着草滩继续向着上部走去，又到了一个大草滩上，那里遍地开满了蓝色的鲜花，那片蓝色的鲜花也都已经枯萎。于是，他们就在此地稍作休息。在休息的过程中，二位去四周看了看，看见那里的鲜花大部分也都已经枯萎。两人看到这一切之后，从内心深处感觉到，此次出发去东方，旅途艰辛不吉祥。

　　这时，贡宝恰朗对阿卡阿朗说道：

> 阿卡阿朗请您听，
> 请您听呀我来说！
> 草滩处处鲜花开，
> 鲜花大都已枯萎；
> 草滩遍地开蓝花，
> 蓝花大都已枯萎。
> 看这境况不吉祥，
> 我们二位就上马。
> 骑着骏马去东方，
> 沿着此地去上方。
> 广阔无垠所见处，
> 处处开满黄鲜花。
> 我们去看这黄花，

吉凶看看便知晓。

　　贡宝恰朗对阿卡阿朗说道:"阿卡阿朗请您听,请您听呀我来说! 我们一路走来看见下部草滩上处处开满鲜花,鲜花大都已经枯萎;中部草滩上遍地开满蓝色的鲜花,蓝色的鲜花大都已经枯萎,看这情况不太吉祥啊! 我们二位现在就上马。再去看看那边的上方,远远望去,在那一片广阔无垠的大草原上,处处开满黄色的鲜花,我们下马去看看,这些鲜花到底是已经枯萎了呢? 还是含苞待放呢? 由此吉凶便知晓。"于是,二人下马去探个究竟。当他们下马去四周看了看,发现那些黄色的鲜花都已经枯萎。

　　贡宝恰朗又说道:

阿卡阿朗请您听,
请您听呀我来说!
大滩处处开鲜花,
处处开满黄鲜花。
黄色鲜花都枯萎,
鲜花枯萎是凶兆。
我们此行不吉祥,
我们干脆不去了。
我们返回阿朗部,
您看这事怎么样?

　　贡宝恰朗又说道:"阿卡阿朗请您听,请您听呀我来说! 这片大草滩上处处开满了黄色的鲜花,而且,黄色的鲜花已经枯萎了。一路走来,看见的三种鲜花都枯萎了。鲜花枯萎不是一件好事,是凶兆,我们这次去东方,看这个样子不太吉祥啊! 我们干脆不去了吧！我们返回阿朗部，您看这事怎么样？”

阿卡阿朗听后对贡宝恰朗说道：

> 贡宝恰朗请您听，
> 请您听呀我来说！
> 阿古加党下旨意，
> 我们不能违背它。
> 说过的话要守信，
> 答应的事要做到。
> 非得违背此诺言，
> 就得背负伤人言。

阿卡阿朗听后对贡宝恰朗说道：“贡宝恰朗请您听，请您听呀我来说！我们出发之前，对阿古加党好言相劝不少于一百次，结果呢？还是下达旨意给我们。既然如此，我们也不能违背他，说过的话要守信，答应的事要做到，非得要违背我们的诺言返回阿朗部，就得背负阿古加党和众人的唾骂啊！所以，无论前途是吉还是凶，我们都要继续去寻找甘德老人啊！”

说完，他们也就毫无怨言地继续朝着东方走去。

> 从此沿路去上方，
> 要去上部很艰难。
> 上部看见一水滩，
> 我们走近瞧一瞧，
> 看看吉凶又如何？
> 沿此大滩去上方，
> 大滩土块已干枯，

这边兆头不吉祥。
我们在此稍休息，
此刻太阳已中午。
感觉胃空有点饿，
稍作休息熬壶茶。

　　他们从此沿路向着上方走去，发现一处滩涂地。于是，他们走近瞧了瞧，发现水早已干枯，旁边的土块也都已经干枯了，满眼所见的都是不吉祥的兆头。看看太阳，这会儿应该是中午时分了，他们发觉有点饿，便打算在此地稍作休息，熬壶茶，吃点糌粑，再做下一步的计划。

我们在此熬壶茶，
熬茶要做烧水灶。
从那上方捡一石；
旁边那里抬一石；
下边把那石捡来；
安置三石做一灶。
三石顶端置茶壶，
再去那边捡柴禾。
有了柴禾要泉水，
冰凉泉水提回来。

　　此刻阳光正当头，是中午了。他们二人也开始感觉肚子有点饿了，准备休息片刻。要想熬茶，需要先做出一个由三块石头垒成的简易的炉灶。二人分头从上方、中方和下方找来了三块石头，放置在一个较为平坦的地方，然后找来了干燥的柴禾，接下来去下方寻找甘甜的矿泉水。此地如此干涸，甘甜的矿泉水到底在哪里？

于是，二人分头去下方寻找水源。

> 向着下方去找水，
> 大滩处处已干枯。
> 去看那边没有水，
> 去看这边没有水。

二人分头去下方寻找水源。他们看看这边没有水，又跑去那边看看，仍然没有找到水，到处干枯，没有找到水源。

这时贡宝恰朗说道：

> 阿卡阿朗请您听，
> 请您听呀我来说！
> 此行兆头不吉祥，
> 我说返回阿朗部，
> 您说非得去东方，
> 此地荒僻万物枯。
> 看看土块都干涸，
> 哪里还有水源地？

这时，贡宝恰朗抱怨地说道："阿卡阿朗请您听，请您听呀我来说！我们找遍了这里的大部分地方也没有找到一滴水，看这样子我们这次去东方的兆头不吉祥，我说了咱俩应返回阿朗部，您说不能违背诺言非得要去东方，这地方荒僻得万物都已经干枯了，看看这些土块都已经干透了，哪里还有水源啊？"

听后，阿卡阿朗对贡宝恰朗说道：

> 贡宝恰朗请您听，
> 请您听呀我来说！
> 东方我们必须去，
> 返回阿朗使不得。
> 没有水源别灰心，
> 丧气话语不要说。
> 我们返回原住地，
> 骑马继续去上部。

　　阿卡阿朗对贡宝恰朗说道："贡宝恰朗请您听，请您听呀我来说！东方我们必须去。返回阿朗部的心思您就别想了，这是万万使不得的。找不到水源别灰心，这不代表就没有水，丧气话语您以后就不要再说了。两人出趟远门不容易，既然我们出来了，就应该相互鼓励，相互支持，劲往一块儿使，心往一块儿想，这样才能克服目前的窘境！现在我们返回刚才的驻地，骑上马儿继续向着上部走，说不定上方能找到水源啊！"

> 这边处处没水源，
> 我们骑马去上方。
> 没有水源不能待，
> 就连茶都没法喝。
> 走过大滩进山沟，
> 向着山沟深处去。
> 太阳已经过中午，
> 我们尽快要赶路。
> 要走山沟很艰难，
> 弯曲道路窄又小。

> 抬头仰望那上方，
> 看见一间小住宅。
> 不知神殿是佛殿？
> 殿内有谁不明了。
> 策马扬鞭加速度，
> 走近殿内看究竟。
> 当前已至斜阳时，
> 缓行慢走来不及。
> 广袤无垠所见处，
> 有无人烟请瞭望！

　　他们因为没有在草滩里找到水而放弃了熬茶的打算，于是骑着骏马继续向着上方走去。走了很长一段时间后他们进入了一条山沟，抬头仰望那山沟深处，山沟深处隐约可见一处宅院。那宅院也不知道是户人家还是佛殿，也不知道里面有没有人住？此刻他们已经顾不得那么多了，时间已经到了下午时分，二人感觉又渴又饿。于是，他们就快马加鞭朝着那个建筑奔去。

> 走在山沟道路间，
> 沿途没见一户人。
> 抬头仰望那上方，
> 有座佛殿在上方。
> 我们赶紧下了马，
> 走近佛殿去朝拜。

　　二人沿着山沟向上走去时，沿途没有看见一户人家，远远望去看见一座佛殿在上方。于是，二人下马后取下了马背上的驮子，在佛殿附近稍作休息，还在佛殿正前方煨起了一堆很大的松柏桑。

> 佛殿门口煨堆桑，
> 煨桑呼唤诸神灵。
> 祈求神灵和土地，
> 此处有无水源地？
> 当下已至斜阳时，
> 就在眼下需吃饭。
> 我们赶路口已渴，
> 我们赶路胃很空。

此时此刻，二人又饿又渴，找不到水源，一点办法也没有了。于是，二人来到佛殿门口煨起了一堆很大的松柏桑，祈求当地的土地神和天神。他们心想，如果我们今天找不到一口水喝，吃不了一口饭的话，我们就会渴死或者饿死，现在只有祈求本地的神灵帮帮我们。二人煨桑、磕头，祈求着神灵。

> 我们此地煨堆桑，
> 祈求本地诸神灵。
> 作罢我们去找水，
> 向着上方走去时，
> 看见那边有一人，
> 背上背着一桶水。

他们煨了桑，祈求了本地神灵之后就去上方找水，二人走到上方到处找水，左右上下跑了个遍，怎么都找不到一口水，他们渴得口中像是将要出火一般。就在这时，他俩看见遥远的上方有一个人，看他的年龄，至少是百岁老人了，他的头发和胡须都已发白，他背了一桶水，正向着这边走来。当这位老人走到眼前后，阿卡阿朗问道：

> 爷爷爷爷您好啊，
> 爷爷您要去哪里？
> 此处土地没有水，
> 我们正在找水喝。
> 别说河流在哪里，
> 就连一滴都不见。
> 此地水源哪里有？
> 爷爷给我指条路。
> 非同一般老爷爷，
> 我们求您帮帮忙。

当那位老爷爷走到他们面前时，阿卡阿朗说道："呀，非同一般的老爷爷，您是从哪里来的？又到哪里去？我们来这里是找水的，你们这个地方不要说是河流，就连一滴水都找不到，到处是荒漠砂砾，我们都快要渴死了，我们求求您，请您给我们指条路吧！哪里才能找到水源？"

老爷爷听了这番话之后对他们说道：

> 二位老人你们听，
> 您俩哪来回哪里。
> 我们此地无水源，
> 您俩为何到此地？

老爷爷对他们说道："二位老人你们听呀我来说！您俩从哪里来

的回哪里去! 我们这里根本就没有水源,请问您俩为何到这里来?"

阿卡阿朗和贡宝恰朗听后说道:

> 爷爷爷爷请您听,
> 请您听呀我们说!
> 我们来自阿朗部,
> 阿古加党下旨意,
> 我们来此有要事。
> 我们这次去东方,
> 寻找老者名甘德,
> 为此我们到此地。
> 爷爷爷爷求求您,
> 哪里有水请指路!

阿卡阿朗和贡宝恰朗听后说道:"爷爷爷爷请您听,请您听呀我们说! 我们是从阿朗部来的,有一件十分要紧的事要办,是阿古加党指派我们来寻访甘德老人的,所以我们才来到这里。现在我们几天都没有找到水源,没有喝上一口水,快要渴死了;也没有吃上一口饭,快要饿死了。如果我们现在回去,阿古加党是不会高兴的,我们也是没有办法才来的。现在我们就求求您老人家,给我们指条路,哪里才能找到一口水喝呀?"

这位爷爷听了后说道:

> 二位老者你们听,
> 你们听呀我来说!
> 要去东方很艰难,
> 沿着山沟最深处。

> 万千猛兽在围绕，
> 万千猛禽在盘旋。
> 哪里来的回哪里，
> 要去东方无可能。

　　这位爷爷听了后说道："二位老者你们听，你们听呀我来说！你俩要去东方不是那么容易的事，而是十分艰难。沿着这条山沟再到山沟的深处，那里围绕着成千上万头猛兽，盘旋着成千上万只猛禽，今天我还是奉劝你们一句，要去那里根本就不可能，要找水源也不可能，你们还是哪里来的回哪里去吧！"

　　二位老人听了这番话之后，又再三地央求道："非同一般的老爷爷，我们再次央求您给我们指条能找到水源的路吧！现在找不到水，我们会渴死的。哪怕说现在返回，也会在回去的路上渴死的。我们求求您了！"说完，二人跪在地上给老爷爷磕了三个头。

　　之后，这位老爷爷又说道：

> 两位老者你们听，
> 你们听呀我来说！
> 如此缘由也难怪，
> 我们三人去上方，
> 再去那边有水源。
> 上部那边有块石，
> 有块白色大石块。
> 搬开石块看下面，
> 石块下面有口泉，
> 源头泉水很清甜。

这位老爷爷又说道："两位老者你们听，你们听呀我来说！阿古加党派你们来这里，也是难为你们了。现在我们去上方看一看，那里也许能找到水源。上部有一白色大石块，搬开石块能看到下面有口泉，泉水甘甜清爽。"这时，他们说道：

> 爷爷爷爷请您听，
> 请您听呀我来说！
> 非常感谢老爷爷，
> 我们给您添麻烦。
> 现在终于喝到水，
> 都是爷爷您施舍。
> 我们三人熬壶茶，
> 喝完茶水再启程。

他们说道："非同一般的老爷爷请您听，请您听呀我来说！非常感谢老爷爷，今天我们给您添麻烦了。在您的帮助下现在我们终于喝到了水，这都是爷爷您的施舍。要不是您的帮助，我们就会渴死在这里，我们不会忘记您的救命之恩！现在我们不要急着赶路，在这里熬一壶香甜可口的茶水，喝完茶之后再各自启程吧！"

说完，他们在一处平坦的地方做了一个由三块石头垒成的简易炉灶，又去旁边找来了一堆干燥的柴禾，壶中盛满了香甜可口的泉水，搭在三叉石上面，点燃了火把。等把这一切准备妥当之后，再往茶壶里放了茶叶、盐巴。没过多久，茶壶中的水熬开了，一股扑鼻的浓茶的香味扑面而来。这时，他们三人坐在一起喝起了茶。

喝完茶之后，老爷爷说道：

> 二位老人你们听，

你们听呀我来说！
二位老人请慢用，
我要爬到山顶去。
我去那边还有事，
我要即刻就启程。

　　老爷爷说道："不一般的两位老人，你们听呀我来说！你们慢慢享受清甜的香茶。我要爬过这座山头，我还有很重要的事要做，我现在就要启程了。"说完他们一起启程了。还没走几步，那位老爷爷突然像一阵风一样消失得无影无踪。

　　这时，阿卡阿朗对贡宝恰朗说道：

贡宝恰朗请您听，
请您听呀我来说！
看看上方不见人；
看看下方不见人；
再看左边不见人；
看看右边不见人。
他像一缕青烟般，
人间蒸发不见人。
那位爷爷非凡人，
他是此地一神灵。

　　阿卡阿朗对贡宝恰朗说道："贡宝恰朗请您听，请您听呀我来说！刚才我们三人在一起走着，可是现在前后左右都没有人。他像一缕青烟一样，突然消失不见了，像是从人间蒸发了一样。我觉得那位爷爷不是一般的人，而是此地的一位神灵，神灵看到我们煨

桑求告之后，是专门来给我们找水源指路的。"二位老人又跪地进
行了叩拜之后才启程。

> 我们翻过那山头，
> 过了山头去下方。
> 看见下方有神殿，
> 白色神殿在下方。
> 从那上方捡一石，
> 旁边那里抬一石，
> 下边把那石捡来，
> 安置三石做一灶。
> 三石顶端置茶壶，
> 再去那边捡柴禾。
> 有了柴禾要泉水，
> 冰凉泉水灌一壶。
> 熬茶需要三样料：
> 一种材料是茶叶；
> 一种材料是盐巴；
> 一种材料是奶乳。
> 再看旁边那一面，
> 长着一颗松柏树。
> 我们去把柴禾背，
> 干枯柴禾去找来。
> 那边有片大森林，
> 森林之中有柴禾，
> 我们去把柴禾取，
> 干枯柴禾没多少。

从这森林去那边，
干枯柴禾在哪里？
从这森林去下部，
干枯柴禾有许多。
干枯柴禾背了去，
柴禾背来要火种。
吹着火种烧炉灶，
烧起炉灶熬壶茶。
香甜茶水已熬开，
头茶供奉众神灵，
二茶供奉朗部神，
三茶供奉格萨尔。
再来供奉本地神，
还要供奉众鸟类，
再要供奉众猛兽，
供奉一切众神灵。
再次供奉给神殿，
还要供奉那佛殿。
一切供奉完成后，
我们自己才能喝。

　　二位老人叩拜过那位神灵之后，背着香甜的山泉水，很开心地向着山头走去。他们翻过山头，又向着山下走去，看到了雄伟的宫殿。他们下了马准备在这里稍作休息，顺便熬壶茶喝一喝。他们准备做一个由三块石头垒成的简易的炉灶。于是，二人分头找来了三块石头，放置在一个平坦的地方，又去旁边的森林里找来了干燥易燃的柴禾。找来了柴禾之后，壶中盛满了香甜可口的山泉水，搭在三叉石上面,下面点燃了火把。等把这一切准备妥当之后,再往茶壶里放了茶叶、盐巴和奶乳。没过多久,茶壶中的水熬开了,一股浓茶的香味扑鼻而来。这时,他们用松柏树的树枝将头茶供奉给了所有的神灵,二道茶供奉给了阿朗部所有的神灵,三道茶供奉给了格萨尔,还将茶一一地供奉给了本地所有的神灵,还要供奉给这里所有的鸟类,供奉给所有的猛兽,供奉给一切众神灵,又供奉给了神殿和佛殿,又对四面八方所有的神灵进行叩拜,等这一切供奉完成后,阿卡阿朗说道:

> 贡宝恰朗请您听,
> 请您听呀我来说!
> 此地的确很舒适,
> 本地神灵已供奉。
> 我们二人喝口茶,
> 茶水里面放酥油。
> 包袱内有糌粑袋,
> 请把糌粑袋拿来。
> 茶碗里面放糌粑,
> 还有把那曲拉放。
> 我们香茶已喝足,
> 我们糌粑已吃饱。

说完之后,他们拿出了糌粑和曲拉,坐下来慢慢地喝着酥油茶,吃着糌粑,边吃边聊,很是惬意。

他们吃饱喝足之后,阿卡阿朗说道:

> 贡宝恰朗请您听,

请您听呀我来说！
向着下方鸟瞰时，
广袤大地起云雾。
一直升腾来这里，
浩瀚天空起朵云。
云朵升腾来这里，
云朵翻滚向下移。
黑色乌云来这里，
地雾天云相接处。
云中神龙在吼叫，
黑色乌云布满天。
云雾中间现神殿，
神殿开门那瞬间，
神龙出门在吼叫，
形似长蛇在盘旋。
神龙张大血盆口，
欲将冰雹洒大地。

　　阿卡阿朗说道："贡宝恰朗请您听，请您听呀我来说！我们从这里向着下方看去，下部那片广袤的大地上升起了一片雾气，以很快的速度向这边飘来，仰望浩瀚的天空，从天空中也飘来一朵黑色的云雾。天上的这朵黑云和地上升腾的雾气相连后，顿时变成天连着地，地连着天，天地相连的地方出现了一座雄伟的神殿。当神殿大门开启的一瞬间，神龙就从大门飞出，怒吼着，大叫着。它形似长蛇在盘旋，神龙大张着血盆大口，将冰冷的冰雹洒向大地，洒向我们！"

　　说完，贡宝恰朗说道：

阿卡阿朗请您听，
请您听呀我来说！
您的话语没有错，
千真万确是这样。
别来别来非要来，
此行预兆不吉祥。
广袤大地起云雾，
一直升腾来这里。
浩瀚天空起朵云，
云朵升腾来这里。
黑色乌云来这里，
地雾天云相连处。
云中神龙在吼叫，
黑色乌云布满天。
云雾中间现神殿，
神殿开门那瞬间，
神龙出门在吼叫，
形似长蛇在盘旋。
神龙大张血盆口，
欲将冰雹洒大地。
我们不要再犹豫，
赶紧把那帐篷搭。

　　贡宝恰朗说道："阿卡阿朗请您听，请您听呀我来说！您刚才说的话语一点也没错，千真万确就是这样的。我说不要来，不要来，您非得来，才喝了一口茶的工夫，天空中突然黑云翻滚起来了，非常恐怖。从出门那一刻开始，我们的预兆一点也不吉祥，看看现在应验了吧！刚才我也看到下部那片广袤的大地上升起了一片雾气，以极快的速度向这边飘来。仰望浩瀚的天空，也飘着一朵黑色的云。天上的这朵黑云和地上升腾的雾气相连后，顿时变成天连着地，地连着天，云雾中间出现了一座神殿。当神殿开门的一瞬间，神龙飞出了大门，在半空中吼叫，形似长蛇一般在天空中盘旋。那神龙张着血盆大口，想把冰雹洒下来。如此看来，我们将要遭到冰雹的袭击了，现在我们不要再犹豫了，赶紧找块平坦的地方把我们的帐篷搭起来呀！"

说完，阿卡阿朗对贡宝恰朗说道：

> 贡宝恰朗请您听，
> 请您听呀我来说！
> 既然我们已出门，
> 抱怨话语您少说。
> 刀剑锋利会伤人，
> 恶语多了会伤心。
> 目前境况您别怕，
> 我们赶紧煨堆桑。
> 本地山神求一求，
> 阿朗神灵求一求，
> 格萨尔王求一求，
> 求一求呀保平安。

阿卡阿朗对贡宝恰朗说道："贡宝恰朗请您听，请您听呀我来说！一路走来，您已经说了不少不应该说的话，尤其是抱怨的话您少说几句，既然今天我们已经走到这一步，无论前方发生什么事，我们硬着头皮也要走下去！刀剑锋利会伤人，恶语多了会伤心！现在这种情况您不用担心，也不用怕，我们赶紧先把帐篷搭起来，然后煨起一堆松柏桑,向本地的山神求一求,向我们阿朗部的众神灵求一求,再向格萨尔王求一求,求他们保佑我们躲过这一劫呀！我想,这样我们就会没事的!"说完,二人赶紧搭起了帐篷,又在帐篷外煨起了一堆很大的松柏桑,桑烟直冲云霄。尔后,他们跪地磕着头,口中念诵祷词,请求诸位神灵保佑,保佑他们顺顺利利地躲过这一劫。

　　他们上空黑云翻滚,雷声震天。这时,贡宝恰朗对阿卡阿朗说道:

> 阿卡阿朗请您听,
> 请您听呀我来说!
> 云雾中间现神殿,
> 神殿有无宫殿神。
> 若有我们求一求,
> 求助殿神来保佑。

　　贡宝恰朗对阿卡阿朗说道:"阿卡阿朗请您听,请您听呀我来说! 那朵云雾中间出现了神殿,这座神殿内有没有管理宫殿的神灵? 若有,我们就求一求他吧,也许殿神还能出来保佑我们啊!"
　　阿卡阿朗听后说道:

> 贡宝恰朗请您听,
> 请您听呀我来说!
> 云雾中间现神殿,
> 神殿之内有神灵。
> 请把塞钦①拿给我,

---

①　塞钦:用来供奉神灵的净水和酒等祭祀品。

　　　　　　　　要给殿神来供奉；
　　　　　　　　要给神龙来供奉；
　　　　　　　　要给诸神来供奉。
　　　　　　　　我们如此求一求，
　　　　　　　　求助殿神来保佑。

　　阿卡阿朗听后说道："贡宝恰朗请您听，请您听呀我来说！我也看见那朵云雾中间出现了神殿，这座神殿里面有神灵。现在请您赶紧把我们的塞钦拿给我，我要用塞钦来供奉殿神，还要供奉神龙，还要供奉诸神灵，祈求神灵保佑我们。"

　　说完，贡宝恰朗说道：

　　　　　　　　阿卡阿朗请您听，
　　　　　　　　请您听呀我来说！
　　　　　　　　您的话语没有错，
　　　　　　　　千真万确是真理。
　　　　　　　　现在就把塞钦取，
　　　　　　　　赶紧开始做祭奠。
　　　　　　　　请把殿神求一求，
　　　　　　　　请他保佑我们呀！
　　　　　　　　请把神龙求一求，
　　　　　　　　龙神刚刚打一雷，
　　　　　　　　雷声震天很恐怖，
　　　　　　　　请他保佑我们呀！

　　贡宝恰朗说道："阿卡阿朗请您听，请您听呀我来说！您说的话千真万确，一点也没有错，说的都是真理。我现在就把塞钦拿给

您,请您赶紧给殿神和龙神做祭奠！请您求一求殿神,请他保佑我
们呀！龙神刚刚发怒打了雷,雷声震天很恐怖,请您也求一求神
龙,请他保佑我们呀！"说完,贡宝恰朗赶紧拿来了塞钦,阿卡阿朗
站在暴风雨中,左手拿着塞钦瓶,右手拿着松柏枝,双目紧闭,口中
不断地念诵着祷词。他一边念诵祷词,一边用松柏枝向着神殿和
神龙祭奠。

没过多久,雨过天晴。他们爬出帐篷一看,遍地洒下了厚厚的
冰雹,整个地面都变成了白茫茫的一片。看到了这一切,他们心
想,幸亏我们的祈求及时,得到了殿神和神龙的保佑,方才万无一
失啊！

这时,贡宝恰朗说道：

> 阿卡阿朗请您听,
> 请您听呀我来说！
> 可怕冰雹已下完,
> 金色阳光无照射。
> 今晚我们住这里,
> 明天太阳升起时,
> 我们骑马再启程,
> 住上一宿不碍事。

贡宝恰朗说道："阿卡阿朗请您听,请您听呀我来说！由于我
们又是煨桑,又是祈求神灵保佑,这场可怕的冰雹终于过去了。冰
雹虽然下完了,但是太阳已经快要落山了,今晚我们就住在这里
吧！等明天早晨太阳升起,冰雪消融之后,我们骑上各自的骏马再
启程吧！在这里住上一宿不碍事啊！您看怎么样？"

阿卡阿朗听后说道：

贡宝恰朗请您听，
请您听呀我来说！
您的话语没有错，
千真万确是真理。
现在已经是黄昏，
今晚我们住这里。
明天太阳升起时，
我们骑马再启程！

阿卡阿朗听后说道："贡宝恰朗请您听，请您听呀我来说！您说的话语千真万确一点都没有错，我也是这么想的！现在已经到了黄昏时分，我们想走也走不了，今晚我们就住在这里吧！明天早晨太阳升起，冰雹消融之后，我们再骑着各自的骏马启程吧！"说完，他们找到一块平坦的地方，拴好了各自的马匹，回到帐篷住了下来。

到了第二天早晨，阿卡阿朗说道：

贡宝恰朗请您听，
请您听呀我来说！
早晨黎明天亮了，
我们起床来熬茶。
等到香茶喝完时，
太阳照射雪消融。
也到我们启程时，
再给骏马备好鞍。
金色太阳升起时，
我们马上就启程！

阿卡阿朗说道："贡宝恰朗请您听，请您听呀我来说！现在已经是早晨，天已经亮了，我们起床吧！起床后赶紧熬一壶茶。等我们把茶熬好，吃过早饭，太阳也就照射到大地了，冰雪也就消融了，路也就干了，再给骏马备好鞍，这时我们也该启程了！"

说完，他们马上就起床，开始熬茶。等到茶水烧开后，他们一边喝茶，一边吃着糌粑。吃过早餐后，将茶壶中剩余的茶水和茶叶，平均分配后均匀地倒在三块灶石上，又收拾了帐篷和驮子，牵回了马，再给马备了鞍，驮上驮子。此刻已经艳阳高照，没多久冰雪也基本消融了，道路也基本晒干了。于是，他们骑上各自的骏马出发了。

他们骑着马越向上走去，那里的冰雪越厚，冰雪覆盖了整个山沟，在雪地上分辨不清哪里是道路，哪里是沟壑，二人跌跌撞撞，一步一滑，很艰难地跋涉着。他们时而骑着马，时而牵着马步行。就在这时，他们抬头看了看很遥远的上部，看见那里有几个动物在雪地里奔跑，因为距离遥远，看不清到底是野马还是野驴？它们在那里跳跃着，奔跑着，若隐若现。

阿卡阿朗说道：

贡宝恰朗请您听，
请您听呀我来说！
我们走在山沟间，
顺着山涧去上方。
前方雪地有踪迹，
好似铁匠夹铁钳。
不知麝踪野马踪，
此地踪迹属何物？
要去上方没道路，
只见那里一小路。

> 抬头仰望那上方，
> 前方远处有大山。
> 此山名称不清楚，
> 要爬大山很艰难。

　　阿卡阿朗对贡宝恰朗说道："贡宝恰朗请您听，请您听呀我来说！我们现在到了一个山沟，咱俩顺着这个山沟一直向上走去，要去东方，这是必经之路，我们必须得从这里走过。因为，昨晚下了冰雹和雪，我们越往山沟深处走去，那里的雪越厚，甚至分不清哪里是道路，哪里是沟壑。您看！我们的前方雪地上有一排踪迹，这踪迹好似铁匠用来夹铁的钳子，我不知道这是麝所留下的踪迹，还是野马经过此地留下的踪迹？这些踪迹到底是什么动物留下的？前方看不见道路了，现在我们只能靠这些动物的足迹，才能找到路！走了很久之后，云雾散去，他们抬头仰望上方，看见前方不远处有一座大山，这座大山的名称叫什么也不清楚，要想爬过这座大山难上加难，不容易。"他们不禁感叹起来，为自己捏了一把汗。

　　阿卡阿朗又说道：

> 贡宝恰朗请您听，
> 请您听呀我来说！
> 眼前困难您别怕，
> 顺着小路走过去。
> 前方雪地有踪迹，
> 此踪不是野马迹，
> 是麝经过踩下印，
> 踪迹名称无疑虑。

阿卡阿朗又说道："贡宝恰朗请您听,请您听呀我来说！您不用被我们眼前所遇到的困难吓到！您别怕！顺着这条小路一直走过去。前方雪地上留下的踪迹不是野马的踪迹,而是麝经过此地时踩下的踪迹,这个踪迹我认识,千真万确就是麝的踪迹,您不必担心啊!"

说完,他们跟着那些踪迹一路走上去了。走到那座大山脚下后,阿卡阿朗对贡宝恰朗说道：

> 贡宝恰朗请您听,
> 请您听呀我来说！
> 我们跟着踪迹走,
> 为此请您不要怕。
> 此踪不是野马迹,
> 是麝经过踩下印。
> 弯绕攀爬上大山,
> 雪地踪迹有很多。
> 有个踪迹很特别,
> 他像国王玉玺印。
> 那是虎踪是狮踪?
> 眼下我还不确定。
> 那是狐踪是狼踪?
> 这个我还不明了。
> 万千猛兽在围绕,
> 万千猛禽在盘旋。
> 要去那里不容易,
> 我们慢慢要攀爬。

阿卡阿朗对贡宝恰朗说道："贡宝恰朗请您听,请您听呀我来

说！我们跟着这些踪迹一直往前走，请您不要害怕！这个踪迹不是
野马留下的，而是麝经过时踩下的脚印。我们边说边走，绕着弯，一
级一级地慢慢地在大山上向上攀爬。在山坡的雪地上留下了很多
动物的踪迹，其中有个踪迹很特别，他像国王的玉玺印般的踪迹。
那是老虎留下的踪迹还是狮子留下的踪迹？目前我还不能确定啊！
又看见女人的发髻一般的踪迹，那是狐狸留下的踪迹还是狼留下的
踪迹？这个我也还不太确定。我们越往山里走，越觉得艰难，再看
看这些各种各样猛兽的脚印就知道，上方围绕着成千上万头猛兽，盘
旋着成千上万只猛禽，要去那里不容易呀！我们要慢慢地攀爬啊。"

贡宝恰朗对阿卡阿朗说道：

> 阿卡阿朗请您听，
> 请您听呀我来说！
> 要去那里不容易，
> 我们慢慢要攀爬。
> 万千猛兽在围绕，
> 万千猛禽在盘旋。
> 抬头仰望那上部，
> 我们马上要登顶。
> 再看大山那峰顶，
> 峰顶长着三棵树，
> 三棵树名叫什么？
> 大树顶端落三鸟，
> 三鸟名称叫什么？
> 请您给我说一说！

贡宝恰朗对阿卡阿朗说道："阿卡阿朗请您听，请您听呀我来

说！我们想要攀登到峰顶不容易呀，我们需要花费很多的时间慢慢攀爬。再说，上部围绕着成千上万头猛兽，盘旋着成千上万只猛禽，真的感觉不容易呀。您再看那上部的峰顶，峰顶上长着三棵大树，三棵大树名叫什么？大树顶端还落着三只鸟，这三只鸟的名称叫什么？请您给我说一说呀！"

阿卡阿朗听后说道：

> 贡宝恰朗请您听，
> 请您听呀我来说！
> 峰顶长着三棵树，
> 三棵树名叫什么？
> 您要问我这句话，
> 三树的确有说法：
> 一是黄色黄槐树；
> 二是绿色绿松树；
> 三是白色松柏树。
> 大树顶端落三鸟，
> 三鸟名称叫什么？
> 您要问我这句话，
> 三鸟的确有名称：
> 一是孖孖色肉鸟（天鹅）；
> 二是亏沂奴牡鸟（杜鹃）；
> 三是嘉孖叉毛鸟（喜鹊）。

阿卡阿朗对贡宝恰朗说道："贡宝恰朗请您听，请您听呀我来说！这座大山的峰顶长着三棵树，您要问我这三棵树的名字叫什么？这三棵树的确有说法：一棵是黄色的黄槐树；一棵是绿色的

绿松树；一棵是白色的松柏树。大树顶端落了三只鸟，您问三只鸟
的名称叫什么？这三只鸟的确有名称：一是孕孕色肉鸟；二是亏
沂奴牡鸟；三是嘉孕叉毛鸟。"

贡宝恰朗听后又说道：

> 阿卡阿朗请您听，
> 请您听呀我来说！
> 您的话语没有错，
> 三棵树名知道了，
> 三只鸟名知道了。
> 上部猛兽有万千，
> 上部猛禽有万千，
> 我们如何上得去？

贡宝恰朗听后又说道："阿卡阿朗请您听，请您听呀我来说！
您刚才说的话没有错，三棵树的名称我知道了，三只鸟的名称我也
知道了。现在我们马上就要登顶了，但是上部有成千上万的猛兽，
上部有成千上万的猛禽，我们如何才能上得去呢？"

阿卡阿朗说道：

> 贡宝恰朗请您听，
> 请您听呀我来说！
> 这件事情不要怕，
> 我们马上要登顶。
> 到了峰顶煨堆桑，
> 煨桑祈求本地神。
> 朗部美酒做塞钦，

以此供奉诸山神。

阿卡阿朗说道："贡宝恰朗请您听,请您听呀我来说! 这件事您就不要害怕了,我们马上就要登顶了。到了峰顶我们煨一堆松柏桑,用松柏桑祈求本地的诸位神灵。还有我们阿朗部的美酒做塞钦,以此供奉本地的诸山神呀! 这样他们就会护佑我们的!"说完,他们继续向着山顶走去。他们走着走着,就来到了那三棵大树的旁边,这几棵树长得非常茂盛,树顶上还落着三只鸟,它们看见有人来了就左右盘旋着,还一个劲地叫个不停。当他们再往前走了几步之后,就看见那里有一个很大的"拉则"(山神)。这时,阿卡阿朗又说:"呀,贡宝恰朗爷爷,这里有座很大的拉则,我们去那里煨一堆松柏桑,用我们阿朗部的酒做塞钦,以此来供奉拉则和本地的神灵,我们好好地进行叩拜和祷告,这样我们就不会有事了!"他们边说边走,不知不觉就来到了山顶。

我们已到山峰顶,
这里有尊拉则神。
我们在此稍休息,
要把拉则来供奉。
从那上方捡一石,
中部那里抬一石,
下边把那石捡来,
三石齐全敬拉则。
供奉三石转果拉①,
右转果拉要三圈。

① 果拉:围着佛殿顺时针转圈祭拜。

峰顶长着松柏树，
摘来树枝做供奉。
拉则前方做桑台，
桑台上面煨堆桑。
拉则要用桑烟祭，
如若不祭事难成。
煨桑之后吹海螺，
要把白色海螺吹。
再把塞钦瓶来拿，
塞钦供奉四方神。
四面八方都供奉，
再次央求诸神灵！

　　他们来到这座大山的峰顶，看见那里有尊"拉则"，来到"拉则"旁边，准备要对拉则进行供奉和祭奠。他们在此稍作休息之后，从上方捡来了一块石头，从中部那里抬来了一块石头，从下边又捡来了一块石头，把三块石头都捡来之后，就用这三块石头对拉则进行了供奉和祭奠。供奉完三块石头之后，又围绕着"拉则"从右到左地转了三圈"果拉"。就在他们的不远处，峰顶上长着松柏树，他们摘来了树枝做供奉。他们在"拉则"的前方做了一个很大的煨桑台，煨桑台上面煨起了一堆很大的松柏桑。供奉"拉则"就要用桑烟来供奉，如若不祭拜"拉则"，他们接下来的所有事宜就很难办成，祭奠了就会顺利一些。煨桑之后又吹响了白色的海螺。再用"塞钦"供奉了四方神，也对四面八方的神灵一一地进行了供奉，再次央求诸神灵保佑！

万千猛兽在围绕，
祈求猛兽放过我！

> 万千猛禽在盘旋。
> 祈求猛禽别伤我！
> 万千猛兽在围绕，
> 猛兽之王是雄狮。
> 兽王雄狮祈求您，
> 我们顺利能通过。
> 万千猛禽在盘旋，
> 猛禽之王是秃鹜，
> 鸟王秃鹜祈求您，
> 顺利通过要靠您。

　　这里还围绕着成千上万头猛兽，猛兽之王是雄狮，祈求兽王雄狮让他们顺利通过此地！也盘旋着成千上万只猛禽，猛禽之王是秃鹜，祈求鸟王秃鹜让他们顺利通过！他们这样很诚恳地祈求之后，那些猛兽都不见了，那些猛禽也都飞走了。这时，他们又骑上骏马启程了。

　　贡宝恰朗说道：

> 阿卡阿朗请您听，
> 请您听呀我来说！
> 骑着马儿去下方，
> 要走此路不一般：
> 东边石崖西边倒；
> 西边碎石东边流；
> 南边棘刺北边斜；
> 北边毒刺南边挂。

贡宝恰朗说道："阿卡阿朗请您听，请您听呀我来说！我们要下山的话道路如此难走，这是我始料未及的事：东边的石崖向西边倾倒，西边的碎石向东边流淌，南边的棘刺向北边歪斜，北边的毒刺向南边悬挂，根本就没有一条平坦的能骑着马行走的道路呀！跨出的每一步都这么艰辛，这么难走啊！"

听后，阿卡阿朗又说道：

> 贡宝恰朗请您听，
> 请您听呀我来说！
> 要去下部不一般，
> 从此俯瞰下部地，
> 下部有块平坦地，
> 有座城堡在那里。
> 城堡名称不清楚，
> 谁在里面更不知。

阿卡阿朗对贡宝恰朗说道："贡宝恰朗请您听，请您听呀我来说！我们从这里要去下部不容易呀，站在高处往下看，看见下部有一块平坦的开阔地，那里有一座城堡，不知道城堡的名称？也不知道那是谁的城堡？"

贡宝恰朗听后说道：

> 阿卡阿朗请您听，
> 请您听呀我来说！
> 从此俯瞰下部地，
> 下部有块平坦地。
> 有座城堡在那里，

细看又像大宅院。
我们赶紧向下去!
骑上骏马赶紧去!
再看旁边那一面,
有个小孩在奔跑。
小孩一共有三个,
边跑边玩这边来。

贡宝恰朗听后说道:"阿卡阿朗请您听,请您听呀我来说! 您看到的和我看到的基本是一致的,下部有一块平坦广袤的地方,那里有一座像是城堡的建筑,再细看又像是一座大宅院。我们现在不要在这里耽误时间了! 骑上骏马赶紧去吧! 您看我们旁边有一个小孩在那里奔跑,向着孩子们奔跑的方向看过去,发现一共有三个孩子,孩子们边跑边玩向着我们这边跑了过来。"

孩子们跑到他们面前后,问道:

二位爷爷你们听,
你们听呀我来说!
你们二位哪里来?
这会又要去哪里?

孩子们跑到他们面前后,问道:"二位爷爷你们听,你们听呀我来说! 你们二位老人看上去非同一般,你们是从哪里来的? 这会儿又要到哪里去? 你们的名字叫什么? 你俩知不知道我家主人的名字叫什么?"

阿卡阿朗听后回答道:

小小孩子你们听，
你们听呀我来说！
我的名字叫阿朗，
他的名字叫恰朗。
你家主人叫甘德，
甘德老人不一般，
阿朗部落一将领。
甘德老人住哪里？

　　阿卡阿朗听后回答道："小小孩子你们听，你们听呀我来说！我的名字叫阿卡阿朗，他的名字叫贡宝恰朗，你家主人是不是叫甘德，甘德老人可不是一般的人，他是我们阿朗部落的一员大将。你们能不能告诉我甘德老人住哪里？"
　　三个孩子听后说道：

二位爷爷你们听，
你们听呀我来说！
甘德爷爷是主人，
我们三位是牧人。
我的爷爷牧马人，
他的爷爷牧牛人，
他的爷爷牧羊人，
我们都是放牧人。

　　三个孩子听后说道："二位爷爷你们听，你们听呀我来说！甘德爷爷是我们的主人，他也是我们这儿的首领，我们三人都是他的牧人，我的爷爷是甘德爷爷的牧马人，他的爷爷是牧牛人，他的爷爷是牧羊人，我们都是给他家放牧的人呀。你们是来找我们的主人的话，就从这里下去，前方能看见的那座像城堡的宅院就是他的家，你们去找吧!"

听后，二位爷爷说道：

> 三位孩子你们听，
> 你们听呀我来说!
> 你们三位好孩子，
> 感谢你们告知我。
> 你们三位去忙吧!
> 我们现在就要去，
> 去找甘德老爷爷，
> 不知甘德在不在?

二位爷爷说道："三位好孩子你们听，你们听呀我来说! 你们三位真的是好孩子，感谢你们三位告诉我们这些，现在你们三位就去忙吧! 我们现在也要去找甘德老爷爷，不知道他老人家在不在家?"说完，孩子们蹦蹦跳跳地去放牧了。阿卡阿朗和贡宝恰朗也骑着各自的骏马向着下方走去。

> 向着下方走去时，
> 看见一座小城堡，
> 那是甘德的城堡。
> 院落中间有旗帜，
> 城堡护卫有没有?
> 城堡大门最上边，
> 金黄大狗在守卫，

那是甘德的门卫。
城堡大门最右面，
有只白色大水鸟，
白色水鸟在守卫。
城堡大门最左边，
白似海螺有只鸟，
此鸟守护那城堡。
我们现在就下马，
祈求守卫大黄狗，
请求不要咬我们；
白色水鸟求一求，
请求不要啄我们。
去把甘德老人请，
恳请打开此大门，
我有要事需见他！

　　他们骑着马向着下方走去时，看见那里有一座小小的白色城堡。他们根据三位孩子的描述判定，这就是甘德老人的城堡！院落中间树立起一面白色的旗帜，他们十分担心甘德老人的城堡有没有护卫？远远望去，在城堡大门的最上边，用栅栏圈着一条金黄色的大黄狗，它足足有小牛犊那么大，那只大黄狗看到阿卡阿朗和贡宝恰朗之后，就像疯了一般蹦跳着，吼叫着，狂吠声响彻整个山沟，它就是甘德老人城堡的其中一个护卫。再看看城堡大门的最右侧，有一只白色的大鸟，足足有小马驹那么高，它的嘴巴粗长而尖，它看见贡宝恰朗和阿卡阿朗两个人向着大门走来，就伸长了脖子，像是要啄他们。这只白色的大鸟就是甘德老人城堡的另一个守卫者。当他们快走近城堡时就下了马，并祈求那个守卫大黄狗："请您不要咬我们!"祈求那只白色大水鸟:"请您不要啄我们,麻烦向甘德老人通报一声,恳请打开城堡大门,我们有十分重要的事需要见他!"

大黄狗和大鸟说道:

> 二位老人你们听,
> 你们听呀我来说!
> 二位老人哪里来?
> 哪里来的回哪里。
> 此处大门不能开,
> 开了首领会骂我!

大黄狗和大水鸟说道:"二位老人你们听,你们听呀我来说!你们二位老人是从哪里来的? 你们哪里来的回哪里去。城堡的大门不能开,如果我们做主开了门,我们的首领会骂我们的!"这时,他们抬头一看,在城堡的门顶上看见有个人站在那里,他们又和此人进行了对话。

阿卡阿朗说道:

> 守卫守卫请您听,
> 请您听呀我来说!
> 我们是从朗部来,
> 我有要事来这里。
> 需要求见您首领,
> 请您快快去禀报!

阿卡阿朗说道:"非同一般的守卫请您听,请您听呀我来说!我们是从阿朗部来的,今天有很重要的事需要见你们的首领甘德老人，请您赶快去向甘德老人禀报一声呀！"
　　门卫说道：

> 二位老人你们听，
> 你们听呀我来说！
> 城堡大门我来守，
> 不能私自把门开！
> 二位老人请稍等，
> 我去禀报给首领。
> 若是能开我就开，
> 若说不开无他法。

　　那个门卫听了后说道："二位老人你们听，你们听呀我来说！这座城堡的大门是由我值守，没有首领的旨意我不能私自打开它！请二位老人稍等一下，我现在就去禀报首领。如果他同意了让我开，我才能开；如果他不同意，那我也没有办法呀！"说完他就走了。
　　这位门卫见了甘德首领之后禀报道：

> 甘德首领请您听，
> 请您听呀我来说！
> 刚才门口来两人，
> 说是从那阿朗来。
> 二人骑着黄骏马，
> 背着武器弓箭矛；
> 身穿铠甲长大衣，
> 内嵌动物毛皮物；
> 下穿动物皮毛裤；

头戴狐皮大翻帽；
脚穿毛皮大靴子。
二位老人不一般。
他们说是有要事，
需要与您来商议！

　　这位门卫向甘德首领禀报道："甘德首领请您听，请您听呀我
来说！刚才门口来了两位骑马的老人，说是从阿朗部来的。我看
这二位老人不是一般的老人，身上背着武器弓、箭、矛，身穿铠甲长
大衣，内嵌有保温的动物毛皮制作的内胆。下穿动物皮毛裤，头戴
狐皮大翻帽，脚穿毛皮大靴子。他们说有要事需要与您商议！我
特地来向您汇报！"

　　甘德首领听了守卫的这番话之后，就急急忙忙地向着大门走
去，他走到门口亲自开门迎接。

　　阿卡阿朗和贡宝恰朗见到甘德首领之后，说道：

阿卡甘德请您听，
请您听呀我来说！
我们是来请您的，
阿古加党在叫您！
我们时间很有限，
我们即刻就出发！

　　阿卡阿朗和贡宝恰朗见到甘德首领之后，说道："阿卡甘德请您
听，请您听呀我来说！我们这次来是受了阿古加党的委托，特意
来请您出山的！我们在路途中耽误了太多的时间，不能在此久留，
我们即刻就出发呀！"

甘德首领听了后说道：

> 二位老人你们听，
> 你们听呀我来说！
> 您俩是从阿朗来，
> 来到此地不容易。
> 二位快快进里面，
> 进去城堡稍休息，
> 有话我们慢慢聊，
> 有事我们慢慢讲！

　　甘德首领听了后说道："二位老人你们听，你们听呀我来说！您俩从阿朗部来到这里路途遥远，一定历尽了艰辛。既然是阿古加党让你们来找我，阿朗部肯定有很重要的事，现在你们人困马乏的，先不寒暄了，快快进屋去，到城堡里面稍微休息一下，喝口茶，有话我们慢慢聊，有事我们慢慢讲呀！"

　　说完，守卫从二位老人的手中接过马去了马厩，甘德首领带着二位老人进了城堡。进到房间之后，甘德老人赶紧吩咐妻子说道：

> 爱人爱人请您听，
> 请您听呀我来说！
> 今天家里来贵客，
> 请您赶快烧壶茶。
> 烧起上中下三灶：
> 上灶锅里煮上肉；
> 中灶锅里酿上酒；
> 下灶锅里熬上茶。

　　　　　　给他二位端上肉，
　　　　　　还要端上茶和酒。
　　　　　　他们是从朗部来，
　　　　　　阿朗部落二首领。
　　　　　　来到此地不一般，
　　　　　　定是有事要商议。

　　甘德老人与二位老人经过几番寒暄之后，吩咐妻子说道："爱人爱人请您听，请您听呀我来说！请您烧起上、中、下三灶，上灶锅里煮上肉，中灶锅里酿上酒，下灶锅里熬上茶！他们是从遥远的阿朗部而来，肯定渴了也饿了，赶紧让他们吃饭。他们是阿朗部落的二位首领，从阿朗部来到这里不是一件容易的事，他们能活着来到这里不是一般的人呀，他们肯定是有很重要的事要商议。"

　　妻子听后说道：

　　　　　　爷爷爷爷请您听，
　　　　　　请您听呀我来说！
　　　　　　您的话语没有错，
　　　　　　今天家里来贵客，
　　　　　　烧起上中下三灶：
　　　　　　上灶锅里煮上肉；
　　　　　　中灶锅里酿上酒；
　　　　　　下灶锅里熬上茶。
　　　　　　檀香方桌放炕上，
　　　　　　桌上摆上希尔麦①。

————————————

　　①　希尔麦：两个垒起来的馍馍上面抹上酥油。

> 给他二位端上肉，
> 还要端上茶和酒。

　　他的妻子听后说道："爷爷爷爷请您听，请您听呀我来说！您说的话语没有错，今天我们家里来了尊贵的客人，我现在就按照您的吩咐去烧起上、中、下三灶，上灶锅里煮上肉，中灶锅里酿上酒，下灶锅里熬上茶。把檀香木制成的方桌放在炕上，桌上摆上希尔麦，给他二位端上肉，还要端上茶和酒。"

　　说完没多久，他的妻子给阿卡阿朗和贡宝恰朗端上了肉、茶和酒。这时，阿卡阿朗和贡宝恰朗说道：

> 阿卡甘德请您听，
> 请您听呀我们说！
> 香甜奶茶我们喝，
> 喝前供奉诸神灵，
> 供奉上部天王神，
> 供奉中部财宝神，
> 供奉下部龙王神，
> 供奉之后我再喝！
> 味美牛肉我们吃，
> 吃前供奉诸神灵，
> 供奉本地诸山神，
> 还有家神和鲁赞，
> 甘德此地土地神，
> 供奉之后我再吃！
> 醇香美酒我们喝，
> 喝前供奉诸神灵，

供奉朗部诸神灵，
供奉阿朗格萨尔，
香肉美酒和奶茶，
供奉之后再享用！

　　这时，阿卡阿朗和贡宝恰朗说道："阿卡甘德请您听，请您听呀我们说！香甜的奶茶我们喝，喝之前我们需要供奉诸神灵，一要供奉上部天王神，二要供奉中部财宝神，三要供奉下部龙王神，供奉之后我们再喝！美味的牛肉我们吃，吃之前需要供奉诸神灵，一要供奉本地诸山神，二要供奉家神和鲁赞，三要供奉甘德本地的土地神，供奉之后我们才能吃！醇香美酒我们喝，喝之前需要供奉诸神灵，一要供奉阿朗部的诸神灵，二要供奉阿朗部格萨尔王，醇香牛肉、美酒和奶茶，全部供奉之后，我们才能吃，才能喝呀！您端来了如此丰盛食物招待我们，我们实在是感激不尽，给你们增添了不少的麻烦呀！"说完之后，阿卡阿朗接着说道：

阿卡甘德请您听，
请您听呀我来说！
我们朗部有要事，
没有要事我不来。
之前加党召见我，
心事重重难忍受。
自从赛马称王后，
全身顿觉不舒服。
最近不知是何因，
双眼又跳手又痒。
辗转反侧难入眠，

就连睡觉不安稳。
我受加党的吩咐，
前来叫您去见他，
让我叫齐五老将，
他有要事需商议。

阿卡阿朗对阿卡甘德说道："阿卡甘德请您听，请您听呀我来说！我们阿朗部有重要的事，不然我也不会来。今天我们来不是为私事，而是阿古加党派我们来找您的。在我们来找您之前，阿古加党召见了我们。他说自从赛马称王之后，格萨尔得了第一名，从此格萨尔成了阿朗部的首领。自从格萨尔当了首领之后，阿朗部落发生了翻天覆地的变化，人民安居乐业，阿朗部的民众喜欢他、拥戴他。现如今阿古加党心事重重难以忍受，他全身都觉得不舒服了。他还说最近不知是怎么了，双眼又跳手又痒，每天辗转反侧无法入眠，就连睡觉都睡不安稳。今天我们受阿古加党的吩咐和委托，前来叫您去见他，他让我们近期叫齐五位老将领，他有要事需商议。我们在来这里的路途中已经耽误不少时日，您要赶紧做出决定，他还在阿朗部等我们呢，我们赶紧去阿朗部见阿古加党呀！"

阿卡甘德听后说道：

二位老人你们听，
你们听呀我来说！
我们这里很幸福，
吃的喝的都不缺。
我们如今没战役，
民众幸福又安康，
这里诸事都如意。

如今您俩来叫我，

加党虽为老首领，

如今派您来唤我。

我若不去不可以，

无论如何都得去。

今日太阳已落山，

今晚就请住这里，

明天太阳升起时，

我们三人就启程！

阿卡甘德听后说道："二位老人你们听，你们听呀我来说！现如今我们这里的生活很幸福，我想这个事你们在来的路途中已经看到了。这里的民众，不愁吃，不愁穿，无论大人和孩子，吃的喝的都不缺，现如今我们这里没有战争纷扰，民众的生活幸福又安康，这里诸事都已办成，无事生非的阿古加党却要再惹事端。阿古加党是阿朗部的老首领，既然是他让你们来叫我去，那我也不得不去，无论如何也得去。今天太阳已经落山，要去阿朗部路途遥远，一时半会儿还到不了，我想您俩今晚就住在我家。明天早晨天蒙蒙亮时，我们就出发去阿朗部吧！我们骑上各自的骏马，快马加鞭不会耽误事的，您俩看怎么样？"

阿卡甘德说完，他们三人坐在一起，一边喝茶，一边议事，一直谈论到半夜，才各自睡下了。

第五节　阿卡甘德赴朗部

到了第二天早晨，阿卡甘德说道：

> 早晨黎明天亮了，
> 我们起床吃早餐，
> 吃完早餐就启程。
> 大家去把马找来，
> 找来马儿备马鞍，
> 盘缠糌粑都带齐。
> 早晨太阳升起时，
> 我们三人要启程！

　　到了第二天早晨，阿卡甘德早早就起床，他吩咐手下人说道："呀，早晨黎明天亮了，请大家赶紧起床！我们三人待会要吃早餐，吃完早餐就要启程去阿朗部。大家去把马牵来，牵来马儿赶紧备马鞍，我们三人路上的盘缠、糌粑都带齐。待会太阳升起时，我们三人就要启程了！"

　　说完，他对阿卡阿朗和贡宝恰朗说道：

> 二位老人你们听，
> 你们听呀我来说！
> 您俩来时走的路，
> 路途艰难又凶险。
> 万千猛兽在围绕，
> 万千猛禽在盘旋，
> 寒风凛冽又刺骨，
> 巍峨雪山实难行。
> 我们此次去朗部，
> 另行择路去它处。
> 不去上方去下方，

下方路途无大山。
一路平坦无阻挡，
策马扬鞭扬长去！

阿卡甘德对阿卡阿朗和贡宝恰朗说道："阿卡阿朗和贡宝恰朗你们听，你们听呀我来说！昨天您俩来时选择的路是最艰难又凶险的路，那里围绕着成千上万头猛兽，盘旋着成千上万只猛禽，还有寒风凛冽又刺骨，还要翻过巍峨的雪山，的确非常艰难。我们此次去阿朗部，选择另外一条道路。我们出发时不要去上部，而是从下方去阿朗部，下方路途平坦无阻挡，既没有大山可爬，也没有猛兽追来，我们一路策马扬鞭，奔驰而去！"说完，他们三人开始吃早餐，当他们吃过早餐时，甘德老人的手下早已备好了马鞍，装好了盘缠。于是，他们三人走出大门，翻身上马启程了。

三人翻身上马背，
背着武器弓箭矛，
身穿铠甲长大衣，
下穿动物皮毛裤，
脚穿毛皮大靴子，
头戴狐皮大翻帽。
三位老人不一般，
雄壮威武又勇猛。

阿卡阿朗、贡宝恰朗和甘德首领三人翻身上了马，身上背着武器弓、箭、矛，身穿铠甲长大衣，下身穿着动物皮毛裤，脚上穿着毛皮大靴子，头上戴着狐皮大翻帽。远远望去，三位老人不一般，雄壮、威武又勇猛，威风凛凛好似英雄赴战场。

这时，甘德首领对手下说道：

> 手下将领你们听，
> 你们听呀我来说！
> 我们骑马要启程，
> 手下将领请留步，
> 所有家眷请留步，
> 老人孩子请留步。

甘德首领骑上马后，回过头对大家说道："手下的将领你们听，请你们听呀我来说！我们三人现在就要骑马启程了，手下将领们，请你们留步，以后这里的一切事务都交给你们啦！你们遇到事情要多思考，集思广益要商量，要善待这里的所有人！所有家眷请你们留步，照顾好这里的老人和孩子！老人和孩子们请你们留步，尊老爱幼是我们的传统，平时多听老人的话！我这次回阿朗部是暂时的事，过几天我就回来了！"三人和他们一一告别之后出发了。

甘德首领说道：

> 二位老人你们听，
> 你们听呀我来说！
> 我们现在要启程，
> 此行兆头又如何？
> 骑马前行去下方，
> 走在平坦大道上，
> 看见滩中有神殿，
> 供奉神殿用白石。
> 下马各自捡石块，

捡来三块白石块，
去把神殿来供奉。
神殿门前煨堆桑，
煨桑再把海螺吹，
再把陈酿洒空中。
桑烟升腾到神山，
海螺响彻千里路，
美酒飘香万里空，
此行兆头很吉祥。

　　他们三人骑着各自的骏马一路奔跑，离开甘德首领的城堡越来越远了，他们来到一个大滩中，看见那里有一堆石头垒成的神殿。这时，甘德首领说道："二位老人你们听，你们听呀我来说！我们现在启程要去阿朗部了，这次出行的兆头怎么样，我们还未曾占卜啊！现在，就在我们的前方，有一座用白色石头垒成的神殿，这座神殿要用三块白色的石头来供奉和祭奠。现在我们就下马，各自捡回一块石头，用它来供奉和祭奠一下这座神殿吧！在神殿门前煨起了一堆很大的松柏桑，吹响了海螺法号，再把自带的陈酿美酒洒向空中。这样做了以后，看见桑烟升腾到了神山的峰顶，听到海螺法号的声音响彻到了千里之外，美酒飘香到了万里天空，这说明此行兆头圆满且吉祥。"之后，三人又骑着骏马向着下方飞奔而去。

　　阿卡阿朗说道：

二位老人你们听，
你们听呀我来说！
此地神殿已供奉，

前途兆头很吉祥。
我们骑马去下方，
走出大滩到山沟。
山沟遇见一佛殿，
佛殿要用擦擦（泥塑佛像）祭，
这是蒙古尔之习俗。
身处何地信仰在，
去把佛殿来供奉。
佛殿屋角有铃铛，
铃声动听又不断，
铃声不停是何因？

　　阿卡阿朗说道："二位老人你们听，你们听呀我来说！我们已经对这座神殿进行了供奉和祭奠，兆头很吉祥，看来我们接下来的路途是一帆风顺的。我们现在就骑马出发去下方啊！"说完，他们三人策马扬鞭，一路飞奔，走出大滩又到达了一个山沟。他们正在山沟里边说边走时，前方遇见一座雄伟而美丽的佛殿。阿卡阿朗又说道："呀，前面有一座佛殿，我们需要对这座佛殿进行供奉和祭奠。供奉佛殿需要用擦擦来祭奠，这是我们擦哈蒙古尔人的习俗和习惯。我们擦哈蒙古尔人无论走到哪里，都不会忘记自己的信仰，现在我们就去这座佛殿进行供奉和祭拜呀！这座佛殿的屋角上有很多个铃铛，这些铃铛不停地发出悦耳动听的声音，不知道这是什么原因？"
　　阿卡甘德听后说道：

阿卡阿朗请您听，
请您听呀我来说！
佛殿屋角有铃铛，

> 铃声动听又不停。
> 铃声不停有说法，
> 请细听呀我来说！
> 大风吹过铃摇摆，
> 为此缘由响不停。

　　阿卡甘德听后说道："阿卡阿朗请您听，请您听呀我来说！这座雄伟而美丽的佛殿屋角上有许多铃铛，铃声悠扬持久。这些铃声不停息是有说法的，现在请你们细听呀我来说！这是因为大风吹过后，铃铛开始摇摆造成的！"他接着说道："呀，我们就对这座佛殿进行供奉和祭拜，这是我们擦哈蒙古尔人的习惯。不论我们走到哪里，我们的传统和我们的信仰不能丢失呀！这座佛殿的屋顶上还落着三只鸟，它们是守护这座佛殿的神鸟！现在我们就去供奉和祭奠这座雄伟的佛殿啊！"说完，他们三人来到佛殿前的煨桑台前，点燃了松柏树枝，上面放了白苏鲁的花、桑面、净水和酒等，又吹响了白色的海螺法号。他们一边在口中念诵着祷词，一边不断地围绕着佛殿，从右到左地转着"果拉"。等完成了这一切程序之后，阿卡甘德说道：

> 二位老人你们听，
> 你们听呀我来说！
> 一切供奉已完成，
> 我们即刻就启程。
> 从此山沟继续走，
> 从此前往有坦途，
> 行此道路不艰难，
> 策马扬鞭飞奔去。

路过山弯遇白塔，
要把白塔来供奉。
这是蒙古尔习俗，
身处何地信仰在。
我们下马去供奉，
如若不祭事难成。

阿卡甘德说道："二位老人你们听，你们听呀我来说！我们路过山弯时看到了这座白塔，需要对这座白塔进行供奉和祭奠，这是我们擦哈蒙古尔人的习俗呀！"说完，他们三人下马后走到白塔面前，煨起了一堆很大的松柏桑，又吹响了白色海螺法号，用塞钦供奉了上部天王神、中部财宝神和下部龙王神，还有各路山神、家神和格萨尔，从右到左地绕白塔三圈后，继续出发了。

这时，阿卡阿朗说道：

二位老人你们听，
你们听呀我来说！
白塔我们已供奉，
我们即刻就启程。
时间已到下午了，
我们赶紧快点走。

阿卡阿朗对贡宝恰朗和阿卡甘德说道："呀，二位老人你们听，你们听呀我来说！我们已经对这座白塔进行了供奉和祭奠，现在我们需要即刻启程，时间已经到了下午，我们赶快出发，要不然天就黑了！"说完，他们又骑上了各自的骏马一路飞奔而去。

就在阿卡阿朗、贡宝恰朗和阿卡甘德赶往阿古加党城堡时，阿古加党又在城堡的屋顶上环顾着四方，看看他们什么时候能出现在他的视线里。就在他着急地等待时，在遥远的路的尽头，隐隐约约地看见有一股沙尘在飞扬。这时，他对手下人说道：

> 你们大家听一听，
> 听一听呀我来说！
> 俯首瞭望那下方，
> 下方看见有沙尘。
> 你们大家快来看，
> 下方是否有人来？
> 不闻四蹄哒哒声，
> 只见沙尘滚滚来。
> 沙尘像风翻滚来，
> 忽见尘中现三人。
> 左手扯缰右举鞭，
> 双脚踩镫催马奔。
> 骏马四蹄不沾地，
> 鬃发好似彩旗飘。
> 策马扬鞭真英雄，
> 好似疆场冲杀中。
> 甘德三人要来了，
> 众将出城去迎接。

阿古加党对手下人说道："你们大家听一听，听一听呀我来说！我站在城堡上面俯首瞭望那遥远的下方，看见下方有沙尘在飞扬。你们大家快来看一看，下方是不是有人来了？我听不到骏马奔跑的马蹄声，只看见沙尘翻滚，那股沙尘像风一样快速涌来。我看见沙尘在移动,忽然在翻滚的沙尘中出现三个人。啊!那三个人非同一般,左手扯着缰绳右手举着马鞭,双脚踩着马镫两腿夹着马背。三匹骏马各个争先恐后,四蹄不沾地,鬃发好似飘扬的彩旗在风中飘扬。只看见他们三人策马扬鞭真像是英雄在战场上厮杀一般。"阿古加党接着说道:"快!快!快!看这样子是甘德老人他们三人到了,大家赶紧去城外迎接!"

这时,阿古加党又说道:

> 你们大家听一听,
> 你们听呀我来说!
> 四方木桌放门口,
> 方桌摆上那"曲卦",
> 方桌摆上那"贵达",
> 方桌摆上那"德尕"!
> 阿卡阿朗他们来,
> 你们赶紧去迎接!

阿古加党说道:"所有的将领你们听呀,你们听呀我来说!你们赶紧到门口放上檀香木做成的方形木桌,桌上摆上'曲卦''贵达'和'德尕',看样子好像是阿卡阿朗三人马上就要到了,你们到门口好好地去迎接他们!他们来到门口时献上'贵达',敬上'曲卦',放上'德尕',以最高礼节迎接他们,这样他们才会开心,才会喜悦的!"

于是,他的手下将领们在门口放上了檀香木做成的方形木桌,桌上摆上了"曲卦"、三条"贵达"和"德尕"。之后,他们就等候在门口,迎接他们的到来。

没过多久,三人从下方飞奔而来。三人到达门口之后下了马。这时,迎接他们的人接过阿卡甘德、阿卡阿朗和贡宝恰朗的马,给三位敬献了"贵达"，把"曲卦"交到阿卡阿朗的手中，他接过"曲卦"后对所有山神、家神和各路大神进行了供奉和祭奠，在门口举行了盛大而隆重的迎接仪式。

之后，在众将领的簇拥下，三人向阿古加党行了礼。阿古加党说道：

> 你们三位来到了，
> 三位老人请坐下！
> 阿古加党下旨意，
> 烧起上中下三灶：
> 上灶锅里煮上肉；
> 中灶锅里酿上酒；
> 下灶锅里熬上茶！
> 快给三位端上肉，
> 还要端上茶和酒，
> 好好招待您三位。

阿古加党与三位老人经过一番寒暄之后，吩咐手下厨师烧起了上、中、下三灶，上灶锅里煮上了肉，中灶锅里酿上了酒，下灶锅里熬上了茶！他们是从遥远的下部而来，肯定渴了也饿了，赶紧让他们吃饭。说完没多久，阿古加党的手下给他们三位端上了肉、茶还有酒。等他们吃饱喝足之后，阿古加党说道：

> 阿卡阿朗请您听，
> 请您听呀我来说！
> 还有一事劳烦您，
> 在我城堡那左边，

阿卡达吉住那里。
阿卡达吉是老将，
明天早晨议事时，
请把达吉他请来！

　　阿古加党对阿卡阿朗说道："阿卡阿朗请您听，请您听呀我来说！您从遥远的东方刚刚回来，您辛苦啦！明天还有一件事要麻烦您，在我城堡的左边，有一户人家，那就是阿卡达吉的住处。阿卡达吉是我们这里的老将，明天早晨议事时不能没有他，您把阿卡达吉也请来！"之后，他又接着说道：

贡宝恰朗请您听，
请您听呀我来说！
还有一事劳烦您，
在我城堡那右边，
阿卡丹巴住那里。
阿卡丹巴是老将，
明天早晨议事时，
请把丹巴也请来！

　　阿古加党对贡宝恰朗说道："贡宝恰朗请您听，请您听呀我来说！您和阿卡阿朗从遥远的东方刚刚回来，您也辛苦啦！明天还有一件事要麻烦您，在我城堡的右边，有一户人家，那就是阿卡丹巴的住处。阿卡丹巴也是我们这里的老将，明天早晨议事时不能没有他，请您把阿卡丹巴也请来！"说完，阿卡阿朗和贡宝恰朗都表示了同意，答应了阿古加党的请求。此刻，大家酒足饭饱，天色已晚，众人道别之后，各自回房歇息了。

第二章

阿古加党召集老部下
一意孤行前往魔王部

    阿古加党派遣阿卡阿朗老人去下部寻访贡宝恰朗老人,他历尽艰辛找到了贡宝恰朗老人。随后他又派遣阿卡阿朗和贡宝恰朗赴东方请来了阿卡甘德老人。还请来了阿卡达吉和阿卡丹巴老人。此时,阿古加党叫齐了这五位过去的老人手之后,道出了他多年来一直想做的一件事,那就是去魔王部。

    阿古加党不顾众人的劝说,和阿卡达吉一起去了魔部。他们走过了平原草滩,踏过了山川河流,爬过了雪山草地,躲过了野牛的追赶,打死了魔王的士兵,费尽周折终于到达了魔王的部落。

第一节　山危树茂路难行

第二天早晨,阿古加党说道:

> 金色太阳已升起,
> 今天是个好日子。
> 五位将领齐相聚,
> 请来我有话要说。

阿古加党对手下人说道:"金色的太阳已经升起来了,今天是个好日子。你们把那五位老人请到我这里来,我今天有话要和他们商量,顺便还要用占卜的方法,看看我们此事的预兆吉祥不吉祥呀!"说完,他的下属们就把五位老人都请到了阿古加党的面前,等他们行了大礼之后,都坐在了各自的座位上。这时,阿古加党说道:

> 五位老人你们听,
> 你们听呀我来说!
> 我有要事要告知,
> 因此大家聚一聚。

阿古加党说道:"五位老人你们听,你们听呀我来说!我这次叫你们来是因为有要事要和大家商议,现在我把详细的情况告诉大家,我们一起讨论一下啊!"他说道:

你们五位听一听，
听一听呀我来说！
蒙干赤旦是魔王，
我有要事去魔部。
如今朗部格萨尔，
赛马称王已多年。
最近不知是何因，
双眼又跳手又痒。
辗转反侧难入眠，
就连睡觉不安稳。
我们要去魔部地，
要把朗部事来说。
要向魔王去禀报，
要去魔部需商议。
上下左右要商议，
如若不议事难成。
我们大家聊一聊，
前因后果都挑明。

　　阿古加党对他们说道："五位老人听一听，听一听呀我来说！自从格萨尔赛马称王以来，阿朗部落的事宜都已经完成了，现如今魔部首领是蒙干赤旦王。我最近不知道怎么了，两只眼睛都在跳个不停，我的手掌也痒痒地不舒服，就连晚上睡觉也不安稳，经常到了半夜就会惊醒，醒来后全身大汗淋漓。所以，我一定要去一趟魔部，要把我们阿朗部的情况向魔王禀报。我们去魔王部落必须经过商议才行，如果不进行商议，我们的事很难办成。今天大家畅所欲言，前因后果都说清楚呀！"

阿卡达吉听了阿古加党的这番话之后对他说道：

> 阿古加党请您听，
> 请您听呀我来说！
> 我们朗部事已成，
> 不愁吃呀不愁穿。
> 衣食住行都不缺，
> 您为何事不安稳？
> 我们大家求求您，
> 没有必要去魔部。

阿卡达吉对阿古加党说道："阿古加党请您听，请您听呀我来说！现如今我们阿朗部落民众的生活蒸蒸日上，不愁吃也不愁穿，牛羊牲畜都满圈了，衣食住行都不缺了。和以往相比，现在民众的日子过得很好，每年都按期举办盛大的赛马会。您没有必要再去魔部，无中生有地挑起事端，您这样做会让民众再次陷入战争的漩涡，我看您就想故意挑出事端，现在的日子过得多幸福舒适呀，您还眼睛跳，心也跳，手还痒，就连睡觉也不安稳，这个我觉得没有一点儿必要呀！"

阿古加党听后又说道：

> 五位老人你们听，
> 你们听呀我来说！
> 晚上睡觉不安稳，
> 睡觉不安有缘由。
> 魔部必定去一趟，
> 我去魔部有要事。

你们让去我也去，
不让我去也要去。
明天早晨天亮时，
我的白马找回来。
再把黄马也牵来，
达吉与我一起去。
要去魔部很艰难，
十万猛兽在围绕，
十万猛禽在盘旋，
寒风凛冽刺骨痛，
巍峨雪山在前面，
此去不知何时归？
背上武器弓箭矛，
身穿铠甲长大衣，
万能铠甲要穿戴，
下穿动物皮毛裤，
头戴狐皮大翻帽，
脚穿毛皮大靴子。
城堡事宜有不少，
交给你们四老将。
我去魔部这件事，
不必告知格萨尔。

　　阿古加党听后又说道："五位老将领你们听，你们听呀我来说！我每天晚上睡觉睡不安稳是有原因的，你们是不会明白的。我去魔部不是为发起战争，也不是为挑起事端的，我有一件非常重要的事要去魔部办理。我去魔部的这件事，你们同意我要去，不同意我也要去！明天早晨把我的白马找回来，阿卡达吉与我一同去魔部，把他的黄马也牵回来，我一个人去魔部有点困难，有些事还需要有个好助手。要去魔部不是一件容易的事，听说那里妖魔鬼怪吃人的事经常发生，也有好多的猛兽出没，那里的猛禽也很厉害，要去那里凶多吉少很凶险。那里的寒风凛冽刺骨般的痛，巍峨雪山在前方，此去不知何时才能归来？此次外出我们要背上武器弓、箭、矛，身穿铠甲长大衣，下身穿上动物皮毛裤，头上戴上狐皮大翻帽，脚上穿上毛皮大靴子。城堡平时有不少事，我这次去也不知道什么时候才能回来？能不能回来都不一定呀！所以，城堡的事就拜托给你们四位老将了！我要特别需要说明的一点是，我去魔部这件事你们千万别告诉格萨尔！"他接着说道：

> 要去魔部很困难，
> 万般艰辛不容易。
> 明天太阳升起时，
> 你们五位请过来。
> 我与达吉赴魔部，
> 我们在此煨堆桑！
> 再把佛像挂起来，
> 海螺法号吹起来！
> 看看兆头好不好，
> 是吉是凶看预兆。

他接着说道："明天早晨太阳刚刚升起时，我与阿卡达吉要赴魔部，要去魔部一路上会遇到很多的困难，也会很艰辛，这不是一件容易的事。明天早晨你们五位老将都过来，我们在这里煨一堆很大的松柏桑！再把从来也没有挂过的佛像挂起来，从来也没有吹过的海螺法号吹起来！我们看看此行的兆头好不好，看看此次出行的预兆是吉是凶，我们大家看一下呀！无论预兆好与坏，魔部我一定得去呀！"

几位老人听后说道：

> 阿古加党请您听，
> 请您听呀我来说！
> 要去魔部很艰难，
> 不必非得去魔部。
> 我说此话妥当否？
> 阿古加党请思量！

几位老人听后说道："阿古加党请您听，请您听呀我们说！您俩此次要去魔部可不是一件容易的事，而是非常艰难的。依我们看，您是完全没有必要去的！我们说的话对不对，您自己考虑呀！"

听后，阿古加党又说道：

> 你们大家听一听，
> 听一听呀我来说！
> 我去魔部有要事，
> 此事必须要完成。
> 去意已定无商量，
> 明天早晨就启程！

阿古加党又说道："你们大家听一听，听一听呀我来说！我去魔部有一件很重要的事要办，你们也别问到底是什么事？这件事我必须要去完成！去魔部的事我已经决定了，现在请你们不要再劝说我了！明天早晨太阳升起时我们就要启程！"

　　听了阿古加党的这番话之后，阿卡甘德说道：

> 阿古加党请您听，
> 请您听呀我来说！
> 您是朗部老首领，
> 您已决定去魔部，
> 我们也得听您言。
> 明天早晨天亮时，
> 就按您的旨意办。
> 我们在此煨堆桑，
> 再把佛像挂起来，
> 海螺法号吹起来！
> 看看兆头好不好，
> 是吉是凶看预兆。
> 您的白马找回来，
> 再把黄马也牵来，
> 达吉与您一起去，
> 二人同去有帮手。
> 背上武器弓箭矛，
> 身穿铠甲长大衣，
> 万能铠甲要穿戴，
> 下穿动物皮毛裤，
> 头戴狐皮大翻帽，
> 脚穿毛皮大靴子！

　　阿卡甘德说道："阿古加党请您听，请您听呀我来说！您是我

们阿朗部的老首领,您已经下定决心要去魔部,我们也不得不听您
的话。明天早晨天亮时,我们就按您的旨意去办! 我们在煨桑台
上煨一堆很大的松柏桑! 再把从未挂过的佛像挂起来,从未吹过
的海螺法号吹起来! 看看此行的兆头好不好,是吉是凶,看看预
兆。把您的白马也唤回来,再把达吉的黄马也牵回来,达吉与您一
同前去,在路途中二人同去也好互相帮衬。为你们准备好弓、箭、
矛等武器,再整理好身上穿的铠甲长大衣和万能铠甲,下身要穿上
动物皮毛裤,头顶戴上狐皮大翻帽,脚上穿好毛皮大靴子,您俩就
出发吧!"

第二节　寸草不生走戈壁

到了第二天早晨,大家早早地就开始忙碌了。

阿卡甘德和阿卡阿朗早早出发去找阿古加党的那匹白马。他
们翻过了几道小山丘,又翻过了几条小山沟,终于在一个小山弯
里,找到了那匹雄狮般的白马。他们经过了一番周折之后,终于给
马套上了笼头,把它牵了回来。

贡宝恰朗和阿卡达吉、阿卡丹巴也忙得不可开交,煨桑的煨
桑,挂佛像的挂佛像,吹海螺法号的吹海螺,准备盘缠的准备盘缠,
那里的人们进进出出,忙得不亦乐乎。不一会儿,两匹马也牵来备
好了马鞍,弓、箭、矛也都准备好了,身上穿的万能铠甲也都拿来
了,动物皮毛裤和头上戴的狐皮大翻帽、脚上穿的毛皮大靴子都已
经准备好了。

这时,阿古加党和阿卡达吉也都吃过了早餐,来到了门口。众
将领把马牵到了二人面前,背上了弓、箭、矛,穿上了万能铠甲和动
物皮毛裤,戴上了狐皮大翻帽,脚上穿上了毛皮大靴子之后,在众

人的瞩目下，威风凛凛地出发了。

　　这时，阿古加党对阿卡达吉说道：

> 阿卡达吉请您听，
> 请您听呀我来说！
> 我们现在就启程，
> 向着上部方向去。
> 抬头仰望那上部，
> 上部有个百花滩。
> 百花滩上百花开，
> 平常此地开黄花。
> 如今黄花都没开，
> 是否预示不吉祥？
> 抬头仰望滩中央，
> 平常蓝花遍地开。
> 今日为何都没开，
> 是否预示不吉祥？
> 抬头仰望滩上方，
> 平常百花如海洋。
> 今天为何没有开，
> 是否预示不吉祥？
> 阿卡达吉请您听，
> 我要您去看一看！

　　阿古加党对阿卡达吉说道："阿卡达吉请您听，请您听呀我来说！我们现在就启程出发吧！魔部在我们上部，要去魔部我们就向着上部方向去！"说完他们就骑着各自的马，向着上部走去。他们走了好久，来到了一片开阔地，那里是一个开满鲜花的大草原。这时，阿古加党又说道："呀，阿卡达吉请您听呀我来说！抬头望见的这片草原，它的名字叫做百花滩。平常时候，百花滩上百花开，在我们脚下应该是开着黄花，如今黄花都没开，今天这是怎么了？是不是预示着不吉祥啊？再看看百花滩的中部，平常那里蓝花遍地开。今日为何都没开？是不是预示着不吉祥啊？再看看百花滩的上方，平常那里百花开，今天为何没有开？这是不是预示不吉祥啊？阿卡达吉请您听，我要您去看一看！"

阿卡达吉听后说道：

> 阿古加党请您听，
> 请您听呀我来说！
> 您的话语无疑虑，
> 千真万确是真理。
> 佛陀话语无过错，
> 上师所言无疑虑！
> 我骑黄马去上部，
> 看看究竟来禀报！

阿卡达吉听后说道："阿古加党请您听，请您听呀我来说！您的话语无疑虑，千真万确是真理。您说的话就像佛陀说的话一样没有过错，就像上师说的话一样没有疑虑！我现在骑着我的黄马去上部看一看，看看究竟后回来禀报啊！"

说完，阿卡达吉骑着马向着上方走去。

> 骑着马儿去上部，
> 要去上部很遥远。

> 抬头仰望那上部，
> 放眼草滩不见边。
> 沿着草滩去上部，
> 要去那里很遥远。

阿卡达吉骑着马向着上方走去。他向着上方看了看，看见上部又有一片大草原，这片草原无边无际，大得看不到边。于是他又骑着马儿向着上部走去。当他走到了那片大滩，看见这里一片荒寂，哪里有什么鲜花呀，植被全都已经干枯了，毫无生机，连个动物的踪迹也找不到。

他骑着马儿继续向前走去。

> 草滩干枯变荒滩，
> 除了干土就是沙。
> 往日花海变土地，
> 昔日花滩成沙丘。
> 策马扬鞭回下部，
> 尽快禀报找加党。

说完，他骑着马，迅速回到了阿古加党身边，对他说道：

> 阿古加党请您听，
> 请您听呀我来说！
> 要去上部不容易，
> 我去上部看了看。
> 草滩干枯变荒滩，
> 除了干土就是沙。

> 往日花海变土地，
> 昔日花滩成沙丘。

阿卡达吉从上部回来后对阿古加党说道："阿古加党请您听，请您听呀我来说！我去上部看了看，上部那里没有您所说的百花滩，现如今上部的草滩干枯了，已经变成了荒滩，什么都没有，除了干土就是沙子。您说的往日的花海变成了土地，昔日的花滩变成了沙丘呀！所以，我赶紧回来向您禀报啊！我们不要去魔部也好啊！"听后，阿古加党说道：

> 阿卡达吉请您听，
> 请您听呀我来说！
> 您说花滩已干枯，
> 此行兆头不吉祥。
> 我去魔部有要事，
> 无论如何都要去！
> 那边中部有花滩，
> 花滩之中百花开。
> 那片花滩开白花，
> 我们一同去看看！

阿古加党说道："呀，阿卡达吉请您听，请您听呀我来说！您说上部的花滩已经干枯了，这说明我们要去的那个方向不太吉祥啊。现在我不管吉祥不吉祥，我去魔部这件事是已经无法改变了，我无论如何都要去的！上部花滩已经干枯了的话，那我们现在去看看中部的百花滩，那个花滩中平常开的是白花。我们一同去看看，那里的白花开了没有呀！"

说完，他们骑着马向着中部的百花滩走去。

> 我们骑马去中部，
> 那边有个百花滩。
> 百花滩里开白花，
> 我们骑马去看看！

这时，阿卡达吉对阿古加党说道：

> 阿古加党请您听，
> 请您听呀我来说！
> 我们骑马去中部，
> 中部花滩去看看。
> 要去魔部没必要，
> 要去魔部不简单。

阿卡达吉对阿古加党说道："阿古加党请您听，请您听呀我来说！上部我已经看过了，结果让人失望。您又说我们骑马去中部看看，说是中部的花滩中平常白花开放，我看这次去看也会失望的。我们这次去魔部完全是没有必要的，可是您非要去，要去魔部不是一件简单的事呀！"

听后，阿古加党说道：

> 阿卡达吉请您听，
> 请您听呀我来说！
> 我去魔部有要事，
> 无论如何都要去！

> 我们一起已启程，
> 路途之中是伙伴。
> 蒙古尔人有信仰，
> 半途不能丢朋友。
> 有福同享是朋友，
> 有难同当不离弃。
> 既然我们已出门，
> 同生共死赴魔部。
> 丧气话语不要讲，
> 抱怨话语不能有。

　　阿古加党听了阿卡达吉的话之后，有点生气了，他说道："阿卡达吉请您听，请您听呀我来说！这次我去魔部有很重要的事向蒙干赤旦王汇报，这事我已经说了很多遍了，魔部无论如何我是要去的！我们已经一起启程去魔部了，路途中是好伙伴，要相互鼓励、相互帮助才是。我们蒙古尔人有信仰，不能在半途放弃同程的朋友，是朋友就应该有福我们共同享受，有难我们不离不弃共同承担。既然我们已经踏上了去魔部的路途，就没有回头的路了！以后请您不要讲丧气和抱怨的话啊！"说完，他们骑着各自的马向着那边的中部走去。没走多远就来到了那片百花滩，他们走近一看，百花滩中同样没有看到盛开着的白色鲜花，处处荒凉一片，只有无数只蚂蚁急急忙忙地来回忙碌着。

　　这时，阿卡达吉又说道：

> 阿古加党请您听，
> 请您听呀我来说！
> 往日此地百花开，

　　　　　白色鲜花像海洋。
　　　　　如今这里变沙滩，
　　　　　蚂蚁成群找蚁穴。

　　阿卡达吉又说道："阿古加党请您听，请您听呀我来说！往日
这个百花滩中盛开着无数白色的鲜花，远远望去像一片白色的海
洋。现如今这里荒凉又干燥，已经变成了沙滩，只有各种虫子和蚂
蚁成群结队地在这里跑来跑去呀！我感觉这次我们去魔部的预兆
不太吉祥呀！"
　　阿古加党对阿卡达吉说道：

　　　　　阿卡达吉请您听，
　　　　　请您听呀我来说！
　　　　　百花滩中没白花，
　　　　　预兆的确不吉祥。
　　　　　魔部事宜已定论，
　　　　　无论如何都得去！
　　　　　下部也有百花滩，
　　　　　我们下部去看看。
　　　　　往日开满蓝色花，
　　　　　即刻前去探一探！

　　阿古加党对阿卡达吉说道："阿卡达吉请您听，请您听呀我来
说！平日里上部和中部的百花滩中盛开着各色各样的鲜花，这次
很奇怪，没有鲜花，这样的预兆的确不吉祥。但是，这次我去魔部
的计划不会改变，无论如何也要去！现在我们再去下部看一看，下
部也有一个百花滩，平常滩中盛开着蓝色的鲜花，今天我们再去看

看那里的蓝色鲜花有没有开放呀，如果那里蓝色的鲜花还是没有开放，那我们这次就不再去魔部了啊！"

说完，他们又骑着各自的马，向着下部走去。

> 骑着马儿去下部，
> 下部有个百花滩。
> 往日滩中蓝花开，
> 蓝花盛开赛蓝空。
> 我们骑马去下部，
> 百花滩里瞧一瞧！
> 向着下部走去时，
> 下部一路不见花。
> 百花滩里已干枯，
> 处处荒凉又干燥。
> 奇怪奇怪真奇怪，
> 此行兆头不吉祥！

他们又骑着各自的马，向着下部的百花滩走去。往日这片百花滩中盛开着蓝色的鲜花，一阵微风吹过，盛开的蓝花好比碧蓝的天空，美丽又壮观。当他们向着下部走去时，连一朵鲜花的影子都没有看到。百花滩里土地皲裂，到处都是让人失望的场景，难道此行兆头真的就这么不吉祥吗？

阿卡达吉对阿古加党说道：

> 阿古加党请您听，
> 请您听呀我来说！
> 百花滩中没鲜花，

奇怪奇怪真奇怪！
此次行程不吉祥，
最好还是别去了，
加党您还非得去。
我们朗部很幸福，
再去魔部没必要。
我们为此来商议，
之前您也已说过，
此滩没花就不去。
我们不去魔王部，
阿古加党请下旨！

阿卡达吉对阿古加党说道："呀，阿古加党请您听，请您听呀我来说！这个百花滩中连一朵鲜花也没有，奇怪奇怪真奇怪！看这样子我们这次去魔部这件事不吉祥，我们千万不要再去了！我们说不要去魔部了，您还非得要去！现如今我们阿朗部的民众过着幸福美满的日子，不愁吃，不愁穿，牛羊也满圈，再去魔部生起事端没有必要啊！我们今天再商议一下吧！您刚才也已经说过，如果那里蓝色的花还是没有开放的话，那我们这次就不再去魔部了。现在这事已经明摆着，百花滩里没有花。所以，我们这次就不去魔王部了吧！阿古加党请您说一说呀！"

阿古加党听后说道：

阿卡达吉请您听，
请您听呀我来说！
此次魔部必定去，
我有要事去商议。

我们现在就启程，
我们骑马去上部。
阿卡达吉请您听，
此事我们得商议。
如若左右不商议，
要去魔部事难成。

阿古加党听后说道："阿卡达吉请您听，请您听呀我来说！这次魔部我必定得去，我有很重要的事要和蒙干赤旦王商议。我们现在就启程骑着各自的骏马去上部！阿卡达吉请您仔细地听呀我来说！这件事我们得好好商议一下，如果我们不反复商量的话，或不能达成共识的话，这次去魔部的事很难做到呀！"

阿卡达吉听后，说道：

阿古加党请您听，
请您听呀我来说！
我说别去那魔部，
您说魔部必定去，
要去魔部难上难。
现在太阳要下山，
我们今晚住哪里？
阿古加党说句话！

阿卡达吉听后对阿古加党说道："阿古加党请您听，请您听呀我来说！我说别去别去您非得要去，看看这些预兆很不吉祥，我就感觉这次去魔部很凶险且艰难。现在太阳快要下山了，我们今晚要住哪里呀？请阿古加党说句话呀！"

阿古加党说道:

> 阿卡达吉请您听,
> 请您听呀我来说!
> 您的话语没有错,
> 太阳已经快下山,
> 再向上部走一走,
> 去到上方住一宿。

阿古加党对阿卡达吉说道:"阿卡达吉请您听,请您听呀我来说! 您说的话没有错呀,太阳已经快要下山了,一会我们能走到哪里我们就住哪里啊,现在我们再向上走几步,找一块稍微高一点的地方我们住一宿吧!"说完,他们又骑着马继续向着上部走去。

> 抬头仰望那上部,
> 上部朦胧一片黑,
> 上部山沟黑乎乎,
> 气氛压抑阴森森。
> 要去山沟好艰难,
> 我们赶紧去上部。

他们骑着马,一边说话一边快步地向着上方走去。他们向着上方走去时,看见上方有一个山沟,向山沟深处望去,那里生长着许多的参天大树,走在树荫下,感觉到灰蒙蒙的一片,气氛压抑,阴森恐怖。

> 我们走在山沟里,

> 山沟之洞有岩山。
> 山沟岩山正东方，
> 岩壁之上有岩洞。
> 我们前去探一探，
> 查看能否住一宿？

　　他们看见在那个山沟的两侧有岩山，那个岩山的崖壁上有好多个大大小小的岩洞。这时，阿古加党决定今晚就找一处稍大一点的岩洞住下。

　　他们左找找，右找找，终于在一棵大树的旁边找到一个长方形的岩洞，进去一看，正好能住下两个人。于是，他们拉着马来到岩洞前将马鞍和驮子取下后，住了进去。

第三节　艰难曲折穿丛林

　　到了第二天早晨，阿古加党说道：

> 阿卡达吉请您听，
> 请您听呀我来说！
> 早晨黎明天已亮，
> 我们赶紧起来呀！
> 起来牵马要备鞍，
> 吃过早饭就出发！

　　到了第二天早晨，阿古加党说道："阿卡达吉请您听，请您听呀我来说！这会儿已经是早晨天亮了，我们马上就起来呀！我先去牵马,回来后备上马鞍,您给我们准备早餐呀! 吃过早饭我们就出发!"说完,阿古加党去牵马了,阿卡达吉找来了三块石头,做了一个简易灶台,又去小溪边提来了一壶清泉水,搭在三石灶上,又捡来了一些柴禾,点燃了炉灶。不一会儿,阿古加党牵来了马备好了马鞍。这时,阿卡达吉的茶也刚刚熬好了。于是,他们把熬好的头茶供奉给了当地的土地神、上部天王神、中部财宝神和下部龙王神,以及各路山神、家神和格萨尔。供奉了诸神灵之后,他们才开始一边喝茶,一边吃着糌粑。吃完后二人又骑上各自的骏马出发了。

阿古加党对阿卡达吉说道:

> 沿着山沟去上部,
> 此路凶险不易行,
> 十万猛兽在围绕,
> 十万鸟类在盘旋,
> 万千虫类在爬行。
> 山沟左右有岩山,
> 陡峭崖壁似倒来,
> 山坡陡峭像瀑布。
> 手提武器弓箭矛,
> 头戴狐皮大翻帽,
> 万能铠甲穿身上,
> 脚穿毛皮大靴子。
> 寒风凛冽又刺骨,
> 要去上部很艰难!

阿古加党说道:"呀,我们沿着山沟向着上部去呀,这里的道路凶险还不好走,这里有很多猛兽在陆地上游走着,还有很多的凶猛鸟类在空中盘旋着,虫类和爬行类动物随处可见。这个山沟的左右两侧矗立着高大雄伟的岩山,陡峭的崖壁看上去像是马上就要坍塌下来压在人身上一样,让人望而生畏,透不过气来。面前的山坡陡峭得像是倾泻而下的瀑布一般。我们从现在开始,手里拿上弓、箭、矛,头上戴上狐皮大翻帽,身穿万能铠甲,脚上穿上毛皮大靴子! 再往前走一会儿,我们就要爬山了,越往山里走去,越觉得空气寒冷,看样子我们的处境越来越不好了啊!"说完,他们骑着各自的骏马向着大山的方向飞奔而去。

在途中阿卡达吉问道:

阿古加党请您听,
请您听呀我来说!
早晨黎明天亮时,
向着上部走去时,
每当太阳升起时,
褐色乌鸦飞上部,
乌鸦盘旋是何因?
想把牦牛来啄食!
真正目的是什么?
加党请您告诉我!
每当日头中午时,
褐色乌鸦飞中部,
乌鸦盘旋是何因?
想把马匹来啄食!
真正目的是什么?
加党请您告诉我!

每当日头黄昏时，
灰色饿狼在跳蹿，
饿狼跳蹿为何因？
饿狼想把羊捕杀！
真正目的是什么？
请您加党告诉我！

他们骑着马向着上部走去时，在途中阿卡达吉发现每当太阳升起时，一群褐色的乌鸦向着上部飞去。到中午，乌鸦又向中部飞去，到下午时，又有一群饿狼向着下部跳蹿，他很不理解，便问道："阿古加党请您听，请您听呀我来说！每当清晨，上部有一群乌鸦在来回飞翔盘旋着，这是什么原因？"阿古加党回答道："每当清晨，很多牦牛都出来吃草，它想来啄食牦牛！"

阿卡达吉又问道："看似褐色乌鸦的目的是想啄食牦牛，但乌鸦飞翔的真正目的是什么？请您告诉我！"阿卡达吉又问道："阿古加党请您听，请您听呀我来说！每到正午，褐色的乌鸦又向中部飞去，这又是什么原因？您告诉我！"阿古加党回答道："每到中午，不少马匹来中部喝水，它们想来啄食马匹！"

阿卡达吉又问道："看似褐色乌鸦的目的是想啄食马匹，但乌鸦实际目的是什么？请您告诉我！"他接着又说道："每日黄昏来临时，灰色饿狼在往返跳蹿着，饿狼跳蹿是为什么？请您告诉我！"阿古加党回答道："每日黄昏来临时，绵羊都聚集在一起，准备回到羊圈。这时灰色饿狼在往返跳蹿是想把绵羊捕杀！"阿卡达吉又问道："灰色饿狼在往返跳蹿，看似目的是想把绵羊捕杀！但那群饿狼真正的目的是什么？请您告诉我！"

阿古加党听后说道：

阿卡达吉请您听，
请您听呀我来说！
每当太阳升起时，
褐色乌鸦飞上部。
乌鸦盘旋是何因？
想把牦牛当啄食！
真正目的是什么？
加党我来告诉您！
目的想吃牛眼油，
啄瞎眼睛好下手！
每当太阳正午时，
褐色乌鸦飞中部，
乌鸦盘旋是何因？
想把马匹来啄食！
真正目的是什么？
加党我来告诉您！
目的想吃肚中血，
啄瞎眼睛好下手！
每天临近黄昏时，
灰色饿狼在跳蹿，
饿狼跳蹿为何因？
饿狼想把羊捕杀！
真正目的是什么？
加党我来告诉您！
真正目的不是肉，
目的想吃羊内脏！
我说此话对不对？

　　　　　　　　不对可以来反驳!

　　阿古加党听后说道:"阿卡达吉请您听,请您听呀我来说! 您问每当早晨乌鸦飞上部,褐色乌鸦的真正目的是什么? 今天我就告诉您! 它的真正目的是想吃牛眼睛里面的油,啄瞎牛眼睛之后才好下手! 每当正午,褐色的乌鸦往中部飞去,它真正的目的是什么? 今天我就告诉您! 真正目的是想喝马匹的血液,啄瞎眼睛才好下手! 到黄昏时,灰色饿狼在往返跳蹿,它真正的目的是什么? 今天我就告诉您! 它真正的目的不是羊肉,而是想吃羊的内脏呀! 我说的话对不对? 不对的话您可以反驳我呀!"

　　阿卡达吉听后说道:

　　　　　　　阿古加党请您听,
　　　　　　　请您听呀我来说!
　　　　　　　我们走在山沟中,
　　　　　　　不少动物在那里。
　　　　　　　每当早晨天亮时,
　　　　　　　褐色乌鸦飞上部,
　　　　　　　它的目的是牦牛,
　　　　　　　真正想吃眼中油,
　　　　　　　褐色乌鸦怕什么?
　　　　　　　加党请您告诉我!
　　　　　　　每当日头中午时,
　　　　　　　褐色乌鸦飞中部,
　　　　　　　它的目的是马匹,
　　　　　　　真正想吸肚中血,
　　　　　　　褐色乌鸦怕什么?

　　加党请您告诉我！
　　每当日头黄昏时，
　　灰色饿狼在跳蹿，
　　真正目的不是肉，
　　目的想吃羊内脏！
　　灰色饿狼怕什么？
　　加党请您告诉我！

　　阿卡达吉听后说道："阿古加党请您听，请您听呀我来说！我们向着山沟深处走去时，看见那里有不少动物。每天早晨天亮以后，有许多褐色的乌鸦向着上部飞去，您说了它们的目的是牦牛，但真正想吃的是牦牛眼睛中的油，那您告诉我褐色的乌鸦在吃牦牛的眼油的时候，真正怕的是什么？每当太阳到了中午，那些褐色的乌鸦又向着中部飞去，您也说了它们的目的是马匹，真正想吃的是马匹肚子中的鲜血，那您告诉我褐色的乌鸦在吃马匹肚中的鲜血的时候，它真正怕的是什么？每当日头到了黄昏，灰色饿狼在往返跳蹿，它真正的目的不是羊肉，而是想吃羊的内脏，那您告诉我灰色饿狼在吃羊内脏时真正怕的是什么？"

　　阿古加党听后说道：

　　阿卡达吉请您听，
　　请您听呀我来说！
　　我们走在山沟中，
　　不少动物在那里。
　　每当早晨天亮时，
　　褐色乌鸦飞上部，
　　它的目的是牦牛，

真正想吃眼中油，
要问乌鸦怕什么？
惧怕手中锋利矛！
每当日头中午时，
褐色乌鸦飞中部，
它的目的是马匹，
真正想吸肚中血，
要问乌鸦怕什么？
惧怕手中弓和箭！
每当日头黄昏时，
灰色饿狼在跳蹿，
真正目的不是肉，
目的想吃羊内脏！
要问饿狼怕什么？
怕的有条好狼狗！
我说此话对不对？
不对可以来反驳！

阿古加党听后说道："阿卡达吉请您听，请您听呀我来说！我们向着山沟深处走去时，看见那里有很多各种各样的动物。每天到了早晨天亮以后，有许多褐色的乌鸦向着上部飞去，我说了它们的目的看似是牦牛，但真正想吃的是牦牛眼睛中的油。您问我褐色的乌鸦怕什么？惧怕的是我们手中的这杆锋利无比的矛！每当太阳到了中午，那些褐色的乌鸦又向着中部飞去，您也说了它们的目的是马匹，真正想吃的是马匹肚子中的血块。您问我褐色的乌鸦怕什么？惧怕的是我们手中的弓和箭！每当日头到了黄昏，灰色饿狼在往返跳蹿，它真正的目的不是羊肉，而是想吃羊的内脏，您问我灰色饿狼怕的是什么？今天我就告诉您！灰色饿狼怕的是大狼狗呀！我说的话对不对？不对的话您可以反驳我呀！"他们就这样一问一答地向着上方走去。

　　这时,阿卡达吉听后又说道:

> 阿古加党请您听,
> 请您听呀我来说!
> 抬头仰望那上部,
> 我们面前有座山。
> 大山雄伟又陡峭,
> 要去那里很艰难!
> 峰顶长着三棵树,
> 三棵树名叫什么?
> 大树顶端落三鸟,
> 三鸟名称叫什么?

阿卡达吉听后又说道:"阿古加党请您听,请您听呀我来说!我们的面前出现了一座大山。这座大山雄伟又陡峭,要想攀登这座大山会非常艰难啊!远远望去,看见峰顶上长着三棵树,那三棵树叫什么名字?那三棵树的树梢上落着三只鸟,那三只鸟的名字叫什么?请您告诉我呀!"

　　阿古加党听后回答道:

> 阿卡达吉请您听,
> 请您听呀我来说!
> 我们面前有座山,
> 要去那里很艰难!

峰顶长着三棵树，
三棵大树有名称！
您要问我这句话，
三树的确有说法：
一是金色黄金树；
二是绿色绿玉树；
三是白色海螺树。
大树顶端落三鸟，
三鸟名称叫什么？
您要问我这句话，
三鸟的确有名称：
一是鸟王羌欠鸟；
二是白胸大秃鹫；
三是利爪白尾鹰。

　　阿古加党对阿卡达吉说道："阿卡达吉请您听，请您听呀我来说！这座大山的峰顶长着三棵树：一棵是黄色黄槐树；一棵是绿色绿松树；一棵是白色松柏树。三棵大树顶端分别落了三只鸟：一是鸟王羌欠鸟；二是白胸大秃鹫；三是利爪白尾鹰。"
　　阿卡达吉听后又说道：

阿古加党请您听，
请您听呀我来说！
您的话语没有错，
三棵树名已知晓，
三只鸟名我已知。
上部猛兽有万千，

> 猛兽之王是雄狮，
> 我们如何上得去？
> 我们在此煨堆桑，
> 煨桑祈求雄狮王，
> 煨桑祈求猛禽王，
> 保佑我们过此山！

　　阿卡达吉听后又说道："阿古加党请您听，请您听呀我来说！您刚才说的话没有错，三棵树的名称我知道了，三只鸟的名称我也知道了。现在我们马上就要爬山了，但是上部猛兽有万千，猛兽之王的狮子在上方盘踞着，上部还有猛禽之王，我们如何才能上得去呀？我们还是在这里煨堆桑吧！煨桑祈求雄狮大王和猛禽大王，请它们保佑我们过此山呀！"

　　阿古加党听后说道：

> 阿卡达吉请您听，
> 请您听呀我来说！
> 这件事情不要怕，
> 我们马上要登顶。
> 到了峰顶煨堆桑，
> 煨桑祈求雄狮王，
> 煨桑祈求猛禽王，
> 煨桑祈求本地神，
> 朗部美酒做塞钦，
> 以此供奉诸山神。

　　阿古加党说道："阿卡达吉请您听，请您听呀我来说！这件事您就不要害怕了,我们马上就要登顶了。到了峰顶我们煨一堆松柏桑,煨桑祈求雄狮大王和猛禽大王,用松柏桑祈求本地的诸位神灵,还要用我们阿朗部的美酒做塞钦,以此供奉本地的诸山神呀!这样他们就会护佑我们的!"说完,他们就骑着各自的骏马向着峰顶走去,当他们来到半山腰后,在那里煨起了一堆松柏桑,用阿朗部的酒做塞钦,以此来供奉雄狮大王和猛禽大王,还有本地的诸位神灵,他们进行了叩拜和祷告之后,继续向大山走去。

阿卡达吉说道:

> 阿古加党请您听,
> 请您听呀我来说!
> 要上此山很艰难,
> 要过此山不一般。
> 此山终年雪覆盖,
> 处处都是白茫茫。
> 大山那边有一山,
> 那座大山有崖石。
> 此山碎石向下滚,
> 要过此山不简单。
> 大山下部有一山,
> 那座大山绿莹莹。
> 现在已经到午后,
> 我们骑马要赶路。

阿卡达吉说道:"阿古加党请您听,请您听呀我来说!我们要上此山不容易呀!这座大山终年大雪覆盖,看上去一片白茫茫。这座大山的那一边,有另外一座大山,那座大山上有崖石,有无数的碎石从山上滚下来，要过那山也不简单呀！这座大山的下部还有一座大山，那座大山远远看去，好像是绿莹莹的一片。我们要想翻过这些大山，的确非常艰难。现在已经快到午后了，我们骑着各自的骏马赶紧要赶路呀！"这时，阿卡达吉一方面年龄大了，另一方面骑马长途奔波，现在感觉有点力不从心了。他说道：

> 阿古加党请您听，
> 请您听呀我来说！
> 我们启程好多天，
> 人困马乏很艰难。
> 如今大山路阻断，
> 荒郊野外有凶险，
> 猛兽猛禽前后追，
> 断送性命无全尸！
> 此山高大又险峻，
> 要过此山很艰难。
> 我说别去您不听，
> 目前窘境该如何？

阿卡达吉对阿古加党抱怨道："阿古加党请您听，请您听呀我来说！我们离开阿朗部已经过了好多天了，每天这样担惊受怕、起早贪黑地长途奔波，我已经筋疲力尽了。我们每天也没有饱饱地吃过一顿饭，踏踏实实地睡过一次觉，我们的马也没有饱饱地吃过一次草，现在人困马乏很是艰辛。如今这座大山又阻挡住我们的前路，在荒郊野岭行进，我们时刻处于凶险的境地，猛兽猛禽在我们的前后追赶，哪一天断送了我们的性命都不知道，有可能连个全尸都找不到！这座山又这么高大险峻，我们又能怎么样？我说不要去魔部您不听,我们遇到了现在这样的窘况,您有什么办法呀?"
　　阿古加党听后,说道:

> 阿卡达吉请您听,
> 请您听呀我来说!
> 此山高大又险峻,
> 要过此山很艰难。
> 猛兽猛禽前后追,
> 荒郊野外有凶险。
> 阿卡达吉您别怕,
> 上部雪山咱不过,
> 中部岩山也不去,
> 我们向着绿山去!

　　阿古加党听后,说道:"阿卡达吉请您听,请您听呀我来说! 您说的这座大山高大而又险峻,我知道要过这座大山很艰难,不容易。猛兽猛禽在我们周围迂回周旋,荒郊野外存在很多凶险的因素啊! 但是阿卡达吉您别怕,既然上部的雪山不好过那咱就不过了,中部的岩山也不好走,咱也不去了,我们就向着前方绿山的方向去,那里的道路估计没有那么凶险和艰难!"说完二人骑着各自的骏马向着下部的绿山走去。
　　这时,阿古加党说道:

> 阿卡达吉请您听,
> 请您听呀我来说!
> 我骑我的白马走,
> 您骑您的黄马走。

　　说着他们骑着各自的骏马，一路奔跑，来到了这座绿色大山的山脚下。

　　这时，阿古加党说道：

> 阿卡达吉请您听，
> 请您听呀我来说！
> 请看大山正东方，
> 有块岩壁像唐卡；
> 请看大山正北方，
> 那边岩石好凶险；
> 请看大山正南方，
> 荆棘生长很茂密；
> 要走此路不一般，
> 步步艰辛难上难。
> 左边棘刺右边斜，
> 右边毒刺左边挂，
> 左右交错缝隙间，
> 有条小路其间过，
> 我们就从此路走，
> 定能从中爬过去。

　　他们离开那座大山后，一路骑马奔跑来到了这座绿色的大山脚下。这时，阿古加党说道："阿卡达吉请您听，请您听呀我来说！请您看这座大山的正东方，那里有块红色的岩壁，远远望去好像是一幅悬挂着的唐卡佛像！请您再看看大山的正北方，那边的岩石好凶险，远远望去好像马上就要砸下来一般，这里我们不能去！请您再看看大山的正南方，那里荆棘生长很茂密，我们要从这里过也很麻烦呀！步步艰辛难上难。左边的棘刺向右边倾斜,右边的毒刺向左边斜挂。在荆棘左右交错着生长的缝隙间,有一条小路从缝隙中穿过,我们就从这里走吧！我们一定能爬过这段难走的路程呀！"因为,这条小路从荆棘林的缝隙中穿过。所以,二人下了马,牵着各自的马,弓着腰钻进了茂密的荆棘林,沿着小路走去。

第四节　翻山越岭斗守兵

阿古加党和阿卡达吉经过一番努力之后,终于走出了荆棘林,来到了一块稍微平坦一点的地方。他们在那里看到了很多大大小小的岩石山。

这时,阿古加党又说道:

> 阿卡达吉请您听,
> 请您听呀我来说!
> 魔王部落就在这,
> 红色岩石像唐卡。
> 岩石之上有岩洞,
> 岩洞之中坐一人,
> 不知是人还是神?
> 我们过去探一探!

阿古加党又说道:"阿卡达吉请您听,请您听呀我来说! 以我看这里好像就是魔部蒙干赤旦王的部落吧! 这里有个红色高大的岩石山像是悬挂的唐卡。岩石之上有很多个岩洞,其中一个岩洞里面坐着一个人,我也不知这个是人还是神? 我们过去看一看

呀!"阿卡达吉听后说道:

> 阿古加党请您听,
> 请您听呀我来说!
> 岩石之上有岩洞,
> 岩洞之中坐一人,
> 不是一人是多人,
> 不知是人还是神?

　　阿卡达吉听后说道:"阿古加党请您听,请您听呀我来说! 岩石之上有很多个岩洞,其中一个岩洞里面坐着一个人。您看见的是一个人,我发现不止一个人在那里呢,也不知道是人还是神?"说着,他们牵着马小心翼翼地向着那边走过去,当他们快要靠近时就发现,那里就像阿卡达吉说的那样,不是一个人,而是有很多人在那里忙碌着。那些人看见他们之后,其中五个人向着他们的方向追了过来。那些人来到他们面前之后,说道:

> 二位老人你们听,
> 你们听呀我来说!
> 我们这里是魔部,
> 二位老人哪里来?
> 您俩不能从此过,
> 再往前行有凶险。

　　当那些人来到面前时,把他们也吓了个半死。那些人的脸像是烧熟的干粮,头发都是卷卷的,长长的系在腰间,眼睛黑得像黑洞。看上去人不像人,鬼不像鬼,很吓人。他们走到面前之后,说

道："二位老人你们听,你们听呀我来说! 我们不是鬼,我们是魔王
的边关守兵。这里是魔部,二位老人是从哪里来的? 您俩不能从
这里过去,前面有危险,不能再往前走了! 你俩不要命了吗?"

　　这时,阿古加党说道:

五位尊者你们听,
你们听呀我来说!
我们来自阿朗部,
我们有事见魔王。
我们祈求您五位,
我们要去见魔王,
我有要事需禀报,
您让我们过此地。

　　那五位追来后,阿古加党对他们说道:"五位尊者你们听,你们
听呀我来说! 我们是从阿朗部来的,一路上我们历尽艰辛才来到
这里。这次来是有特别重要的事需要见你们魔王,现在我们求求
五位尊者,让我们从你们这里过去吧!"

　　五位守兵接着又说道:"呀,现在你们从哪里来的回哪里去,这
里不能让你们过去的。如果我们放你们过去的话,我们就没有活
路了,蒙干赤旦王不会答应的呀!"

　　阿古加党又说道:

五位尊者你们听,
你们听呀我来说!
我们再次求你们,
确有要事见魔王。

等我禀报完此事，

魔王不但不怪您，

也许还会嘉奖您，

我们祈求您五位！

　　阿古加党又说道："五位尊者你们听，你们听呀我来说！我们再次求你们，我们的确有很重要的事需要见魔王，我敢说等我禀报完此事之后，魔王不但不会怪你们，也许还会给你们奖励，现在我们再次祈求你们五位守兵！"

　　阿古加党说完后，从怀里拿出了一枚圆形的铜镜，让那五位守兵看了看。这时，铜镜中冒出一缕青烟，那五位士兵突然消失得无影无踪了。之后，他们就迅速离开此地，继续向着魔部走去。

第五节　奔走跋涉越草原

　　驱散了魔王部落边境的守兵之后，阿古加党对阿卡达吉说道：

阿卡达吉请您听，

请您听呀我来说！

向着魔部走去时，

此处山沟不易行。

魔部神牛在这里，

要过此地不容易！

魔部神马在中部，

要过此地很艰难！

魔部神狗在下部，

要过此地更凶险！
魔部神鸟在那边，
要过此地很艰辛！

　　阿古加党对阿卡达吉说道："阿卡达吉请您听，请您听呀我来说！我们暂时已经躲过了那五位守兵的堵截，但向着魔部走去会有更大的麻烦等着我们！我们再向下走去时，这个山沟不好走，那里有魔部的神牛在那里，我们要从那里通过时它会追过来的，我们过此地不容易！再往中部走去时，魔部的神马就在那里，我们要从那里通过时它会追过来的，我们要通过此地会很艰难！再向着下部走去时，魔部的神狗在那里，我们要从那里通过时它会追过来的，要想从这里通过，会更凶险的！魔部的那边有他们的神鸟在看守，我们要从那里通过时，它会追过来的，要过此地也会很艰辛呀！"
　　阿卡达吉听了阿古加党的这番话之后，说道：

阿古加党请您听，
请您听呀我来说！
听了您的这番话，
在我心里很惧怕，
要去魔部很艰难，
别去别去非要去！
要去您就自己去，
索性我就不去了！

　　阿卡达吉听了阿古加党的这番话之后，说道："阿古加党请您听，请您听呀我来说！我听了您的这番话之后，从内心深处感觉到很惧怕呀！要想到达魔部还有这么多凶险事等着我们，我非常担心。当初让您别去别去您非要去，现在要去您自己去，索性我就不去了，我要独自回朗部呀！"

阿古加党听后说道：

> 阿卡达吉请您听，
> 请您听呀我来说！
> 我们拿着铜镜去，
> 您的心中不用怕。
> 我们一同去魔部，
> 一路过来感谢您。
> 感谢一路有您陪，
> 感谢分担忧与愁。

阿古加党听后说道："阿卡达吉请您听，请您听呀我来说！我们手中拿着铜镜，您一点都不用怕，发生什么事有我在这里，您不用担心呀！自从离开阿朗部的那天起，我们一路走来，我真的非常感谢您，感谢您一路的陪伴，感谢您分担了我的忧与愁！现在我们已经到了魔部，无论如何您不能退缩，如果您想一个人返回，您能回得去吗？所以，现在您只需要想一个问题，那就是如何能到达魔王身边呀！"

> 俯首遥望那上部，
> 白色神牛在那里。
> 神牛看见我们来，
> 活蹦乱跳追过来。

当他们往前走了不远，就看见了魔王的一头白色的大神牛。当它看到他们时，就活蹦乱跳地追了上去。这时，阿卡达吉顾不上拉马，吓得从马上掉了下来。这时，阿古加党赶紧扶起阿卡达吉后对他说道：

> 阿卡达吉请您听，
> 请您听呀我来说！
> 白色神牛来这里，
> 我们就在此等候。
> 我们在此稍休息，
> 稍稍休息熬壶茶。

阿古加党对阿卡达吉说道："阿卡达吉请您听，请您听呀我来说！白色的神牛看见我们了，它已经晃动着尾巴，活蹦乱跳地向我们追来了。不过，它还得一会才能到达，现在我们就在这里等它过来。在它到来之前，我们在这里稍微休息一会，赶紧先熬壶茶，待会它来了，我们还得向它好好地祈求才行，要不然它会用牛角顶我们的！"

说完，他们抬来了三块石头垒好，添了柴火，熬着茶休息时，那头白色的神牛追到了面前。

当它追到他们面前之后，二位老人向神牛再三祈求，说道："呀，非同一般的神牛请您听呀！我们是从遥远的阿朗部来的，今天来是因为我们有很重要的事向蒙干赤旦王禀报，我们没有别的恶意呀！"

这时，神牛说道："呀，从阿朗部来的两位老人，我是这里魔王的神牛，我不能让你们从这里通过的，我没有权利让你们过去的，我还有放牧的主人，我说了不算数的！"神牛说完，阿古加党和阿卡达吉喝了口茶之后,向着下方走去。神牛见状,也就没有再为难他们。就在这时,他们看了看那边,看见牧牛老人坐在那边看着他们。这时,阿古加党对他说道:

> 放牧爷爷请您听,
> 请您听呀我来说!
> 我们是从朗部来,
> 我们要去见魔王。
> 我有要事要禀报,
> 求求爷爷帮我们!

　　他们来下部,碰见了一位放牛的老爷爷,他的名字叫希瓦尕卜。阿古加党对他说道:"放牧爷爷请您听,请您听呀我来说! 我们是从阿朗部来这里的,要去魔部见魔王。我们有非常重要的事要向他禀报,请非同一般的老爷爷让我们从此通过呀!"
　　希瓦尕卜听后说道:

> 朗部将领你们听,
> 你们听呀我来说!
> 您俩到此很遥远,
> 要去魔部很艰难。
> 从此再往下部去,
> 白色神马在下方。
> 要去此地很艰难,
> 恐怕您俩有危险!

　　希瓦尕卜听后说道:"从阿朗部来的将领你们听,你们听呀我

来说！您俩从阿朗部来到这里很遥远，要去魔王那里更是不简单
呀！从这里再往下部走去，那里有白色神马在把守，它是非同一般
的神马。它会咬你们、踢你们，你们要提前做好准备呀！您俩从我
这里走时容易，如果想要通过下一段路程是很艰难的，我担心您俩
恐怕会有危险！"

阿古加党听后说道：

> 放牛爷爷请您听，
> 请您听呀我来说！
> 白色神马在下部，
> 祈求白色那神马！

阿古加党听后说道："放牛爷爷请您听，请您听呀我来说！您
说的白色神马就在下部，现在请您先让我们从您这里通过呀，下部
白色的神马虽然厉害，但到了那里以后我们再去祈求白色的神马
吧！我们见到神马以后再想办法离开呀！"

说完，二人向希瓦尕卜行了告别大礼之后，向着下部走去。

当他们向着下部走去时，果然看见有一匹白色的神马仰着头，
耳朵稍稍向后抿着，竖起鬃毛，快步地向他们追来。

这时，阿古加党连忙说道：

> 白色神马请您听，
> 请您听呀我来说！
> 我们是从朗部来，
> 我们要去见魔王。
> 我有要事要禀报，
> 求求神马让我过！

阿古加党说道:"白色神马请您听,请您听呀我来说! 我们是从阿朗部来这里的,我们要去魔部见魔王。我们有非常重要的事要向他禀报,请非同一般的神马让我们从此通过呀!"

神马对他们说道:

朗部将领你们听,
你们听呀我来说!
您俩到此很遥远,
要去魔部很艰难。
从此再往下部去,
那里有片大草原。
草原许多羊吃草,
要去此地很艰难,
您俩恐怕不好过!
朗部将领请稍等,
要过此地需商议。
您看上部那片地,
希瓦尕卜在上部,
要把希瓦尕卜叫;
希瓦尕姆在中部,
要把希瓦尕姆叫;
希瓦喜乐在下边,
要把希瓦喜乐叫。
他们三人需商议,
商议之后才能定。
如若反复不商议,
这边事宜不好办!

神马对他们说道："从阿朗部来的将领你们听，你们听呀我来说！您俩从阿朗部来到这里路途很遥远啊！你们要去魔王那里，不是一件容易的事呀！您俩从这里再往下部走去，那里有一片大草原，草原上有许多羊在吃草，要去那里也不容易，那里有狼狗在守护，您俩恐怕不好过！从阿朗部来的将领，看在你们祈求的态度这么诚恳的份上，再加上你们说有非常重要的事向魔王汇报！这是一件大事，我若不让你们去见魔王，我们又担心会耽误了魔王的事。所以，请你们稍等我来告诉你们一件事！您俩要想从这里过去，这件事需要三人一起商量后才能决定呀！您看上部那片地，放牛的希瓦尕卜在上部，需要把希瓦尕卜请来；放马的希瓦尕姆在中部，要把希瓦尕姆也请来；放羊的希瓦喜乐在下边，要把希瓦喜乐也请来，他们三人要坐在一起商议，经过商议之后才能决定您俩能不能去魔部见魔王呀！如若他们不经过反复商议的话，这件事就不好办啊！"

阿古加党听后说道：

> 白色神马请您听，
> 请您听呀我来说！
> 您的话语没有错，
> 千真万确是这样。
> 希瓦尕卜在上部，
> 请把希瓦尕卜叫；
> 希瓦尕姆在中部，
> 请把希瓦尕姆叫；
> 希瓦喜乐在下边，
> 请把希瓦喜乐叫。
> 他们三人需商议，
> 如若不议事难成！

　　阿古加党听后说道:"白色神马请您听,请您听呀我来说! 您说的这些话一点也没有错,千真万确是对的,您说的话毋庸置疑。希瓦朵卜刚才我们已经见过了,他是在上部,烦请你们把他叫来吧! 希瓦朵姆在中部,请你们把她也叫来吧! 希瓦喜乐在下部,请你们把他也叫来吧! 将他们请来之后,让他们三人好好地商议一下。如若不商量的话,我们大家的事就不好办呀!"

　　说完,神马就去上部请来了希瓦朵卜,去中部请来了希瓦朵姆,又去下部请来了希瓦喜乐,他们三人聚到一起之后,把整件事情的利弊从上到下,然后又将事情的原由从左到右地进行了反复的讨论和商议。

　　经过一番讨论之后,希瓦朵卜对阿古加党说道:"我们对您俩的事进行了讨论和商量,同意让你们从我们这里过去,至于魔王同意不同意见你们,我们就不好说呀!"

　　阿古加党听后说道:"只要你们三人同意了就可以了,至于蒙干赤旦王那里的事,我们去了再想办法呀!"

　　希瓦朵卜说道:"既然你们有这样的信心和决心,那现在你们就去吧! 如果我们不让你们去见魔王,万一耽误了魔王的事,他也会怪罪我们的,再说我们只是守边关的呀! 这么大的事我们不能左右,我们说了不算呀!"

　　阿古加党说道:

> 你们三位听一听,
> 听一听呀我来说!
> 我有一事求你们。
> 我们是从朗部来,
> 我的伙伴胆子小。
> 不便去见老魔王,

> 我怕去了吓着他，
> 所以要把他留下。
> 麻烦三位来照看，
> 待我事毕回来后，
> 与他一起回朗部，
> 行与不行请回话！

　　阿古加党说道："你们三位听一听，听一听呀我来说！你们有这样的想法我很高兴，你们有这样的决定我更开心！我现在还有一件事想求你们帮忙呀！他叫阿卡达吉，我们是一起从朗部来到这里的，我的伙伴胆子很小，一路上他很辛苦，也受到了不少惊吓，现在不便去见老魔王，我怕他去了会被吓倒的。所以，我想把他留在这里，麻烦你们三位多多关照他，待我把事情都办完了回来以后，我和他再一起回阿朗部。我祈求你们，这样行不行？行与不行请你们给我回话，好吗？"

　　这时，希瓦尕卜说道："他是一位老人，放在我们这里怎么办？我们照顾不了呀！"

　　阿古加党说道："他看上去是老了，但实际上他很强壮，平日里他可以帮你们放牛、放马、放羊都是可以的！过几天我回来后，我们又一起走了，拜托你们啦！"

　　希瓦尕卜听了阿古加党的这番话之后，就再也不好意思多说什么，同意让阿卡达吉留下。希瓦尕卜接着说道：

> 朗部将领请您听，
> 请您听呀我来说！
> 要去魔部不容易，
> 路途还有三道门：

上部那里有道门，
褐色乌鸦在看守；
中部那里有道门，
恰罗卡晓(狗名)在把守；
下部那里有道门，
亏沂闹毛(杜鹃鸟)在守护。

阿古加党准备走时，希瓦尕卜叮嘱道："朗部将领请您听，请您听呀我来说！您一个人要去魔部见魔王不容易呀！您要到魔王那里，在路途中还要经过三道门：上部那里有道门，那里有褐色的乌鸦在看守；中部那里有道门，那里有恰罗卡晓在把守；下部那里还有一道门，是亏沂闹毛在守护！您去了一定要好好说话，好好祷告，这样它们也许就不会为难您的！"

之后，阿古加党说道：

希瓦尕卜请您听，
请您听呀我来说！
明天太阳升起时，
向着中部就出发。
阿卡达吉住这里，
我独一人见魔王。

阿古加党说道："希瓦尕卜请您听，请您听呀我来说！我十分感谢您向我说了这么多关于去魔部的事情！明天早晨太阳升起时，我就向着中部出发。阿卡达吉就拜托给你们啦！我独自一个人去见魔王呀！"于是，当晚他们就住在了希瓦尕卜的住处了。

第三章

处心积虑挑拨魔部王
心怀叵测离间格萨尔

　　阿古加党费尽周折,终于见到了魔部的蒙干赤旦王。他说格萨尔口是心非,时刻惦记着魔部王的财产和权力,还添油加醋地说格萨尔有杀魔王的企图。脾气暴躁、心胸狭窄的魔部王听后,顿时从王座上跳起来,气得两眼直冒火花。阿古加党奸计得逞,得意洋洋地返回了阿朗部。

　　阿古加党回来之后,把魔王要来侵犯阿朗部的消息通过齐项丹玛告诉给格萨尔。阿古加党还四处散播魔王要发起战争的消息,魔王扬言要杀掉格萨尔、掳走阿朗部所有的财宝和女人、杀光阿朗部的男女老少,还说要踏平阿朗部的每一寸土地。他的行为给阿朗部蒙上了一层恐慌的阴影。

第一节　阿古加党见魔王

到了第二天早晨阿古加党天不亮就起来了,他急急忙忙吃过早餐后,独自一人骑着马继续出发了。

> 向着下方看去时,
> 下方那边有三湖:
> 一是金色是金湖;
> 二是绿色是玉湖;
> 三是白色海螺湖。
> 向着下方走去时,
> 看见那边三棵树:
> 一是金色是金树;
> 二是绿色是玉树;
> 三是白色海螺树。

阿古加党留下阿卡达吉后,感觉一身轻松,独自一人得意洋洋地骑着马向着下方走去。他在路途中看见下方那边有三个湖:金湖、玉湖和海螺湖。又继续向着下方走去时,看见那边长着三棵树:金树、玉树和海螺树。

他一路看,一路走,走着走着就到了一座小山丘时,他下马走了上去,四处张望了一会。

> 下方有个小山包,
> 山包地处略高处。

下马爬上小山包，
四处观望瞧一瞧。
看见遥远平原地，
有座建筑很特别。
外部围墙石块砌，
内有三层石建筑。
城堡建筑不一般，
三面各有一道门。

　　突然，他在前方远处看见了一座建筑物，那建筑的外部围墙用大大小小的石块砌成，内有三层高大的石头建筑。这座城堡建筑不一般，三面各有一道门，他心想难道这就是希瓦尕卜所说的那三道门吗？想到这里他激动地跳了起来。心想，那就是魔王的城堡吧！我终于到达了魔王部落，用不了多久，我就能见到魔王了，见到魔王我心中压抑了多年的怨恨和愤怒，终于可以释放了。他越想越激动，就赶紧朝着魔王的城堡磕起了头。磕完头后就跪着不起，闭着眼睛，双手合十，举过头顶，嘴上还默默地祈祷着。

　　之后，他牵着马两步并作一步地向城堡跑去。

看那城堡正东方，
有扇大门是红色，
大门门卫有没有？
我去那边探一探。
褐色乌鸦飞过来，
飞来落在他面前。
老人你从哪里来？
来到这里有何事？

> 这是魔王的城堡，
> 此处大门我守卫。
> 你从哪来回哪里，
> 此处大门我不开。

　　阿古加党来到城堡的边上，看见那座城堡的正东方，有一扇又高又大的红色大门。他想，这座大门有没有门卫？我去那边看一看！这时，有一只褐色的乌鸦展开翅膀，向他飞过来，飞来落在他的面前说道："呀，老人你是从哪里来的？来到这里又有什么事？这里是魔王的城堡。这扇大门是我在守卫，你从哪来的回哪里去，这扇大门我不能开呀！"

　　阿古加党听了后说道：

> 非同一般褐乌鸦，
> 请您听呀我来说！
> 这是魔王的城堡，
> 城堡东门您守护。
> 我要去见赤旦王，
> 我有要事要禀报。
> 今天我来祈求您，
> 请您开门让我进！

　　阿古加党听了后说道："非同一般的褐色乌鸦，请您听呀我来说！您是魔王城堡的守护鸟，这座城堡的东大门是由您来守护。今天我要去见蒙干赤旦王，我有十分重要的事要向他禀报。现在我来祈求您，请您打开大门让我进去吧！"
　　守卫听了他的这番话后，仍然没有开门。于是，阿古加党又向另外一个大门走去。

> 城堡那边有大门，
> 我去那边看一看。
> 有扇大门是绿色，
> 大门门卫有没有？
> 我去那边探一探，
> 青色黑狗在把守。
> 老人你从哪里来？
> 来到这里有何事？
> 这是魔王的城堡，
> 此处大门我守卫。
> 你从哪来回哪里，
> 此处大门我不开。

　　阿古加党来到城堡的另一边，看见城堡的正南方，有一扇又高又大的绿色大门。他想，这座大门有没有门卫？我去那边看一看！当他快要走近大门时，他看见那里有一只又黑又大的黑狗把守着，那只黑狗看见阿古加党之后，说道："老人你是从哪里来的？来到这里有什么事？这是魔王城堡的南大门，这扇大门是我在守卫。你从哪来的回哪里去，这扇大门我不能开呀！"

　　阿古加党听了后说道：

> 非同一般大黑狗，
> 请您听呀我来说！
> 这是魔王的城堡，
> 城堡南门您守护。

> 我要去见赤旦王，
> 我有要事要禀报。
> 今天我来祈求您，
> 请您开门让我进！

　　阿古加党听了后说道："呀，非同一般大黑狗，请您听呀我来说！我是从遥远的阿朗部来到这里的，魔王城堡南大门是由您来守护的，今天我要去见蒙干赤旦王，我有十分重要的事要向他禀报。现在我来祈求您，请您打开大门让我进去吧！"

　　大黑狗听了他的这番话后，不但没有开门，反而不断地扑向他，像是要吃掉他一样。阿古加党看到这种情况，再也不敢逗留了，赶紧牵着马向城堡的另一面走去。

> 城堡那边有大门，
> 我去那边看一看。
> 有扇大门是白色，
> 大门门卫有没有？
> 我去那边探一探，
> 白色大门有门卫。
> 门卫一共有五位，
> 五位门卫不一般。
> 老人你从哪里来？
> 来到这里有何事？
> 这是魔王的城堡，
> 此处大门我们守。

　　阿古加党来到城堡的另一边，看见那座城堡的正北方，有一扇又高又大的白色大门。他想,这座大门有没有门卫? 我去那边看一看! 这时,阿古加党看见那里有五位士兵在把守,他们看到阿古加党以后,说道:"呀,老人你是从哪里来的? 来到这里又有什么事? 这是魔王的城堡。这扇大门我们在守卫,你从哪来的回哪里去,这扇大门我们不能开呀!"

阿古加党说道:

> 非同一般五勇士,
> 你们听呀我来说!
> 这是魔王的城堡,
> 城堡北门你们守。
> 今天我来求你们,
> 请求开门让我进!
> 我从遥远朗部来,
> 来到此处不容易。
> 刚才我到东门去,
> 那里守卫不开门;
> 我又去了南大门,
> 那里门卫不开门;
> 现在我来到这里,
> 祈求勇士开开门。
> 我要去见赤旦王,
> 确有要事需禀报!

阿古加党对那五位勇士说道:"非同一般的五位勇士,你们听呀我来说! 你们是魔王城堡北大门的守护者,我很敬重你们呀! 今天我来祈求你们,求求你们开开门让我进去吧! 我从遥远的阿朗部来到这里,路途中我已经走了好多天了,现在又饥又渴,今天来到这里不容易呀! 刚才我到了东大门,那里的守卫不开门;我又去了南大门,那里的门卫也不开门;我又来到这里,祈求五位勇士开开门吧! 我要去见赤旦王,我实实在在、的的确确有很重要的事要向蒙干赤旦王禀报呀! 请你们打开大门让我进去吧!"

那五位守卫听了他的这番话后,经过一阵商议之后,其中一位守卫走到阿古加党面前说道:"呀,阿朗部来的老人,请您听呀我来说! 看在您的年龄这么大,又长途跋涉来见我们的赤旦王的情分上,我们就让您进去呀!"说完,他们打开了大门,放他进去了。

> 进去大门见城堡,
> 城堡里面有宝座。
> 宝座好似是大象,
> 宝座之上坐一王,
> 座上之人是魔王,
> 蒙干赤旦是尊者。

阿古加党进到城堡院内,看见里面有一个像大象一般的宝座,在那宝座上坐着一个人,他就是传说中的魔王——蒙干赤旦王。

阿古加党见到魔王之后,轻步地走到宝座前,慢慢地跪在魔王的脚前,头挨着地趴在地上,屁股高高翘起,行了这样的见面大礼后,微微颤抖的声音说道:"呀,我尊敬的大王,您好! 我是从阿朗部来的,我的名字叫阿古加党呀!"

魔王听后,用魔王特有的语调说道:

> 阿古加党请你听,
> 请你听呀我来说!

> 你从遥远朗部来，
> 路途遥远不容易。
> 你来这里定有事，
> 无事不会来这里。
> 你来这里有何事？
> 你又为谁来这里？

　　魔王听后，用魔王特有的语调说道："阿古加党请你听，请你听呀我来说！今天你是从遥远的阿朗部来到这里的，路途遥远又凶险，不容易呀！你长途跋涉、历经艰辛来这里一定有很重要的事情吧？如果没有很重要而且非办不可的事情的话，你是不会来这里的！既然你来了就说说吧！来这里有什么事？或者又为谁来这里的？"

　　阿古加党听后说道：

> 蒙干赤旦请您听，
> 请您听呀我来说！
> 要从朗部来这里，
> 路途遥远不容易。
> 我们朗部事宜多，
> 朗部赛马称王后，
> 格萨尔王成首领。
> 如今朗部已强盛，
> 格萨尔成您对手，
> 魔部已成眼中钉。
> 以前朗部我做主，
> 朗部之王就是我，

如今他已夺我王。
格萨尔王这个人，
是我从小看长大。
他是啥人我清楚，
说到做到就是他。
口是心非一小人，
他常扬言要杀您，
掳走财宝和娇妻，
杀光民众和老小，
说要踏平您魔部。
他的坐骑不一般，
足够踏碎您脑袋；
他的烈狗不简单，
足以咬断您脖子。
我为此事来这里，
信与不信您思量。

　　阿古加党听后说道："蒙干赤旦王请您听，请您听呀我来说！您说得十分正确，我从那么遥远的阿朗部来到这里，路途遥远不容易呀！我长途跋涉、历尽艰辛来到这里，肯定有很重要的事要向您汇报，如果没有重要的事我是不会来的。现在我们阿朗部发生了太多的事，以前的阿朗部是由我做主的，我是阿朗部唯一的首领。自从阿朗部出了格萨尔，他通过赛马这个手段夺走了我的王位，成了首领。如今我们阿朗部日渐强盛，格萨尔是您最大的对手，魔王部已经成了格萨尔眼中的一颗钉子。格萨尔这个人，是我看着他从小长大的，他是个什么样的人我最清楚！他的性格刚烈、顽皮、说到做到，而且也是一个口是心非的小人，您要时刻提防着他。他最近常常扬言说要杀掉您,掳走您的财宝和妻子,还要杀光您的民众和老小,他还说要踏平您的魔王部落。他的那匹马十分了得,非同一般,足够能踏碎您的脑袋;他的那条狗不简单,能轻易咬断您的脖子,您说气人不气人!他简直就是在侮辱您,欺凌您呀!您要是现在不去杀他,迟早他会要了您的命的!我就是听了他的这些话之后,才千辛万苦跑来给您报个信,至于您蒙干赤旦王信不信我的话,请您自己斟酌呀!"

魔王听了阿古加党的这番话之后,用他那特有的语调说道:

> 阿古加党请你听,
> 请你听呀我来说!
> 要从朗部来这里,
> 路途遥远不简单。
> 你们朗部事宜多,
> 这事早就听说过。
> 朗部赛马称王后,
> 格萨尔王成首领。
> 当初借马又借牛,
> 如今朗部已强盛。
> 恩将仇报不领情,
> 我们魔部怕过谁?
> 格萨尔王也一样。
> 要杀朗部格萨尔,
> 不用本王亲自去,
> 派遣手下就足够。
> 他常扬言要杀我,
> 掳走财宝和娇妻,

杀光民众和老小，
还说踏平我魔部，
欺人太甚结仇怨，
咱俩到底谁杀谁！

魔王听了阿古加党的这番话之后，说道："阿古加党请你听，请你听呀我来说！你从朗部来到这里，路途遥远又艰辛，很不简单呀！现如今你们阿朗部事情多，这事我早就听说过。自从你们阿朗部赛马称王后，格萨尔成了首领了，当初他还到处借马、借牛还借羊，如今你们阿朗部强盛了，又想来杀我们，他这是恩将仇报不领情！我们魔部怕过谁呀？格萨尔王也一样的。要杀掉阿朗部的格萨尔，不用我魔王亲自去动手，我派遣几个我的手下就足够了。他经常扬言说要杀了我，掳走我的财宝和妻子，杀光我的民众和老小，还说要踏平我的魔部，他欺人太甚，从今天起我们就结下了仇怨，势不两立，咱俩看看以后到底谁能杀了谁！"说完，魔王从宝座上站立起来，气得两眼冒着火花。

阿古加党听后说道：

蒙干赤旦请您听，
请您听呀我来说！
格萨尔王不一般，
您可千万别轻敌。
格萨尔王有法力，
朗部民众都服他。
格萨尔王有法宝：
一是坐骑赤兔马；
二是敌老当齐狗；

　　　　　　三是尼玛卓娃箭。
　　　　　　格萨尔王有宝藏：
　　　　　　一是金银堆如山；
　　　　　　二是马牛羊满山；
　　　　　　三是妃子有无数，
　　　　　　天下美女尽搜罗，
　　　　　　尤其珠牡数第一，
　　　　　　美若天仙无人比。
　　　　　　大王天下称英雄，
　　　　　　应有美妻如珠牡，
　　　　　　如若不得是枉然。

　　阿古加党听后说道：“蒙干赤旦王请您听，请您听呀我来说！阿朗部的格萨尔王可不一般，您可千万不要轻敌呀！格萨尔王有很大的法力，如今阿朗部的民众个个信服他！格萨尔王有三样法宝：一是他的坐骑赤兔马；二是敌老当齐狗；三是尼玛卓娃箭。格萨尔王还有三样宝藏：一是堆积如山的金银；二是漫山遍野的马、牛、羊；三是他的妃子有无数，天下美女都汇聚到他那里，尤其是珠牡数第一，她美若天仙无人能够比得上。如今大王您是天下第一英雄，就应该拥有像珠牡那样的美妻才适合。您如果不拥有像格萨尔那样的财富，那就称不得英雄，称不得王呀！”
　　魔王听后说道：

　　　　　　阿古加党请你听，
　　　　　　请你听呀我来说！
　　　　　　你的事宜我知晓，
　　　　　　诸事不用你提醒。

我的事情我做主，
多余话语不用说。
明天太阳升起时，
你就回你朗部去！

魔王听后说道："阿古加党请你听，请你听呀我来说！你说的所有的事我都已经知道了，所有的事不用你提醒，也不用你担心。我的事我做主，我有分寸，多余话语你就不用再说了。明天早晨太阳升起时，你就回你的阿朗部去！"

阿古加党听了魔王的这番话之后，又行了告别大礼，退着走出了大殿。

第二节　奸计得逞回朗部

到了第二天早晨，阿古加党骑着马儿得意洋洋地出发了。

早晨太阳升起时，
骑着马儿去上部。
魔部诸事已办妥，
我要回我阿朗部。
抬头仰望那上方，
魔部牛群在上方；
向着中部望去时，
魔部马群在中部；
向着下部望去时，
魔部羊群在下部。

　　　　　　　希瓦尕卜牧牛人，
　　　　　　　要把希瓦尕卜叫；
　　　　　　　希瓦尕姆牧马人，
　　　　　　　要把希瓦尕姆叫；
　　　　　　　希瓦喜乐牧羊人，
　　　　　　　要把希瓦喜乐叫。

　　阿古加党骑着马儿得意洋洋地出发了。他走着走着，就到了魔王的牧场，抬头看了看上部，魔部的牛群在上方，希瓦尕卜是专门给魔王放牧牛群的人；再向着中部望去时，魔王的马群在中部，希瓦尕姆是专门给魔王放牧马匹的人；又向着下部望去时，魔部的羊群在下部，希瓦喜乐是专门给魔王放牧羊群的人。他到了牧场以后，就把希瓦尕卜、希瓦尕姆、希瓦喜乐叫来了，又找来阿卡达吉。

　　大家聚到一起后，阿古加党说道：

　　　　　　　阿卡达吉请您听，
　　　　　　　请您听呀我来说！
　　　　　　　如今我们来魔部，
　　　　　　　蒙干赤旦是魔王。
　　　　　　　我去见过老魔王，
　　　　　　　朗部诸事已禀报。
　　　　　　　上上下下已汇报，
　　　　　　　朗部事宜已办妥。

　　大家聚到一起后，阿古加党说道："阿卡达吉请您听，请您听呀我来说！这次我们从阿朗部来到魔部，一路寂寞又艰辛。昨天我去见过蒙干赤旦老魔王了，我见到他之后，老魔王也没有为难我，我把我们阿朗部所有的事都向他一五一十地做了禀报，魔王听了以后也没有说什么，我就回来了，我们来见魔王的目的也算达到了。"

之后，他接着说道：

希瓦尕卜请您听，
请您听呀我来说！
希瓦尕姆请您听，
请您听呀我来说！
希瓦喜乐请您听，
请您听呀我来说！
我们从朗部来这，
困难重重又艰辛。
如今我们来魔部，
蒙干赤旦是魔王。
我去见过老魔王，
朗部诸事已禀报。
上上下下已汇报，
朗部事宜已办妥。
此行目的已达到，
所有事宜已圆满。
阿卡达吉住这里，
给您大家添麻烦。
现在这里熬壶茶，
熬壶香茶喝一喝。

他接着说道:"希瓦尕卜、希瓦尕姆、希瓦喜乐你们三位,请你们听呀我来说! 我们从阿朗部来到这里不容易呀,一路困难重重又艰辛! 我们这次来是要见魔王蒙干赤旦的,在你们的帮助下,我昨天已经顺利地见到了。我见到魔王以后,将我们阿朗部发生的所有事都已经向他禀报了。现在阿朗部的事情全部办妥了,这次来这里的目的也已经达到了,把所有的事都办理得非常圆满,结果也非常令人满意。前几天我走之前让阿卡达吉住在这里,给你们增添了不少的麻烦,为此,我十分感谢你们呀! 现在我们在你们这里熬上一壶茶,大家一起好好地叙一叙吧!"

说完,他们坐在一起,一边喝茶一边聊天,一直聊到了晚上才各自休息。

到了第二天早晨,他们向希瓦尕卜、希瓦尕姆和希瓦喜乐道别之后,骑着各自的马向着阿朗部的方向出发了。

阿古加党说道:

> 阿卡达吉请您听,
> 请您听呀我来说!
> 早晨太阳已升起,
> 我们现在就出发!

阿古加党对阿卡达吉说道:"阿卡达吉请您听,请您听呀我来说! 现在已经是早晨,太阳也已经升起来了,我们现在就出发呀!"

> 二人骑马奔上部,
> 要去上部很艰难。
> 从此仰望那上部,
> 望见上部有岩山。

　　　　　日照岩山呈红色，
　　　　　好比唐卡悬崖壁。

　　二人骑着各自的马来到了一个地势比较开阔的地方。这时，阿卡达吉抬头向上看了看，看见上部有一座高大巍峨的岩石神山在上部。早晨的一缕阳光恰好照在崖壁上，远远望去，红色的崖壁就像是悬挂着的一幅巨幅的唐卡画一般，十分壮观又美丽。

　　这时，阿卡达吉对阿古加党说道：

　　　　　阿古加党请您听，
　　　　　请您听呀我来说！
　　　　　要走此路不一般，
　　　　　步步艰辛难上难。
　　　　　东边石崖西边倒；
　　　　　西边碎石东边流；
　　　　　南边棘刺北边斜；
　　　　　北边毒刺南边挂。

　　阿卡达吉对阿古加党说道："阿古加党请您听，请您听呀我来说！要去上部的阿朗部道路如此难走，这是我没有想到的，东边的石崖向着西边倒着，西边的碎石向东边流着，南边的棘刺向北边斜着，北边的毒刺向南边挂着，根本就没有一条平坦的、能骑着马行走的道路呀！跨出的每一步都这么艰辛，这么难走啊！"

　　阿古加党听后说道：

　　　　　阿卡达吉请您听，
　　　　　请您听呀我来说！

从此仰望那上部，

望见上部有岩山。

日照岩山呈红色，

好比唐卡悬崖壁。

看见崖壁您别怕，

此地方向是朗部。

东边石崖西边倒；

西边碎石东边流；

南边棘刺北边斜；

北边毒刺南边挂。

要走此路不一般，

步步艰辛难上难。

达吉请您不要怕，

过了此地那一边，

道路宽广平又平，

骑马赶路快又快。

　　阿古加党对阿卡达吉说道："阿卡达吉请您听，请您听呀我来说！您刚才看到的上部那个像唐卡悬挂一般的崖壁您别怕，您也没有必要怕它，那里就是我们阿朗部的地界。这边的道路实在有些难走，东边的石崖向西边倒去，西边的碎石向东边流去，南边的棘刺向北边斜挂着，北边的毒刺向南边挂着。这些道路的缝隙间有一条兔子跑过的路，沿着这条路走下去的话，我们就可走出这个险要之地，您也不必过于担心和惧怕！"

　　说完他们就沿着小路走了过去，连滚带爬地折腾了很久才走出这片荆棘地，来到了一个山沟。

> 走在山沟道路间，
> 沿途没见一户人。
> 抬头仰望那上方，
> 有座佛殿在上方。
> 我们赶紧下了马，
> 走近佛殿去朝拜。

　　二人沿着山沟向上走去时，沿途没有看见一户人家。远远望去，有一座佛殿在上方。于是，二人下马后取下了马背上的驮子，在佛殿附近稍作休息，还在佛殿正前方煨起了一堆很大的松柏桑。之后，他们继续向着阿朗部的方向走去。

　　这样走了没过多久，他们来到山沟深处，那里上空黑云翻滚，雷声震天。这时，阿卡达吉对阿古加党说道：

> 阿古加党请您听，
> 请您听呀我来说！
> 云雾中间有神殿，
> 神殿有无宫殿神？
> 若有我们求一求，
> 求助殿神来护佑。

　　阿卡达吉对阿古加党说道："阿古加党请您听，请您听呀我来说！那朵云雾中间出现了一座高大雄伟的神殿，请问这座神殿内有没有掌管宫殿的神灵？若有我们就去求一求他吧，也许殿神还能出来保佑我们啊！"

　　阿古加党听后说道：

阿卡达吉请您听，
请您听呀我来说！
云雾中间现神殿，
神殿殿内有神灵。
请把塞钦拿给我，
要给殿神来供奉，
要给神龙来供奉，
要给诸神来供奉。
我们如此求一求，
求助殿神来护佑。

　　阿古加党听后说道："呀！阿卡达吉请您听，请您听呀我来说！我也看见那朵云雾中间出现了神殿，这座神殿里面有神灵。现在请您赶紧把塞钦拿给我，我要用塞钦来供奉那位殿神、神龙，还有这里的诸位山神、家神和土地神，祈求他们的保佑！"
　　说完，阿卡达吉说道：

阿古加党请您听，
请您听呀我来说！
您的话语没有错，
千真万确是真理。
现在就把塞钦取，
我们赶紧做供奉。
请把殿神来祈求，
请他护佑我们呀！
请把神龙来祈求，
龙神刚刚鸣过雷。

　　　　雷声震天很恐怖，
　　　　请他快快来护佑。

　　阿卡达吉说道："阿古加党请您听，请您听呀我来说！您说的话语千真万确，一点也没有错，您说的都是真理。我现在就把塞钦拿给您，请您赶紧给殿神和龙神做供奉！请您求一求殿神，请他保佑我们呀！龙神刚刚发怒打了雷，雷声震天，让人毛骨悚然。还要求一求神龙，请他保佑我们呀！"说完，阿卡达吉赶紧拿来了塞钦。阿古加党站在暴风雨中，左手拿着装有塞钦的宝瓶，右手拿着松柏枝，双目紧闭，口中不断地念诵着祷词。他一边念诵祷词，一边用松柏枝向着神殿和神龙做供奉。没过多久，雨过天晴了，他们继续骑上马，向着前方走去。

　　他们没走多远，就远远地望见前方出现了一座大山。这时，阿卡达吉又对阿古加党说道：

　　　　　　阿古加党请您听，
　　　　　　请您听呀我来说！
　　　　　　要去那里不容易，
　　　　　　我们需要慢慢爬。
　　　　　　十万猛兽在围绕，
　　　　　　十万猛禽在盘旋。
　　　　　　抬头仰望那上部，
　　　　　　我们登顶难上难。

　　阿卡达吉对阿古加党说道："阿古加党请您听，请您听呀我来说！我们想要攀登到前方发现的这座大山的峰顶不容易呀，我们需要花费很多的时间慢慢攀爬。再说，上部还有万千猛兽在围绕，万千猛禽在盘旋，真的感觉登顶不容易呀！"

　　阿卡达吉接着说道：

> 阿古加党请您听，
> 请您听呀我来说！
> 您的话语没有错，
> 上部猛兽有万千，
> 上部猛禽有万千，
> 我们如何上得去？

　　阿卡达吉又说道："阿古加党请您听，请您听呀我来说！您刚才说的话没错，现在我们马上就要登顶了，但是上部有万千头猛兽，还有万千只猛禽，我们如何才上得去呢？"

　　阿古加党听了阿卡达吉这番话之后，说道：

> 阿卡达吉请您听，
> 请您听呀我来说！
> 这件事情不要怕，
> 我们马上要登顶。
> 到了峰顶煨堆桑，
> 煨桑祈求本地神。
> 朗部美酒做塞钦，
> 以此供奉诸山神。

　　阿古加党说道："阿卡达吉请您听，请您听呀我来说！这件事您就不要害怕了，我们马上就要登上峰顶了。到了峰顶我们煨一堆松柏桑，用松柏桑祈求本地的诸位神灵。还有我们阿朗部的美酒做塞钦，以此供奉本地的诸山神呀！这样他们就会护佑我们的！"说完，他们继续向着山顶的方向走去。他们走着走着就来到了大山峰顶。当他们再往前走了几步之后，就看见那里有一个很大的"拉则"。这时，阿古加党又说："阿卡达吉，这里有座很大的'拉则'，我们煨一堆松柏桑，用我们阿朗部的酒做塞钦，以此来供奉'拉则'和本地的神灵，我们好好地进行叩拜和祷告，这样我们就不会有事了！"

　　他们边说边走，不知不觉就到了山顶。

我们已到山峰顶，
这里有尊拉则神。
我们在此稍休息，
要把拉则来供奉。
从那上方捡一石，
中部那里抬一石，
下边把那石捡来，
三石齐全敬拉则。
供奉三石转果拉，
右转果拉要三圈。
峰顶长着松柏树，
摘来树枝做供奉。
拉则前方做桑台①，
桑台上面煨堆桑。
拉则要用桑烟祭，
如若不祭事难成。

---

　　①　桑台：用来煨桑的高台。

煨桑之后吹海螺，
要把白色海螺吹。
再把塞钦瓶来拿，
塞钦供奉四方神。
四面八方都供奉，
再次央求诸神灵！

他们来到这座大山的峰顶上，看见那里有尊"拉则"，准备要对拉则进行供奉和祭奠。稍作休息之后，他们从上方捡来了一块石头，又从中部那里抬来了一块石头，从下边又捡来了一块石头，把三块石头都捡来之后，就用这三块石头对拉则进行了供奉祭奠。然后，他们围绕着"拉则"从右到左地转了三圈"果拉"。在不远处的峰顶上生长着松柏树，他们摘来了树枝做供奉。在"拉则"的前方做了一个很大的煨桑台，煨桑台上面煨起了一堆很大的松柏桑。供奉"拉则"就要用桑烟来祭拜，如若不祭拜"拉则"，他们接下来的所有事宜就很难办成，供奉和祭奠了就会很顺利。煨桑之后又吹响了白色的海螺，拿来了"塞钦"瓶，用"塞钦"供奉了四方神，也对四面八方的神灵都一一地进行了供奉，再次央求诸神灵保佑！

万千猛兽在围绕，
祈求猛兽放过我！
万千猛禽在盘旋，
祈求猛禽别伤我！
万千猛兽在围绕，
猛兽之王是雄狮。
兽王雄狮祈求您，
我们能够顺利过。

> 万千猛禽在盘旋。
> 猛禽之王是秃鹫，
> 鸟王秃鹫祈求您，
> 顺利通过全靠您。

这里还围绕着成千上万头猛兽，猛兽之王是雄狮，祈求兽王雄狮让他们顺利通过此地。也盘旋着成千上万只猛禽，猛禽之王是秃鹫，祈求鸟王秃鹫让他们从此顺利通过！他们这样很诚恳地祈求之后，那些猛兽都不见了，那些猛禽也都飞走了。于是他们就可以骑上骏马启程了。

这时，阿卡达吉说道：

> 阿古加党请您听，
> 请您听呀我来说！
> 魔部事宜已办妥，
> 我们赶紧回朗部。
> 朗部事宜繁又多，
> 我们骑马赶紧回。

阿卡达吉说道："阿古加党请您听，请您听呀我来说！我们把魔部的事宜都已经办妥了，我们阿朗部还有很多繁杂的事要处理。要去阿朗部的路途很遥远，道路崎岖不好走。我们没有那么多时间在这里逗留了，需要赶紧骑马赶回阿朗部呀！"

阿古加党听后说道：

> 阿卡达吉请您听，
> 请您听呀我来说！

> 您的话语没有错，
> 千真万确是真理。
> 如佛陀言语没过错，
> 像上师话语无疑虑。
> 就像刚才您所说，
> 骑着马儿赶速度。

阿古加党听了阿卡达吉的话之后，说道："阿卡达吉请您听，请您听呀我来说！您的话语没有错，千真万确是对的。就像佛陀的言语没过错，像上师的话语无疑虑。我们现在就赶路吧！"

说完，他们就骑着各自的骏马，快马加鞭，迅速地向着阿朗部方向奔去。

> 此地仰望那上部，
> 上部看见平坦地。
> 平坦地处有三湖，
> 金湖玉湖海螺湖，
> 一是金色是金湖；
> 二是绿色是玉湖；
> 三是白色海螺湖。
> 要去下方不一般，
> 万分艰辛难上难。

他在路途中看见下方那边有三个湖，一个是金色的金湖，一个是绿色的玉湖，第三个是白色的海螺湖。

这时，阿卡达吉问道：

阿古加党请您听，
请您听呀我来说！
此地仰望那上部，
上部看见平坦地。
平坦地处有三湖，
金湖玉湖海螺湖。
一是金色是金湖，
金湖为何是黄色？
二是绿色是玉湖，
玉湖为何是绿色？
三是白色海螺湖，
螺湖为何是白色？

　　阿卡达吉问道："阿古加党请您听，请您听呀我来说！我们从山沟到山顶，一路看见神殿就供奉神殿，看见佛塔就供奉佛塔，看见拉则就供奉拉则，现在我们来到了平原，从这里仰望那上部，能看到在一块平坦的地方有三座湖泊。一是金色的金湖，请问金湖为何是黄色的？二是绿色的玉湖，请问玉湖为何是绿色的？三是白色的海螺湖，请问海螺湖为何是白色的？"

　　阿古加党回答道：

阿卡达吉请您听，
请您听呀我来说！
平坦地处有三湖，
金湖玉湖海螺湖。
一是金色是金湖，
湖底黄金有无数，

阳光照在湖面上，
就此原因是金色；
二是绿色是玉湖，
湖底无数绿松石，
阳光照在湖面上，
就此原因是绿色；
三是白色海螺湖，
湖底产生白海螺，
阳光照在湖面上，
就此原因是白色。

阿古加党说道："阿卡达吉请您听，请您听呀我来说！那块平原上有三个湖泊：金湖、玉湖和海螺湖。金色的是金湖，是因为湖底有很多黄金，阳光照在湖面上，就此原因是金色；绿色的是玉湖，是因为湖底有很多的绿松石，阳光照在湖面上，就此原因是绿色；白色的是海螺湖，是因为湖底产生很多的白海螺，阳光照在湖面上，就此原因是白色！"

听后，阿卡达吉接着说道："呀，这平原中到处是湿草地，一不小心就会陷进去的，我们要小心！我们从这里到达阿朗部还很遥远，这片草地我们怎么过呀？"

阿卡达吉接着说道：

阿古加党请您听，
请您听呀我来说！
我们即刻就出发，
慢慢闲聊没时间。

阿卡达吉接着说道："阿古加党请您听，请您听呀我来说！我们从现在就要尽快出发，要让马儿快快跑起来，没有时间聊天和寒暄呀！这块平原中到处是湿草地，一不小心就会陷进去，我们要小心！我们从这里到达阿朗部还很遥远，这个草地我们怎么过呀？"说完，他们骑着各自的骏马，向着阿朗部的方向飞快地奔去。

阿古加党和阿卡达吉这次去魔部，走过了平原草滩，淌过了山川河流，爬过了雪山草地，躲过了野牛的追赶，打死了魔王的士兵，他们历经了千辛万苦，终于回到了阿朗部。

第三节　散播谣言引恐慌

阿古加党和阿卡达吉到达阿朗部的第二天早晨，阿古加党又召集了五位老将领，说道：

> 五位老将听一听，
> 听一听呀我来说！
> 往返魔部不容易，
> 历经千辛和万苦！
> 能把汗水熬成汤，
> 能把脚掌磨成钢。
> 骏马跑断四条腿，
> 翻山越岭过草地。
> 万千猛兽在围绕，
> 万千猛禽在盘旋。
> 深山沟里遇野牛，
> 魔部边界见小妖。

躲过一劫又一劫，
终于见到老魔王。
早晨太阳升起时，
我去禀报格萨尔。

　　阿古加党又召集了五位老将领，说道："五位老将听一听，听一听呀我来说！要去魔部真的是很不容易呀，我们历经了千辛和万苦！路途中能把汗水熬成汤，能把脚掌磨成钢，我们的骏马快要跑断了四条腿，翻山越岭过了一山又一山，过了草地和雪山。那里有万千头猛兽在围绕，万千只猛禽在盘旋。我们还在深山沟里遇到了野牛，在魔部的边界上遇见了小妖魔。我们战胜了这一切苦难，躲过了一劫又一劫，终于见到了老魔王蒙干赤旦。明天早晨太阳升起时，我去把事情的缘由，原原本本地向格萨尔禀报呀！"

　　到了第二天早晨，他的手下将领牵来他的马匹，备好了马鞍，一切准备妥当之后，阿古加党骑着马向着格萨尔王的宫殿走去。

　　此时此刻，格萨尔王去岩山做修行不在宫殿内。这时，他遇见了格萨尔王的大将齐项丹玛。于是，阿古加党对齐项丹玛说道：

齐项丹玛请您听，
请您听呀我来说！
最近在家闲无聊，
就去山里转了转。
山间遇见几个人，
他们看着不一般。
他们给我说件事，
对我朗部很重要。
他们了解魔王事，

听说魔王来我部，

掠杀我部起战争，

扬言要杀格萨尔，

掳走财宝和女人，

杀光民众和老小，

说要踏平阿朗部，

我为此事来这里。

阿古加党对齐项丹玛说道："齐项丹玛请您听，请您听呀我来说！我最近在山里转悠时遇见了从魔部来的几个人，我与他们寒暄了几句之后，了解到一些情况，我想这个情报对我们阿朗部十分重要。听说过几天魔王要来我们这里，他来了可能就会发起战争，他还扬言要杀掉格萨尔王，掳走我们阿朗部所有的财宝和女人，扬言要杀光阿朗部的男女老少，还说要踏平我们阿朗部的每一寸土地，迟早杀掉我和格萨尔。不过，这事不是我亲眼所见，而是从那几个人口中听来的，信不信就看格萨尔王了。所以，我今天就是为此事而来，特意向格萨尔王禀报这件事的呀！"

齐项丹玛听后说道：

阿古加党请您听，

请您听呀我来说！

格萨尔王不在这，

他在岩洞去修行。

阿古加党有忠心，

朗部民众都知道。

遇事不慌来禀报，

足见加党有诚意。

您说魔王来我部，
掠杀我部起战争，
扬言要杀格萨尔，
掳走财宝和女人，
杀光民众和老小，
说要踏平我朗部。
您说这事不一般，
事关重大要商议。
男人说话讲依据，
信口开河别胡说。
您是朗部前首领，
您的话语信得过。

　　齐项丹玛听后说道："阿古加党请您听，请您听呀我来说！格萨尔王最近不在宫殿内，他去上部岩洞修行了。您对我们阿朗部的忠心，我们大家都知道。您今天得到了这样的情报，又马上亲自来向格萨尔王禀报，足见您对我们阿朗部的忠诚和对格萨尔王的诚意！您说魔王要来我们阿朗部，而且要对我们发起战争，并扬言要杀掉格萨尔王，掳走我们所有的财宝和女人，还要杀光我们阿朗部的民众和老小，要踏平我们阿朗部的每一寸土地。您说的这件事事关重大，非同一般呀！男人说话得讲依据，道听途说不可取，也不能信口开河地胡说、乱说呀！您是我们阿朗部的前首领，您说的话我信得过，至于格萨尔王怎么想，我就不好说呀！现在格萨尔王的修行还没有圆满，等他的修行圆满之后，我再去禀报呀！"
　　阿古加党听了齐项丹玛的这番话之后，说道：

　　齐项丹玛请您听，

请您听呀我来说！
魔王要来我朗部，
此次战役已确定。
此事我本不该管，
但那魔王来侵犯。
朗部毕竟是我家，
于心不忍遭掠杀。
既然我王去修行，
禀报给您也可以。
烦请禀报格萨尔，
此事不是亲眼见，
但也不能不防他。
魔王若要犯我部，
我们必定要迎战！

　　阿古加党听了齐项丹玛的这番话之后，说道："齐项丹玛请您听，请您听呀我来说！魔王是一个言出必行的人，他说要来我们阿朗部，那么这次战争已经是不可避免的了。这件事我本来就不该管的。但是，听说魔王蒙干赤旦要来侵犯我们阿朗部，朗部毕竟也是我的家，如果魔王来掠杀我们，我不能袖手旁观。再说这件事我本来也不该插手过问的！既然格萨尔王现在去修行了，那禀报给您也是一样的，烦请您等着格萨尔修行圆满回来后向他禀报吧！我说了，这件事不是我亲眼所见，但也不能不防啊！如果魔王要来侵犯我们阿朗部，那我们阿朗部所有的将领和民众必须要与魔部决一死战呀！"

　　齐项丹玛听后，说道：

阿古加党请您听,
请您听呀我来说!
此事不是亲眼见,
但也不能不防他。
早晨太阳升起时,
您回自己城堡去。
此事我会去禀报,
禀报大王格萨尔。

　　齐项丹玛听后,说道:"阿古加党请您听,请您听呀我来说! 您说得对,这件事不是您亲眼所见,只是从别人那里听来的,魔王是不是真的这样说了,我们还无法证实,但我们也不能不防啊! 明天早晨太阳升起时,您赶紧回自己的城堡去,这事我会禀报格萨尔王的,请您放心吧!"当晚,阿古加党住在了那里。

　　到了第二天早晨阿古加党骑着马向着驻地走去。

第四节　众将齐聚商国事

　　当阿古加党走了之后,齐项丹玛对手下将领说道:

我的将领请你听,
请你听呀我来说!
去把赤帮麻赖请,
请他来呀有话说。

　　当阿古加党走了之后,齐项丹玛对手下将领说道:"我的将领请你听，请你听呀我来说！你赶快去把赤帮麻赖请来，让他赶紧来我这里，我有很重要的事和他商量！"说完，他的将领即刻就出门去叫赤帮麻赖了。

没过多久，赤帮麻赖来到齐项丹玛这里。这时，齐项丹玛说道：

> 赤帮麻赖请您听，
> 请您听呀我来说！
> 阿古加党来这里，
> 颠三倒四说一堆。
> 早晨天亮就启程，
> 您去下部玉城堡，
> 去把扎西什德叫，
> 再把包日包当请，
> 我们大家来商议。

齐项丹玛说道："赤帮麻赖请您听，请您听呀我来说！阿古加党昨天莫名其妙地跑到我这里之后，前言不搭后语，颠三倒四地说了一堆事，是真是假现在我也不知道。明天早晨天亮时，您就启程去把下部玉城堡的扎西什德叫来，再去把包日包当也请来，我有很重要的事情，需要我们大家一起来商议！"

赤帮麻赖听了齐项丹玛的话之后，说道：

> 齐项丹玛请您听，
> 请您听呀我来说！
> 您的话语没有错，
> 千真万确是真理。

佛陀言语没过错，
上师话语无疑虑。
明天黎明天亮时，
备鞍骑马去玉城。
去把扎西什德叫，
再把包日包当请。

　　赤帮麻赖听了齐项丹玛的话之后，说道："齐项丹玛请您听，请您听呀我来说！您说的话语没有错，千真万确是对的，您说的话就像是佛陀的言语没过错，就像是上师的话语无疑虑。明天早晨天亮时，我早早地备好鞍，骑上快马就去下部的玉城。我去把扎西什德叫来，再去把包日包当也请来，等他们来了之后一起商量一下呀！"
　　到了第二天早晨，赤帮麻赖骑着快马，向着下部走去。

向着下部走去时，
俯首瞭望那下方，
有座城堡在下方，
此座城堡是玉城。
城堡门口有守卫，
我去求求两门卫。

　　到了第二天早晨，赤帮麻赖骑着快马，向着下部走去时，俯首瞭望那下方，有一座城堡在下方，这座城堡就是玉城，城堡门口有两位守卫，赤帮麻赖去求两个门卫，请他们开门。
　　于是，赤帮麻赖走到城门口说道：

二位门卫你们听，
你们听呀我来说！
赤帮麻赖就是我，
我有要事要进城。
请你开门让我进，
去把扎西什德叫，
再把包日包当请，
我有要事要商量。

赤帮麻赖走到城门口说道："二位门卫你们听，你们听呀我来说！我是从上部来的赤帮麻赖，今天我有很重要的事情要进城。请你们打开门让我进去，麻烦你们去请扎西什德和包日包当过来，我有大事要商量呀！"

二位门卫听后说道：

上部将领请您听，
请您听呀我来说！
此处城堡我们守，
此处城堡不能进。
请在此处稍等候，
扎西什德我去请。

二位门卫听后说道："上部来的将领请您听，请您听呀我来说！看您的样子是我们阿朗部的一位大将军，但我们不认识您，这座城堡是我们在守卫，这座城堡没有将领的旨意，城堡大门不能随便开，也不能让您进入。现在请您在这里稍稍等候，我赶紧去把扎西什德请来呀！"

门卫进去见到扎西什德之后说道：

> 将领将领请您听，
> 请您听呀我来说！
> 门口来了一将领，
> 说是从那上部来。
> 他说有事要商量，
> 请您给我说句话。
> 此处大门开不开，
> 那位将领能否进？

门卫进去见到扎西什德之后说道："将领将领请您听，请您听呀我来说！刚才门口来了一位将领，他说是从上部来的，有很重要的事和您商量。他非要进来，我们不认识他，所以就没让他进，现在请您告诉我们，大门打开还是不开？让不让那位将领进来？"

扎西什德听后，说道：

> 门卫门卫请你听，
> 请你听呀我来说！
> 上部来了一将领，
> 他来定是有要事。
> 如若没事他不来，
> 请你赶紧去开门！

扎西什德听后，说道："门卫门卫请你听，请你听呀我来说！上部来了一位将领，他肯定有要事，否则不会前来，请你们赶紧出去打开大门，让他进来呀！"

说完,门卫很快跑去,打开了大门。扎西什德又吩咐厨师说道:

> 厨师厨师请您听,
> 请您听呀我来说!
> 家有土灶上中下:
> 上灶锅里来酿酒;
> 中灶锅里来熬茶;
> 下灶锅里来煮肉。
> 尊贵客人来我家,
> 要把上等酒来端,
> 要把上好茶来喝,
> 再把上等肉来吃。

扎西什德对厨师说道:"厨师厨师请您听,请您听呀我来说!赤帮麻赖今天是从遥远的阿朗部来到这里的,他肯定有很重要的事要对我说!他从阿朗部来到这里不容易,路途遥远,长途跋涉来到这里,他的肚子肯定也饿坏了。今天他是我们家最尊贵的客人,我们要好好地招待他。我们家有上、中、下三个土灶,你去上灶锅里酿上酒,中灶锅里熬上茶,下灶锅里煮上肉,等你把酒酿好了,肉煮好了,茶熬好了,我们要边吃边聊,好好说说话。"说完,他的厨师就去准备酒肉茶了。

当赤帮麻赖进了城堡后,在城堡内的最中央看见一个檀香木做的宝座,宝座上坐着扎西什德,前面放着一张檀香木做成的长条桌,扎西什德看见赤帮麻赖之后,说道:

> 赤帮麻赖请您听,

　　　　　　请您听呀我来说！
　　　　　　好久不见您可好？
　　　　　　您从上部来这里，
　　　　　　定有要事要商议，
　　　　　　没事您是不会来。
　　　　　　说吧您有什么事？
　　　　　　看看我能做什么？

　　扎西什德看见赤帮麻赖之后，说道："赤帮麻赖请您听，请您听呀我来说！我们已经好久都没有见面了，您可好？您从上部来到这里，肯定有什么重要的事要和我商议，没有重要的事您是不会亲自来这里的呀！说吧，您有什么事？看看我能做点什么？"
　　赤帮麻赖听后说道：

　　　　　　扎西什德请您听，
　　　　　　请您听呀我来说！
　　　　　　齐项丹玛让我来，
　　　　　　他说要把您来请，
　　　　　　再把包日包当请，
　　　　　　说是有事要商议。
　　　　　　阿古加党来这里，
　　　　　　颠三倒四说一堆，
　　　　　　细节原因我不知，
　　　　　　我们赶紧去上部。

　　赤帮麻赖听后说道："扎西什德请您听，请您听呀我来说！昨天齐项丹玛让我请您和包日包当去见他，说是有十分重要的事需要商议。前些天阿古加党莫名其妙地去他那里，颠三倒四地说了一堆事，具体细节和原因我也不清楚，我们赶紧去上部见齐项丹玛吧！"

就在他们说话时，厨师就把煮好的肉端上了桌，酿好的酒也端上了桌，熬好的奶茶也端上了桌。他们一边吃肉，一边说事。

这时，扎西什德说道：

> 赤帮麻赖请您听，
> 请您听呀我来说！
> 要去朗部很遥远，
> 今日太阳已落山，
> 今晚您就住这里，
> 我们慢慢把事聊。
> 明天太阳升起时，
> 我们骑马赶紧去！

扎西什德对赤帮麻赖说道："赤帮麻赖请您听，请您听呀我来说！我们要去阿朗部有点遥远呀，今日太阳已经落山了，今晚您就住在我这里，我们慢慢吃着肉，喝着酒，聊一聊我们阿朗部的事！明天早晨太阳升起时，我们骑着马赶紧去见齐项丹玛也不迟呀！"

赤帮麻赖听后说道：

> 扎西什德请您听，
> 请您听呀我来说！
> 您的话语是对的，
> 千真万确是这样。
> 今晚我就住这里，

> 我们慢慢把事聊。
> 明天太阳升起时，
> 我们骑马赶紧去！

赤帮麻赖听后说道："扎西什德请您听，请您听呀我来说！您说的话语是对的，千真万确。今天的确已经天黑了，晚上去上部的道路也不好走，我就听您的话，今晚住这里吧！晚上我们慢慢地把阿朗部的有些事聊一聊也好。明天早晨太阳升起时，我们骑着马赶紧去吧！"

于是，赤帮麻赖住了下来。晚上，他和扎西什德聊了很多关于阿朗部的事宜，聊到很晚才入睡。

到了第二天早上，天刚蒙蒙亮，他们就备马出发了。

赤帮麻赖对扎西什德说道：

> 扎西什德请您听，
> 请您听呀我来说！
> 早晨黎明天已亮，
> 我们骑马去上部。
> 路途半道遇白城，
> 白色城堡有白门，
> 城堡大门有门卫，
> 包日包当住那里。
> 去给门卫说一声，
> 去把包日包当请。
> 我们要把他来请，
> 我们一起去上部！

赤帮麻赖对扎西什德说道："扎西什德请您听，请您听呀我来说！今天早晨天已经亮了，我们骑马去上部吧！要去上部的路途中我们会看见一座白色的海螺城，白色城堡有扇白色的大门，城堡大门有两名门卫。您去和两名门卫说一声，请他们通报包日包当！等他出来之后，我们一起去上部见齐项丹玛呀！"

当他们快走近白色的城堡时，有两名门卫走上前来。这时，扎西什德说道：

> 二位门卫请你们听，
> 请你们听呀我来说！
> 我是下部扎西什德，
> 现有要事需进城门。
> 请你们开门让我进，
> 速速通报包日包当！

扎西什德走到城门口说道："二位门卫请你们听，请你们听呀我来说！我是从下部来的扎西什德，我今天来是有很重要的事要进城，请你们打开门让我进去！要么你们去请包日包当出来，我们有事要商量呀！"

二位门卫听后说道：

> 二位将领你们听，
> 你们听呀我来说！
> 此处城堡我们守，
> 此处城堡不能进。
> 请在此处稍等候，
> 包日包当我去请。

二位门卫听后说道:"从下部来的二位将领你们听,你们听呀我来说! 看样子二位是来自阿朗部的大将军,但我们不能确定你们究竟是谁? 这座城堡是我们在守卫,如果没有将领的旨意,那么我们不能随意打开城堡的大门,不能允许你们进去啊! 现在请二位在此稍事等候,我赶紧去请包日包当呀!"

门卫进去见到包日包当之后说道:

> 将领将领请您听,
> 请您听呀我来说!
> 门口来了二将领,
> 说是从那下部来。
> 看到他们不一般,
> 他们有事要商量。
> 请您给我说句话,
> 此处大门开不开?

门卫进去见到包日包当之后说道:"将领将领请您听,请您听呀我来说! 刚才门口来了二位将领,自称从下部前来。我们看见他们时,感觉他们是非同一般的将领,他们腰间背着弓、箭、矛,手中拿着霍尔叉,他们说有很重要的事和您商量。我们不认识他们,所以就没让他们进,现在请您告诉我们,能否把大门打开?"

包日包当听后,说道:

> 门卫门卫你们听,
> 你们听呀我来说!
> 下部来了二将领,
> 他们定是有要事。

如若没事不会来，
你们赶紧去开门！

包日包当听后，说道："门卫门卫你们听，你们听呀我来说！从下部来了二位将领，他们肯定是有要事才来的。如若没有重要的事他们不会来，请你们赶紧出去打开大门，让他们进来呀！"

门卫打开大门之后，把二人引到包日包当面前，他们相互行了见面大礼之后坐下。赤帮麻赖说道：

包日包当请您听，
请您听呀我来说！
齐项丹玛让我来，
他说要把您来请，
再把扎西什德请，
说是有事要商议。
阿古加党来这里，
胡言乱语说一番。
细节原因我不明，
我们赶紧去上部。

赤帮麻赖听后说道："包日包当请您听，请您听呀我来说！昨天齐项丹玛叫我，说是让我来请您和扎西什德去见他，有十分重要的事需要商议。前些天阿古加党莫名其妙地去他那里，乱七八糟地说了一堆事，具体细节和原因我也不太清楚，我们赶紧去上部见齐项丹玛吧！"

包日包当听了他的这番话之后，说道：

二位将领你们听，
你们听呀我来说！
我们朗部出了事，
如若没事不会来。
现在您俩喝口水，
休息片刻就启程！

　　包日包当听了他的这番话之后，说道："二位将领你们听，你们听呀我来说！我想我们阿朗部肯定发生了一件很重要的事情，如若没有大事齐项丹玛不会让你们来叫我的。既然这样，那我们喝口水休息一下，然后我们就出发呀！"同时吩咐手下人给他备马备鞍，等他们喝了几口水之后就骑着各自的骏马出发了。

我们三人去上部，
不知何时不明了。
我们三人很忐忑，
一切未知去看看。

　　他们三人一路上骑着马，一边赶路一边聊天。同时，三人都不知道阿朗部究竟发生了什么事？一路走来，他们三人从内心深处感觉到不安，很有压力。没多久他们就来到了阿朗部的城堡。走进去之后，看见齐项丹玛正坐在那里等候他们的到来。齐项丹玛看到他们三人之后，说道：

你们三人来到了，
你们听呀我来说！
赤帮麻赖请您听，

请您听呀我来说！
扎西什德请您听，
请您听呀我来说！
包日包当请您听，
请您听呀我来说！
阿古加党来这里，
乱七八糟说不少。
他说在家闲无聊，
就去山里转了转，
山间遇见几个人，
他们看着不一般。
他们给他说件事，
对我朗部很重要。
他们了解魔王事，
听说魔王来我部。
魔王要来我朗部，
此次战争已确定。
此事我本不该管，
但那魔王来侵犯。
朗部毕竟是我家，
于心不忍遭掠杀。

　　齐项丹玛对赤帮麻赖、扎西什德和包日包当三人说道："赤帮麻赖、扎西什德、包日包当你们三人来到了，你们听呀我来说！前些日子，阿古加党来找我，絮絮叨叨说了很多。他说他最近在山里转悠时遇见几个从魔部来的人，寒暄中了解到一些情况，他想这个情报对我们阿朗部十分重要。他听那几个人说，过几天魔王要来我们这里,他来了可能就会发起战争。听说魔王蒙干赤旦要来侵犯我们阿朗部。所以,我今天请你们大家来就是为了此事,我们如何向格萨尔王禀报这件事呀!"

包日包当听后说道:

> 齐项丹玛请您听,
> 请您听呀我来说!
> 阿古加党说的话,
> 我们不要相信他。
> 我们朗部很安定,
> 怎能莫名起战争?

包日包当听后对齐项丹玛说道:"齐项丹玛请您听,请您听呀我来说! 阿古加党说的话我们不要相信,他本身就是一个唯恐天下不乱的人。现如今我们阿朗部民众生活幸福,安居乐业,边疆安定,没有招惹过别人,怎能莫名起战争呢? 我不信他的话!"

听后,齐项丹玛又说道:

> 三位将领你们听,
> 你们听呀我来说!
> 阿古加党来禀报,
> 是真是假不好说。
> 我们速报格萨尔,
> 就看我王怎么说!

齐项丹玛听了之后,对三位将领说道:"三位将领你们听,你们听呀我来说! 阿古加党这个人我们大家都知道,既然他来禀报了,

我想无风不起浪,这件事是真是假我们不好说。现在我们赶紧向
格萨尔王禀报,听听他的意见和安排!"

之后,他接着说道:

> 三位将领你们听,
> 你们听呀我来说!
> 今天太阳已落山,
> 明天太阳升起时,
> 我们一起去岩山。
> 岩山之中有岩洞,
> 格萨尔王在修行,
> 我们一起去岩洞!

齐项丹玛接着说道:"三位将领你们听,你们听呀我来说! 今
天的太阳已经落山了,明天早晨太阳升起时,我们一起去岩山那
边。格萨尔王去岩山的岩洞之中修行了,这件事真的也好,假的也
罢,我们一起去岩洞向格萨尔王禀报呀!"说完,他们也都各自回房
休息了。

第五节　战事禀告格萨尔

到了第二天早晨,天色刚刚发亮,齐项丹玛、赤帮麻赖、包日包
当和扎西什德骑着各自的骏马,向着格萨尔王修行的岩洞走去。

当他们来到岩山脚下后,轻轻地下了马,将马拴在路旁的小树
上,小心翼翼地沿着一条小路走了上去。这条小路就一直通向格
萨尔王修行的岩洞。

他们来到岩洞口后,齐项丹玛说道:

> 你们三人听一听,
> 请你们听我来说!
> 这条小路不好走,
> 你们在此稍等候,
> 让我一人去看看。
> 格萨尔王在修行,
> 修行时日未结束,
> 能否打扰我先去。

齐项丹玛说道:"你们三人听一听,请你们听我来说! 这条小路是通往岩洞的路,路面狭窄难行。格萨尔王正在岩洞内修行,修行圆满的时日未结束,我们今天去禀报此事,会不会打扰到他了,现在你们就在这里稍事等候,让我一个人先去看看呀! 你们看怎么样?"

包日包当说道:

> 齐项丹玛请您听,
> 请您听呀我来说!
> 您的话语没有错,
> 千真万确就这样。
> 我们多人进岩洞,
> 冒昧去见不合适。
> 就请丹玛您代劳,
> 禀报我王格萨尔。

包日包当说道："齐项丹玛请您听，请您听呀我来说！您说的话语一点都没有错，千真万确就这样。我们这么多人冒昧地进了岩洞去见格萨尔王不合适呀！现在就请齐项丹玛您代劳去向格萨尔王禀报，听听格萨尔王怎么说，您回来后把格萨尔王的旨意传达给我们呀！"

之后，齐项丹玛沿着那条小路慢慢爬到岩洞门口，轻轻地推开了岩洞的小门，侧着身子、弓着腰进了岩洞。他进去之后，在洞内微弱的亮光下看见格萨尔王双腿盘坐，正襟危坐，双手掌心向上自然地放在双膝上，两手中指与大拇指相合，其他手指自然打开，双目紧闭，一动不动地坐在岩洞中一块平整的台面上。这时，齐项丹玛从怀中拿出一条事先准备好的黄色的哈达敬献给了格萨尔王。随后倒退了两步，轻声地对格萨尔王禀报道：

> 格萨尔王请您听，
> 请您听呀我来说！
> 阿古加党来找我，
> 絮絮叨叨没少说。
> 他说在家闲无聊，
> 就去山里转了转。
> 山间遇见几个人，
> 他们看着不一般。
> 他们给他说件事，
> 对我朗部很重要。
> 他们了解魔王事，
> 听说魔王来我部，
> 掠杀我部起战争，
> 扬言要杀格萨尔，

> 掳走财宝和女人，
> 杀光民众和老小，
> 说要踏平我朗部。
> 此事虽然属谣传，
> 我们几位已商议，
> 一面之词不可信，
> 但也不得不防它！
> 格萨尔王请下旨！

齐项丹玛对格萨尔王轻声地说道："尊敬的格萨尔王请您听，请您听呀我来说！前些日子阿古加党来找我，他絮絮叨叨地说了一大堆的事情，他说他最近在山里转悠时，遇见了几个从魔部来的人，寒暄之后了解到一些情况，他想这个情报对我们阿朗部十分重要。他听那几个人说，过几天魔王要来我们这里发起战争，他扬言说要杀掉格萨尔王，掳走我们阿朗部所有的财宝和女人。魔王还扬言说要杀光阿朗部的所有民众，踏平我们阿朗部的每一寸土地。魔王说了他若是现在不杀掉格萨尔的话，格萨尔迟早也会杀掉他的。阿古加党还说，这事不是他亲眼所见，而是从那几个人口中听来的，信不信就看格萨尔王您的了。这件事我们几位将领也已经商议过。这虽然是阿古加党的一面之词，有可能属于谣言，但是我们也不得不防啊！今天冒昧前来，打扰了您的修行，是因为我们不知道下一步该怎么办，请您为我们下达旨意啊！"

格萨尔王听了齐项丹玛的禀报之后，轻声地说道：

> 齐项丹玛请您听，
> 请您听呀我来说！
> 此刻修行未圆满，

修行需要整七天，
我来还没到三天。
你们先回阿朗部，
等我修行圆满后，
我就回到阿朗部。
召集朗部众将领，
所有民众聚一聚。
此事大家共商议，
如若不议事难成！

格萨尔王听了齐项丹玛的禀报之后，轻声地说道："齐项丹玛请您听，请您听呀我来说！现在我的修行还没有圆满，如果修行圆满的话需要整整七天，我来这里还没到三天。这件事我知道了，你们先回阿朗部，等我修行圆满后，我就回到阿朗部呀！这件事需要将阿朗部的所有将领和民众召集在一起，大家共同来商议和决定！"

齐项丹玛听了格萨尔王的这番话之后，说道：

格萨尔王请您听，
请您听呀我来说！
您的旨意没有错，
千真万确是真理。
佛陀话语无过错，
上师所言无疑虑！
您的修行未圆满，
我们几位即刻回。
等您修行圆满后，

　　　　　　　　回来请您下旨意！

　　齐项丹玛听了格萨尔王的这番话之后，说道："格萨尔王请您听，请您听呀我来说！您的旨意没有错，千真万确是真理。就像佛陀的话语无过错，就像上师的语言无疑虑！我们几位即刻就回去呀！现在您的修行还没有圆满，等您的修行圆满之后，我们就等您回来给我们下旨意呀！"说完，齐项丹玛给格萨尔王磕了头，行了大礼之后，轻轻地退出了岩洞，又轻轻地关上了岩洞的小门。他沿着小路回到了其他几位将领的身边。几位将领看见齐项丹玛沿着小路下来，马上迎了过去。这时，齐项丹玛说道：

　　　　　　　　赤帮麻赖请您听，
　　　　　　　　请您听呀我来说！
　　　　　　　　扎西什德请您听，
　　　　　　　　请您听呀我来说！
　　　　　　　　包日包当请您听，
　　　　　　　　请您听呀我来说！
　　　　　　　　你们三人听一听，
　　　　　　　　请你们听我来说！
　　　　　　　　我去觐见格萨尔，
　　　　　　　　事情原委已禀报。
　　　　　　　　格萨尔王下旨意，
　　　　　　　　他的旨意我传达：
　　　　　　　　此刻修行未圆满，
　　　　　　　　修行需要整七天，
　　　　　　　　我来还没到三天。
　　　　　　　　你们先回阿朗部，

等我修行圆满后，

我就回到阿朗部。

召集朗部众将领，

所有民众聚一聚。

此事大家共商议，

如若不议事难成！

齐项丹玛说道："赤帮麻赖、扎西什德、包日包当你们三人听一听，请你们听我来说！我去觐见了格萨尔王，事情的原委我已经原原本本地禀报给了格萨尔王，他听后给我们下了旨意，我给大家传达一下：现在我的修行还没有圆满，如果修行圆满的话需要整整七天，我来这里还没到三天。这件事我知道了，你们先回阿朗部去，等我修行圆满后，我就回到阿朗部呀！这件事需要把我们阿朗部的众将领和全体民众聚集在一起，大家共同来商议和决定！"说完，他们几位骑着各自的骏马返回到了阿朗部。

几位将领回到阿朗部，又过了四天，格萨尔王的修行圆满了。于是，齐项丹玛他们几位将领，就去岩洞迎接格萨尔王返回宫殿。

齐项丹玛说道：

三位将领你们听，

你们听呀我来说！

格萨尔王去修行，

修行已到整七日。

今日修行已圆满，

我们几位去迎接。

迎接我王回宫殿，

接回宫殿听旨意。

　　齐项丹玛说道:"三位将领你们听,你们听呀我来说! 格萨尔
王去修行已经整整七日了,今日是修行圆满的日子,我们几位将领
去上部的岩洞迎接格萨尔王回宫殿呀!"说完,他们牵来了格萨尔
王的喜嘉高伊娃马,领着敌老当齐狗,备好了黄金做成的马鞍,马
鞍上面铺上了黄色绸缎制成的马鞍褥,向着岩洞的方向走去!

　　当他们快要走到岩山脚下时,抬头一看,看见格萨尔王走出了
岩洞,像一尊旦坚佛从岩洞中飞下了山崖,来到岩山脚下。于是,
他们扶着格萨尔王骑上了喜嘉高伊娃马,领着敌老当齐狗,威风凛
凛地回到了城堡。

　　格萨尔王回到宫殿,坐在了宝座之上,说道:

今天是个好日子,
此刻吉祥又如意。
今日太阳暖意浓,
我们朗部好兆头。
齐项丹玛请您听,
请您听呀我来说!
包日包当请您听,
请您听呀我来说!
赤帮麻赖请您听,
请您听呀我来说!
扎西什德请您听,
请您听呀我来说!
早晨太阳升起时,
你们去那神山顶,
神山峰顶煨堆桑,
桑烟供奉有三祭:

一祭上部天王神；
二祭中部财宝神；
三祭下部龙王神。
供奉山神和家神，
供奉灶神土地神，
如若不祭事难成！
从未挂过的佛像挂一挂！
从未敲过的战鼓敲一敲！
从未吹过的海螺吹一吹！
要把朗部的所有民众来召唤！
要把朗部的大小将领来召唤！
要把朗部的大小措瓦来召唤！
朗部一切聚齐时，
朗部事宜议一议！
做上土灶上中下：
上灶锅里酿上酒；
中灶锅里熬上茶；
下灶锅里煮上肉。
朗部民众聚集时，
朗部大小将领聚集时，
朗部大小措瓦聚集时，
是吉是凶有先兆，
我们一起看预兆。
朗部事宜要商议，
如若左右不商量，
我们朗部事难成！

　　格萨尔回到宫殿坐上宝座之后,说道:"今天是个好日子,此时此刻吉祥又如意,你们看看今日阳光和煦温暖,这是我们阿朗部的好兆头呀! 齐项丹玛、包日包当、赤帮麻赖、扎西什德请你们听呀我来说! 四天前齐项丹玛找我汇报了我们阿朗部最近发生的一件事,这件事我们阿朗部需要聚集所有的民众和将领们共同来定夺,我一个人说了也不行,这毕竟是我们阿朗部的一件大事。

　　明天早晨太阳升起时,你们分头去做以下几件事:大家去我们的神山顶,去神山的峰顶上煨一堆很大的松柏桑,用桑烟进行供奉:一要供奉上部天王神;二要供奉中部财宝神;三要供奉下部龙王神。还要供奉山神和家神,供奉灶神和土地神。如若不供奉诸位神灵,我们阿朗部的诸事很难办成!

　　再把从未挂过的佛像挂一挂! 从未敲过的战鼓敲一敲! 从未吹过的海螺吹一吹! 要把我们阿朗部的所有民众、大小将领和大小措瓦都召唤来! 等到大家聚齐时,我们就议一议阿朗部的事宜!

　　在所有民众到达之前,我们还要看一看阿朗部的兆头呀! 做好上、中、下三个土灶,上灶锅里酿上酒;中灶锅里熬上茶;下灶锅里煮上肉。

　　等到我们阿朗部的所有民众、大小将领和大小措瓦的人们聚集时,是吉是凶会有先兆的,我们一起来看一看预兆。

　　我们阿朗部每次遇到的大小事宜都要经过大家反复商议后才能确定下来,如若不能集思广益,我们阿朗部办的诸事就不会圆满呀!"

　　齐项丹玛说道:

　　　　格萨尔王请您听,
　　　　请您听呀我来说!
　　　　您的旨意没有错,

千真万确是真理。

佛陀话语无过错，

上师所言无疑虑！

　　齐项丹玛听了格萨尔王的这番话之后，说道："格萨尔王请您听，请您听呀我来说！您的旨意没有错，千真万确是真理。就像佛陀的话语无过错，就像上师的语言无疑虑！我们就按您的旨意去办理各项事宜呀！"说完，所有将领都退出了宫殿，回到了各自的住处。

第四章

招兵买马建军商国事
筹措军备强军凝民心

　　格萨尔王圆满完成了修行之后,回到了阿朗部便召集了阿朗部的所有将领和民众前来议事。阿朗部每次遇到的大小事宜都要经过大家反复商议后才能确定下来,如若不能集思广益,那么阿朗部的诸事办得就不会圆满呀!

　　如果魔部果真发起战事,阿朗部需要组建一支强大的军队才能与之抗衡。这支军队要有万人之众、万匹骏马、上万马鞍、上千帐篷,还需要配备武器弓、箭和矛,同时后勤粮草等一应配套供给也要跟上。格萨尔王任命齐项丹玛为大将军,并指派赤帮麻赖、包日包当和扎西什德协助齐项丹玛分头落实军备,各司其职。民众为了保护家园,参军的热情高涨,雄心勃勃,勇气十足。

第一节　格萨尔王召众人

到了第二天早晨，天刚蒙蒙亮，几位将领按照格萨尔王的旨意，早早地就爬上了神山的峰顶。他们到达神山的峰顶后，在那里的煨桑台上煨起了一堆很大的松柏桑，用桑烟供奉了上部天王神、中部财宝神和下部龙王神，依次又供奉了各路山神和家神，供奉了灶神和土地神。

又把从未挂过的佛像挂起来了，从未敲过的战鼓敲响了，从未吹过的海螺吹起来了！这时，阿朗部所有的民众、大小将领和大小措瓦的人们都看见了悬挂的佛像，都听见了敲响的战鼓声和吹响的海螺声，他们就明白了这是阿朗部有很重要的事要商量，也是格萨尔王在召唤众人呢！于是，他们相互议论着，相互转告着。没过多久，阿朗部所有的民众、大小将领和大小措瓦的人们都不约而同地聚集到了宫殿门前的广场上。

这时，齐项丹玛对格萨尔王说道：

> 格萨尔王请您听，
> 请您听呀我来说！
> 您的旨意没有错，
> 按照旨意已办妥！
> 早晨太阳升起时，
> 我们去了神山顶，
> 神山峰顶煨堆桑。
> 桑烟供奉有三祭：
> 一祭上部天王神；

二祭中部财宝神；
三祭下部龙王神。
供奉山神和家神，
供奉灶神土地神，
朗部诸神已供奉！
从未挂过的佛像挂了挂！
从未敲过的战鼓敲了敲！
从未吹过的海螺吹了吹！
朗部所有民众已聚齐；
朗部大小将领已聚齐；
朗部大小措瓦已聚齐；
格萨尔王请您下旨意！

齐项丹玛对格萨尔王说道："格萨尔王请您听，请您听呀我来说！您的旨意没有错，我们按照您的旨意将阿朗部的事宜都已经办妥了。

今天早晨太阳刚刚升起时，我们就去了神山的峰顶，在神山峰顶上煨起了一堆很大的松柏桑，用桑烟供奉了上部天王神、中部财宝神和下部龙王神，还供奉了各路山神和家神，供奉了灶神和土地神，还有阿朗部诸神都已经供奉了！

从未挂过的佛像也挂了挂，从未敲过的战鼓也敲了敲，从未吹过的海螺也吹了吹。现在我们阿朗部的所有民众、大小将领、大小措瓦的人们都已经聚齐！请格萨尔王给大家下旨意呀！"

格萨尔王听后说道：

你们大家听一听，
你们听呀我来说！

四方木桌放门口，
方桌摆上那"曲卦"，
方桌摆上那"贵达"，
方桌摆上那"德尕"。
朗部民众要到达，
你们赶紧去迎接！

格萨尔王听后说道："你们大家听一听，你们听呀我来说！按照我的吩咐你们已经召来了所有的民众、大小将领和大小措瓦的人们，这做得很好呀！现在你们赶紧到门口放上檀香木做成的方形木桌，桌上摆上'曲卦''贵达'和'德尕'，为那些措瓦中德高望重的老人和老将领们献上'贵达'，敬上'曲卦'，放上'德尕'，以最高礼节迎接他们呀！"

于是，由齐项丹玛、包日包当、赤帮麻赖和扎西什德等将领在城堡门口的广场上建造了一个高大而雄伟的狮子宝座，宝座前安置了檀香木做成的方形木桌，桌上摆上了"曲卦""贵达"和"德尕"。之后，他们就等候在门口，迎接格萨尔王和大家的到来。

就在这时，格萨尔王走出了城堡，登上了狮子宝座。

等格萨尔王坐稳后，几位将领为那些措瓦中德高望重的老人和老将领们都一一地献上了"贵达"，敬上了"曲卦"，放上了"德尕"，以阿朗部最高的礼节迎接了他们。

这时，格萨尔说道：

朗部民众听一听，
听一听呀我来说！
朗部民众已聚集，
大小将领已聚集，

> 大小措瓦已聚集，
> 我们大家来商议！
> 需要上下议一议，
> 需要左右扯一扯！
> 如若商议不圆满，
> 我们朗部事难成！

　　格萨尔王对所有民众、大小将领和大小措瓦的人们说道："我们阿朗部的民众听一听，听一听呀我来说！我们阿朗部的民众、大小将领和大小措瓦的人们都已经聚集到这里了，叫大家来是因为最近我们阿朗部发生了一件事，这件事需要我们大家来商议决定！大家需要反复磋商，如若不经过缜密的商议，我们阿朗部的事就不会圆满，我们阿朗部所有的事都难以完成呀！"

　　说完他接着说道：

> 阿古加党来禀报，
> 听说魔王来我部。
> 掠杀我部起战争，
> 扬言要杀格萨尔，
> 掳走财宝和女人，
> 杀光民众和老小，
> 说要踏平我朗部。
> 此事虽然属谣传，
> 一面之词不可信，
> 但也不得不防它！
> 今日民众聚一起，
> 就是要把此事议。

　　说完他接着说道:"阿古加党来禀报,他听说过几天魔王要来我们这里,他来了可能就会发起战争。魔王说要杀掉格萨尔王,掳走我们阿朗部所有的财宝和女人,魔王还扬言说要杀光阿朗部的所有民众,踏平我们阿朗部的每一寸土地。魔王说了他若是现在不杀掉格萨尔,格萨尔迟早也会杀掉他的。魔王到底来不来?到底会不会发起战争都难说,这虽然是阿古加党的一面之词,但我们也不得不防呀!今天叫大家来就是为此事,现在大家都发表意见和建议吧!如果魔王要无端地发起战争,那我们就去迎战吧!"

　　格萨尔王接着对齐项丹玛说道:

齐项丹玛请您听,
请您听呀我来说!
朗部将领你统帅,
若起战事需要人。
需要统帅我大军,
万人军队要备齐,
万匹骏马要备齐,
上万马鞍要备齐,
上千帐篷要备齐。
尚需武器弓箭矛,
万只武器要备齐,
后勤粮草要备齐。
要去魔部很艰难。
狐皮军帽要备齐,
万件铠甲要备齐,
万件皮靴要备齐,
与魔战事有没有,

有与没有要准备。

格萨尔王接着对齐项丹玛说道："齐项丹玛请您听,请您听呀我来说! 我们阿朗部需要一名统帅来带领阿朗部的大军,你是我们阿朗部德高望重的老将领,这次战事由你来统帅我们阿朗部的所有军队。如果魔部要发起战事的话,我们需要人手,需要组建一支强大的军队才能与魔王抗衡。这虽然是阿古加党的一面之词,但我们也不得不防呀! 不管战争是否会被挑起,我们都必须有所准备才是。从今天开始,你要组建一支一万人的军队,备齐一万匹骏马,备齐上万件马鞍,备齐上千顶帐篷,还需要准备武器弓、箭和矛,后勤粮草也要备齐。要去魔部很艰难,每个人要把狐皮军帽备齐,一万件铠甲要备齐,一万双皮靴要备齐呀! 时间紧,任务重。请赤帮麻赖、包日包当和扎西什德协助您去办理呀!"

齐项丹玛听了格萨尔王的这番话之后,说道:

格萨尔王请您听,
请您听呀我来说!
您的旨意没有错,
千真万确是真理。
佛陀话语无过错,
上师所言无疑虑!
既然将领都聚齐,
需要上下议一议,
需要左右说一说!
反反复复要商议,
如若商议不圆满,
我们朗部事难成!

齐项丹玛听了格萨尔王的这番话之后，说道："格萨尔王请您听，请您听呀我来说！您的旨意没有错，千真万确是真理。就像佛陀的话语无过错，就像上师的语言无疑虑！我们就按您的旨意去办理各项事宜呀！今天既然将领们都聚齐了，大家正好商讨和议论，如果商议不圆满，阿朗部的事就很难办成了！"

他又接着说道：

> 所有将领听一听，
> 听一听呀我来说！
> 赤帮麻赖您先听，
> 万人军队您组建，
> 万人军队要铠甲，
> 万件铠甲要备齐；
> 包日包当请您听，
> 万匹骏马您找寻，
> 万匹骏马要马鞍，
> 万件马鞍您筹备；
> 扎西什德请您听，
> 后勤保障您负责，
> 万人军队要武器，
> 万件武器您筹备，
> 直挺箭杆要准备，
> 秃鹫羽毛要准备，
> 头上要戴狐皮帽，
> 万件皮帽要准备，
> 脚上要穿皮毛靴，
> 万双皮靴要准备，

万人军队要行军，
千顶帐篷要准备，
我说此话妥当否？
若有疑问请说话！
我们这是在商议，
朗部民众已聚集，
大小将领已聚集，
大小措瓦已聚集，
我们大家来商议！
需要上下议一议，
需要左右说一说！
如若商议不圆满，
我们朗部事难成！

　　格萨尔王将阿朗部统帅的职位交给了齐项丹玛。齐项丹玛接过军旗之后，对所有将领说道："所有将领听一听，听一听呀我来说！前些日子阿古加党来找我，透露出重要的情报，是关于魔部向我们阿朗部发起战争的情报，无论他说的话是真是假，我们都要有所准备。今天我们的格萨尔王把这次战事的统帅旗交给了我，我一个人的力量是有限的，我一个人不可能完成这样庞大而繁琐的事呀！为了不耽误我们阿朗部的大事，现在我给大家分配一下任务：首先，赤帮麻赖您先听，一万人的军队由您来组建！年龄在16岁以上的男子都加入这支军队，军队的铠甲您要备齐！包日包当请您听，一万匹骏马由您来找寻！这些骏马最好是4岁至6岁的精壮马，别忘了给一万匹战马备齐所需的马鞍！扎西什德请您听，后勤保障由您来负责！一万人的军队所需的万件兵器由您来督促制作和筹备！制作弓箭箭杆的材料质地要坚实挺拔，尾翼要用秃鸳的羽毛来制作,还要准备要戴的狐皮帽一万顶、脚上穿的皮靴一万双,再为万人的军队准备一千顶帐篷! 这样的安排,大家觉得还算合理吗? 如果有什么意见和建议就提出来吧! 我们阿朗部所有的民众、大小将领、大小措瓦的人们都已经聚集,目的就是我们大家来商议! 请大家畅所欲言,但说无妨! 如果我们的商议不圆满,我们阿朗部的所有事就不好办呀! 现在大家有什么意见和建议就提出来吧! 我们大家一起讨论,一起解决呀!"

大家听了齐项丹玛的这番话之后,说道:

> 齐项丹玛请您听,
> 请您听呀我来说!
> 您是朗部大将军,
> 您是朗部总统帅。
> 您的话语没有错,
> 千真万确是真理。
> 佛陀话语无过错,
> 上师所言无疑虑!

大家听了齐项丹玛的这番话之后,说道:"齐项丹玛请您听,请您听呀我来说! 您是我们阿朗部的大将军,您是我们阿朗部的总统帅,您说的话语没有错,千真万确是真理。就像佛陀的话语无过错,也像上师的言语无疑虑! 我们没有意见,就按您说的,我们大家分头去准备吧!"

赤帮麻赖听后对齐项丹玛说道:

> 齐项丹玛请您听,
> 请您听呀我来说!

朗部民众已聚集，
大小将领已聚集，
大小措瓦已聚集，
我们大家来商议！
需要上下议一议，
需要左右扯一扯！
如若商议不圆满，
我们朗部事难成！
让我组建这军队，
一万军队要备齐，
组建军队难上难，
一万军队难备齐！

　　赤帮麻赖听后对齐项丹玛说道："齐项丹玛请您听，请您听呀我来说！我们阿朗部的所有民众、大小将领和大小措瓦的人们都已经聚集到这里了，组建军队这件事需要我们大家来详细商议决定！如若不经过缜密的商议，我们阿朗部的事就不会圆满！这次您说我的任务就是组建这支一万人的军队，短时期内组建一支万人的军队难上加难呀！这一万人我从哪里去找？"

　　齐项丹玛听了赤帮麻赖的这番话之后，说道：

赤帮麻赖请您听，
请您听呀我来说！
组建军队很重要，
重中之重是人员。
只要人员都备齐，
鞍马弓箭就容易。

　　　　　早晨黎明天亮时，
　　　　　您到东方跑一趟，
　　　　　东方那里人很多。
　　　　　向着东方进发时，
　　　　　你们骑着骏马去，
　　　　　要去东方不简单。

　　齐项丹玛听了赤帮麻赖的这番话之后，说道："赤帮麻赖请您听，请您听呀我来说！要想组建一支一万人的军队不是一件简单的事，组建军队重中之重就是人员的问题，只要把人找来了，鞍马弓箭的事就没那么难。明天早晨天亮以后，你们就到东方跑一趟，东部那里有很多人，你们去那里可以找齐一万人。要去东部路途遥远，而且很难行走，你们出发时，一定要骑着骏马去呀！"赤帮麻赖又说道：

　　　　　齐项丹玛请您听，
　　　　　请您听呀我来说！
　　　　　东方那边人很多，
　　　　　我到那边去找人。
　　　　　扎西什德一同去，
　　　　　要去东方很艰辛。
　　　　　巍峨大山在东方，
　　　　　要过大山不简单，
　　　　　寒风凛冽刺骨痛。
　　　　　东方猛兽有十万，
　　　　　要去东方很艰辛。
　　　　　猛兽虎王在东方，

万千猛禽在盘旋，
褐色乌鸦在东方。
那边强盗有很多，
一不小心丢性命。
背上武器弓箭矛，
身穿铠甲长大衣，
内嵌动物毛皮物，
下穿动物皮毛裤，
头戴狐皮大翻帽，
脚穿毛皮大靴子，
骑上黄色骏马去，
我说此话对不对？

　　赤帮麻赖又说道："齐项丹玛请您听，请您听呀我来说！在我们阿朗部，我找不到那么多的人员。要在短时期内找到一万人，我只能去东方找找。虽然说东方那边有很多人，但是要去东方谈何容易呀！我想请扎西什德与我一同前去。巍峨的大山在东方，要过大山不简单，那里的寒风凛冽刺骨痛。东方的猛兽也有很多，猛兽虎王也在东方。万千猛禽在盘旋，那边到处都有强盗，一不小心就会丢了性命。所以，我们出发时要背上武器弓、箭、矛，身穿内嵌有动物毛皮的铠甲长大衣，下穿动物皮毛裤，头上戴上狐皮大翻帽，脚上穿上毛皮大靴子，骑上各自的骏马去东方。明天早晨太阳升起时，我们就出发呀！我的提议是否合理，齐项丹玛请说话！"

　　齐项丹玛听后说道：

赤帮麻赖请您听，
请您听呀我来说！

要去东方很艰难，

您是朗部老将领，

要说不去也不能；

您是朗部领头人，

再多艰难也得去，

扎西什德一同去。

格萨尔王已下旨，

我们朗部要建军。

早晨太阳升起时，

您俩马上就启程。

齐项丹玛听后说道："赤帮麻赖请您听，请您听呀我来说！我知道您俩此次去东方很艰难，您俩是我们阿朗部的老将领，也是我们阿朗部的领军人才。虽然去东方路途遥远，困难重重。但是，您俩还是必须得去呀！因为，魔部要来我们阿朗部向我们发起战争，我们必须得提前做好准备。今天格萨尔王也已经下达了旨意，命我们在阿朗部建立起一支一万人的军队，这个艰巨的任务就落到我们几个人的头上了呀！所以，您和扎西什德先去召集解决人员的问题，剩下的任务由我和包日包当，还有其他将领和头人在，我们想办法筹办呀！明早太阳升起时，您俩马上就启程吧！"

赤帮麻赖听了齐项丹玛的这番话之后，就再也没有说什么，爽快地答应了。

就在这时，齐项丹玛又问其他的所有将领和措瓦的头人们有没有意见和建议，所有的将领和头人也都同意格萨尔王的决定，大家一致同意了齐项丹玛的具体安排和部署，之后就各自散去了。

第二节　招兵买马赴东方

到了第二天早晨，当第一缕阳光刚刚洒落在草原上时，原本安静的草原顿时变得活跃起来了。就在牧人打开羊圈门的瞬间，羊羔们跟随在羊妈妈身后"咩——咩——"地叫着，争先恐后地向草原跑去，远远望去，好像是一把璀璨的珍珠洒在了绿色的毛毯上，四处散去。小牛犊也跟随在牛妈妈身后"哞——哞——"地叫着，时而小跑，时而互相打斗着，牧童骑在马上唱着悠扬动听的歌曲跟随其后。阿朗部草原上的清晨是多么迷人啊！处处呈现着一派欣欣向荣的景象。

就在这时，赤帮麻赖和扎西什德安排好各自城堡内的事宜和家里的妻儿老小后，来到了城堡前准备启程了。

赤帮麻赖对扎西什德说道：

> 扎西什德请您听，
> 请您听呀我来说！
> 我们备马要启程，
> 路上盘缠都带齐，
> 背上武器弓箭矛，
> 身穿铠甲长大衣，
> 内嵌动物毛皮物，
> 下穿动物皮毛裤，
> 头戴狐皮大翻帽，
> 脚穿毛皮大靴子。
>
> 太阳升起好兆头，

正是我们启程时。

这时，他们的手下将领牵来了马群中体格最彪悍、速度最快的两匹骏马。赤帮麻赖说道："扎西什德请您听，请您听呀我来说！今天的太阳照在草原上，处处体现出了欣欣向荣的景象，这预示着我们这次出行的好兆头呀！现在我们备好马鞍就启程，带齐盘缠，再背上武器弓、箭、矛，身穿内嵌动物毛皮的铠甲，下身穿上动物皮毛做成的长裤，头上戴上狐皮大翻帽，脚上穿上毛皮大靴子呀！太阳也刚刚升起来了，这正是我们启程的好兆头呀！"

说完，他们一边备马，一边穿起了准备好的内嵌动物毛皮的铠甲，下身穿上了动物皮毛做成的长裤，头上戴上了狐皮大翻帽，脚上穿上了毛皮大靴子。然后，跨上了骏马，一路飞奔而去。

他们的手下将领和家人远远地望着他们渐行渐远的背影，不由得默默为他们祝福！

他们一路策马扬鞭，走了好久。这时，赤帮麻赖说道：

扎西什德请您听，
请您听呀我来说！
沿着此路去上部，
就能到达那东方。
抬头仰望那上部，
有只猛虎在奔跑，
弯腰奔跑去上方，
它去上方做什么？
还有四齿大灰狼，
轻步跳跃去中部，
它去中部干什么？

盗贼弯腰去下部，
他们是要干什么？
扎西什德告诉我！

他们一路策马扬鞭，走了好久。这时，赤帮麻赖说道："扎西什德请您听，请您听呀我来说！我们沿着这条路去上部，就能到达我们要去的东方。我刚才抬头看了看那上部，有一只猛虎弯着腰奔向上方，它去上方要做什么？还有一匹四齿大灰狼，轻步跳跃着去了中部，它去中部干什么？一群盗贼弯着腰又去了下部，他们是要去干什么？请您扎西什德告诉我！"

扎西什德听后说道：

赤帮麻赖请您听，
请您听呀我来说！
抬头仰望那上部，
有只猛虎在奔跑，
弯腰奔跑去上方，
它去上方想吃牛；
有匹四齿大灰狼，
轻步跳跃去中部，
它去中部想吃羊；
盗贼弯腰去下部，
下部现今多富人，
想盗富人那财富！

扎西什德听后说道："赤帮麻赖请您听，请您听呀我来说！我刚才也看到上部有一只猛虎在奔跑，它弯着腰奔跑去上方是想吃掉富人家的牛；有一匹四齿的大灰狼，轻步跳跃着去了中部，它去中部想吃掉中部富人家的羊；那些盗贼弯着腰去了下部，因那下部现今富人很多，他们想偷盗富人家的财富呀！"

赤帮麻赖听后又说道：

> 扎西什德请您听，
> 请您听呀我来说！
> 抬头仰望那上部，
> 有只猛虎在奔跑，
> 弯腰奔跑去上方，
> 它去上方想吃牛，
> 斑斓猛虎怕什么？
> 那匹四齿大灰狼，
> 轻步跳跃去中部，
> 它去中部想吃羊，
> 四齿灰狼怕什么？
> 盗贼弯腰去下部，
> 下部现今多富人，
> 想盗富人那财富，
> 大胆盗贼怕什么？
> 扎西什德告诉我！

赤帮麻赖听后又说道："扎西什德请您听，请您听呀我来说！我们都看到了上部有一只猛虎在奔跑，它弯着腰奔跑去上方是想吃掉富人家的牛，那么，斑斓猛虎怕的是什么？有一匹四齿大灰狼，轻步跳跃着去了中部，它去中部想吃掉中部富人家的羊，四齿大灰狼怕的是什么？那些盗贼弯着腰去了下部，因那下部现今富

人很多,他们想偷盗富人家的财富,那么,那些大胆的盗贼怕的是
什么呀? 请您告诉我呀!"

扎西什德听后回答道:

> 赤帮麻赖请您听,
> 请您听呀我来说!
> 抬头仰望那上部,
> 有只猛虎在奔跑,
> 弯腰奔跑去上方,
> 它去上方想吃牛,
> 斑斓猛虎怕土枪,
> 一枪就会毙它命;
> 那匹四齿大灰狼,
> 轻步跳跃去中部,
> 它去中部想吃羊,
> 四齿灰狼怕弓箭;
> 盗贼弯腰去下部,
> 下部现今多富人,
> 想盗富人那财富,
> 大胆盗贼怕狼狗,
> 狼狗撕咬要他命。

扎西什德听后回答道:"赤帮麻赖请您听,请您听呀我来说!
我们都看到了上部有一只猛虎在奔跑,它弯着腰奔跑去上方是想
吃掉富人家的牛,斑斓猛虎怕土枪,一枪就能毙了它的性命;有一
匹四齿的大灰狼,轻步跳跃着去了中部,它去中部想吃掉中部富人
家的羊,四齿的大灰狼怕的是坚硬的弓箭,一箭过去就能送它的性

命；那些盗贼弯着腰去了下部，而那下部现今富人很多，他们想偷盗富人家的财富，那些大胆的盗贼怕的是狼狗，狼狗的撕咬会让他们魂飞胆破呀！"

他们一边赶路，一边聊着前方的所见所闻，一问一答地向着上部走去。

这时，赤帮麻赖说道：

> 扎西什德请您听，
> 请您听呀我来说！
> 沿着此路去上部，
> 太阳快要落西山。
> 抬头仰望那上部，
> 巍峨神山在前方；
> 抬头遥望那神山，
> 高耸入云不见顶；
> 放眼细看见岩石，
> 岩壁之上有岩洞。
> 我们今晚住这里，
> 岩洞刚好能栖身。

赤帮麻赖说道："扎西什德请您听，请您听呀我来说！我们沿着这条路一直走下去就可以到达上部，现在太阳也快要落西山了。我抬头看了看那遥远的上部，有一座巍峨的神山在我们前方；再抬头遥望那座神山，它高耸入云不见峰顶；再放眼细看那里有一块高大岩石山，岩壁之上有一个大岩洞，我们今晚就住在这里吧！这个岩洞刚好能容得下我们栖身呀！"

说完，他们骑着骏马向着岩洞走去，走到岩洞里看见那里有很

多的动物足迹和粪便。他们对岩洞进行了一番清理之后，赤帮麻
赖对扎西什德说道：

扎西什德请您听，
请您听呀我来说！
今日太阳已落山，
我们在此住一宿。
一路奔跑没休息，
我们口干肚又饿。
我们先把马儿拴，
之后咱们熬壶茶。
从那上方捡一石，
旁边那里抬一石，
下边把那石捡来，
安置三石做一灶。
三石顶端置茶壶，
再去那边捡柴禾，
有了柴禾要泉水，
冰凉泉水灌一壶。
熬茶需要三样料，
一种材料是红茶，
二种材料是白盐，
三种材料是牛奶。
再看旁边那一面，
长着一颗大松柏，
我们去把柴禾背，
干枯柴禾去找来。

那边有片大森林，
森林之中有柴禾，
我们去把柴禾取。
干燥柴禾没多少，
从这森林去那边，
干燥柴禾在哪里？
从这森林去下部，
干燥柴禾有许多，
干燥柴禾背了去。
柴禾背来要火种，
吹着火种烧炉灶，
烧起炉灶熬壶茶。
香甜茶水已熬开，
头茶供奉众神灵，
二茶供奉朗部神，
三茶供奉格萨尔，
再来供奉本地神，
还要供奉众鸟类，
再要供奉众猛兽，
供奉一切众神灵，
再次供奉给神殿，
还要供奉那佛殿。
一切供奉完成后，
我们自己才享用。

　　说完，他们准备在岩洞里做一个由三块石头垒成的简易炉灶。于是，二人拴好了马，分头找来了三块石头，放置在平坦的地方，又去旁边的森林里找来了干燥的柴禾,在壶中盛满了香甜可口的山泉水,搭在三叉石上面,下面点燃了火把。等把这一切准备妥当之后,再往茶壶里放了红茶、盐巴和牛奶。没过多久,茶壶中的水熬开了,一股扑鼻的浓茶的香味扑面而来。这时,他们用松柏树的树枝将头茶供奉给了所有的神灵,二道茶供奉给了阿朗部所有的神灵,三道茶供奉给了格萨尔王,还将红茶一一地供奉给了本地所有的神灵,还供奉了这里所有的鸟类、所有的猛兽、众神灵、神殿和佛殿,又向四面八方所有的神灵进行了叩拜。

这时,赤帮麻赖说道:

> 扎西什德请您听,
> 请您听呀我来说!
> 我们供奉已完成,
> 我们事宜已办完。
> 现在我们喝口茶,
> 喝口茶呀吃糌粑。
> 此处岩洞很舒适,
> 我们今晚住这里。
> 明天早晨天亮时,
> 我们骑马就出发。

赤帮麻赖说道:"扎西什德请您听,请您听呀我来说!我们熬好了茶水又供奉了这里所有的神灵,这一切习俗都已经完成了,现在我们就坐下来好好地喝一口茶,吃一口糌粑吧!住在这里既安全又暖和,而且很舒适,今晚我们就住在这里吧!明天早晨天亮时,我们就骑着马儿出发呀!"

他二人在岩洞中喝着茶,吃着糌粑,聊着天,缓解了一路的奔波劳顿。

　　到了第二天早上，他们很早就起来了。赤帮麻赖说道：

　　　　扎西什德请您听，
　　　　请您听呀我来说！
　　　　早晨天亮该起床，
　　　　我去牵马再备鞍，
　　　　您做早餐来熬茶，
　　　　吃饱喝足就启程。

　　到了早晨，赤帮麻赖早早地起床后对扎西什德说道："扎西什德请您听，请您听呀我来说！现在已经天亮了，您也该起床啦。我现在去牵马，回来后再去备鞍，您在这里做早餐，熬奶茶呀！我们吃饱喝足之后就启程啊！"说完，赤帮麻赖去牵马了，扎西什德就在昨晚熬茶的三石灶中熬茶。没过多久，赤帮麻赖把马牵了回来，扎西什德的茶也刚刚烧开。

　　这时，赤帮麻赖对扎西什德说道：

　　　　扎西什德请您听，
　　　　请您听呀我来说！
　　　　香甜茶水已熬开，
　　　　头茶供奉天王神，
　　　　二茶供奉财宝神，
　　　　三茶供奉龙王神，
　　　　再来供奉本地神，
　　　　还要供奉众鸟类，
　　　　再要供奉众猛兽，

　　　　　　　　供奉一切众神灵，
　　　　　　　　再次供奉给神殿，
　　　　　　　　还要供奉那佛殿，
　　　　　　　　供奉我王格萨尔。
　　　　　　　　一切供奉完成后，
　　　　　　　　我们自己再来喝，
　　　　　　　　喝完茶水就启程。

　　赤帮麻赖对扎西什德说道："扎西什德请您听，请您听呀我来说！茶壶中的水熬开了，一股扑鼻的浓茶的香味扑面而来。我们需用松柏树的树枝将头茶供奉给上部天王神，二茶供奉给中部财宝神，三茶供奉给下部龙王神，还需将红茶一一地供奉给本地所有的神灵，还要供奉这里所有的鸟类，供奉所有的猛兽，供奉一切众神灵，供奉神殿、佛殿和格萨尔，又向四面八方所有的神灵进行叩拜。完成了这一切供奉之后，我们再喝着茶，吃着干牛肉和糌粑。吃完早餐后，就准备启程了。"

　　这时，赤帮麻赖去备马，扎西什德将茶壶中剩余的茶水和茶叶平均倒在三块石头上，以此来供奉灶神。他们一切准备就绪之后，骑着各自的骏马向着山沟深处走去。

　　　　　　　　早晨太阳已升起，
　　　　　　　　我们骑马去上部。
　　　　　　　　巍峨大山在上部，
　　　　　　　　快马加鞭绕山道，
　　　　　　　　绕过山道见峰顶。
　　　　　　　　抬头仰望那峰顶，
　　　　　　　　峰顶之上有崖豁，

崖豁旁边有拉则。

我们马上要登顶,

到了峰顶煨堆桑,

煨桑祈求拉则神,

煨桑祈求本地神,

朗部美酒做塞钦,

以此供奉诸山神。

早晨太阳升起时,二人骑着各自的骏马向着上部走去,他们走到山沟深处时,面前出现了一座巍峨的大山。于是,二人快马加鞭绕过一条又一条山道,终于来到了大山的半山腰。他们停下脚步抬头仰望那峰顶,看见峰顶之上有一个崖豁,崖豁的旁边有拉则神。这时,赤帮麻赖说道:"我们再加把劲马上就要登顶了,到了那座峰顶之后,煨一堆很大的松柏桑,煨桑祈求拉则神和本地神,还要用我们阿朗部的美酒做塞钦,以此来供奉诸山神呀!"

说着,他们继续向上走去,来到了崖豁,看见了拉则神,他们赶紧下马,走到拉则的前方,看见那里有一座很高大的煨桑台。

这时,赤帮麻赖说道:

我们已到山峰顶,

这里有尊拉则神。

我们在此稍休息,

要把拉则来供奉。

从那上方捡一石,

中部那里抬一石,

下边把那石捡来,

三石齐全敬拉则。

供奉三石转果拉，
右转果拉要三圈。
峰顶长着松柏树，
摘来树枝做供奉。
拉则前方做桑台，
桑台上面煨堆桑。
拉则要用桑烟祭，
如若不祭事难成。
煨桑之后吹海螺，
要把白色海螺吹，
再把塞钦瓶来拿，
塞钦供奉四方神，
四面八方都供奉，
再次央求诸神灵！
我们朗部起战争，
格萨尔王下旨意，
要到东方去找人，
一万兵马要找齐。
祈求神灵保佑我，
此行顺利又吉祥！

　　他们来到这座大山的峰顶上，看见那里有尊"拉则"，他们来到
"拉则"旁边，准备要对"拉则"进行供奉和祭奠。他们在此稍作休
息之后，从上方捡来了一块石头，又从中部那里抬来了一块石头，
从下边又捡来了一块石头，把三块石头都捡来之后，就用这三块石
头对"拉则"进行了祭奠。

　　供奉完三块石头之后，又围绕"拉则"从右到左地转了三圈"果

拉"。就在他们的不远处,峰顶上长着松柏树,他们摘来了树枝做供奉。在"拉则"的前方做了一座很大的煨桑台,煨桑台上面煨起了一堆很大的松柏桑。供奉"拉则"就要用桑烟来供奉,如若不供奉"拉则",他们接下来的所有事宜就很难办成,供奉了就会很顺利。

煨桑之后吹响了白色的海螺,再拿来"塞钦"瓶,用"塞钦"供奉四方神,对各路神灵都一一地进行了供奉,再次央求诸神灵的保佑:"呀,诸位山神保佑我,保佑我们阿朗部!我们阿朗部就要起战争,格萨尔王已经给我们下了旨意,要到东方去找人,要找到一万人的兵马来备战,祈求神灵保佑我和我们阿朗部,这次诸事顺顺利利又吉祥呀!"

他们做完供奉并祈求了诸神灵之后,开始下山,继续向着东方走去。

> 要走山坡不容易,
> 此处道路窄又小,
> 蜿蜒崎岖路又滑,
> 只能徒步去下方。
> 一步三滑到山脚,
> 又遇山沟路难行。
> 到了山沟那一边,
> 望见此处有三舍。
> 看着人烟真不少,
> 我们要不住此处?
> 稍作休息再赶路,
> 看看他们在干嘛?

　　他们做完供奉并祈求了诸神灵之后,开始下山,继续向着前方走去。没走几步就要下山了,下山的道路更艰难,这条道路又窄又小,崎岖蜿蜒路又滑,只能牵着马徒步向山下走去。他们一步三滑地终于来到了山脚下,下了山就来到了山沟深处,这里大雪覆盖,道路湿滑。二人历经了艰辛,又爬过了一个小山丘,终于看见了一块平坦的平原,远远望去,那里有很多个村落,有不少人来来回回,忙个不停。这时,赤帮麻赖说道:"呀,我们就在这里稍作休息后再赶路吧!看看那些人忙忙碌碌地在做什么呢?"说完,他们就坐在那里一边聊天,一边看着那些忙碌的人们。

　　赤帮麻赖说道:

<blockquote>
扎西什德请您听,
请您听呀我来说!
我们现在去下方,
下方城堡有一座,
城堡外观是绿色,
我们走近看一看!
</blockquote>

　　赤帮麻赖说道:"扎西什德请您听,请您听呀我来说!我们现在就顺着这条山沟走下去,下方那里有一座绿色的城堡,我们走近看一看,这究竟是谁的城堡呀?"他们来到城堡后下了马去寻找入口。但是,怎么找也找不到入口。

　　赤帮麻赖说道:

<blockquote>
扎西什德请您听,
请您听呀我来说!
此座城堡是绿色,
</blockquote>

去看城堡正西方，
此座城堡没入口；
去看城堡正南方，
此座城堡没入口；
去看城堡正北方，
此座城堡没入口；
再看城堡正东方，
城堡大门在此处，
大门入口有守卫。

　　赤帮麻赖说道："扎西什德请您听，请您听呀我来说！这座城堡是绿色的，我们怎么看都没有大门的入口，城堡的正南方没有入口，正西方和正北方也没有入口，再到城堡的正东方看了看，城堡的大门就在那里，大门的入口还有两名士兵把守着。"

　　赤帮麻赖对两位门卫说道：

二位门卫你们听，
你们听呀我来说！
我们是从朗部来，
开门让我进城堡。
请把将领叫一叫，
我们有话对他讲。

　　赤帮麻赖对两位门卫说道："二位门卫你们听，你们听呀我来说！我们是从阿朗部来的，是格萨尔王派遣我们来这里的呀！请你们打开城门让我们进城堡。再把你们的将领请出来，我们有话要对他讲！"

二位门卫听后说道：

> 二位老人你们听，
> 你们听呀我来说！
> 您俩是从朗部来，
> 朗部到此不简单。
> 二位到此定有事，
> 如若无事不会来。
> 二位将领请稍等，
> 我去禀报我将领。

二位门卫听后说道："二位老人你们听，你们听呀我来说！您俩是从我们阿朗部来到了这里，路途遥远一定很辛苦呀！二位将领是格萨尔王派遣来的，那一定是有很重要的事，如若无事，你们是不会来的！现在请二位将领在这里稍等片刻，我马上就去禀报我们的将领呀！"

说完，其中一位门卫马上就去禀报了。

门卫见到将领之后，说道：

> 将领将领请您听，
> 请您听呀我来说！
> 二位老人来这里，
> 说是从那朗部来。
> 二位到此定有事，
> 如若无事不会来。
> 格萨尔王派遣来，
> 他们说是要见您。

门卫见到将领之后，说道："将领将领请您听，请您听呀我来说！刚才有两位老人来我们的城堡门口，说是从阿朗部来的。二位将领来到此地一定是有很重要的事情，如若无事他们是不会来的。他们说是格萨尔王派他们来的，想要拜访您！我还没有开门，就赶紧跑来请示您，可否打开城门让他们进来呢？"

将领听后说道：

> 门卫门卫请你听，
> 请你听呀我来说！
> 二位老人来这里，
> 说是从那朗部来。
> 二位到此定有事，
> 如若无事不会来。
> 格萨尔王派遣来，
> 赶紧赶紧去开门！

将领听后说道："门卫门卫请你听，请你听呀我来说！从阿朗部来了两位将领，他们一定是有重要的事来找我，如若无事他们是不会来的，而且是格萨尔王派他们来的，赶紧开门请他们进来呀！"说完，将领和门卫一同前去打开了城堡的大门，迎接二位将领进了城堡。

这时，城堡内的将领说道：

> 二位将领你们听，
> 你们听呀我来说！
> 贡宝丹珠是我名，
> 此座城堡我值守。

二位是从朗部来，
路途遥远不简单。
你俩到此必有事，
如若无事不会来。

城堡内的将领说道："二位将领你们听，你们听呀我来说！我的名字叫贡宝丹珠，我守卫着这座城堡，同时管理城堡周围的区域。我认识二位将领，你们一位是赤帮麻赖老将军，一位是扎西什德老将军。你们从阿朗部赶过来，一路辛苦！格萨尔王派遣你们来到这里，一定有很重要的事情吧！如若没事，你们是不会来的！"

贡宝丹珠吩咐手下的才项益西说道：

才项益西请你听，
请你听呀我来说！
请把檀香桌子搬，
上灶锅里酿上酒；
中灶锅里熬上茶；
下灶锅里煮上肉。
二位将领朗部来，
他们定是有要事。
朗部到此路遥远，
长途跋涉不容易。
尊贵客人肉招待，
尊贵客人酒招待，
尊贵客人茶招待，
敬请二位请慢用。

　　贡宝丹珠将厨师才项益西叫到身边后说道:"才项益西请你听,请你听呀我来说! 赤帮麻赖和扎西什德都是我们阿朗部的老将军,他们今天是从遥远的阿朗部来到这里的,肯定有很重要的事情要对我说。他们长途跋涉来到这里,肚子肯定饿坏了。今天他们是我们家最尊贵的客人,我们要热情款待他们。我们家有上、中、下三个土灶,你去上灶锅里酿上酒,中灶锅里熬上茶,下灶锅里煮上肉,等你把酒酿好了,肉煮好了,茶熬好了,我们要边吃边聊。"

　　话音刚落,才项益西就去准备茶饭了。

　　这时,贡宝丹珠说道:

二位将领你们听,
你们听呀我来说!
您俩来自阿朗部,
首届一指大将军。
来我城堡是贵客,
必定酒肉来招待。
才项益西把肉端,
美酒香茶也端上,
头肉头酒和头茶,
供奉上部天王神,
供奉中部财宝神,
供奉下部龙王神,
供奉本地诸神灵,
还有家神和灶神,
格萨尔王要供奉,
供奉结束请慢用。

贡宝丹珠说道:"二位将领你们听,你们听呀我来说! 你们是我们阿朗部首屈一指的大将军,您俩今天来到我的城堡就是我的贵客,我必定要用酒肉来款待你们的呀! 才项益西你现在就把煮好的牛肉端上来,酿好的美酒、香茶也端上来呀! 我们把这头肉、头酒和头茶,要供奉给上部天王神,供奉给中部财宝神和下部龙王神,还要供奉给本地的诸神灵、家神和灶神呀! 供奉结束后请二位慢用,我们一起聊一聊阿朗部的事情呀!"

没过多久,才项益西就把煮好的肉端上了桌、酿好的酒端上了桌、熬好的奶茶也端上了桌。他们又将头肉、头酒和头茶一一地供奉给了上部天王神,供奉给了中部财宝神和下部龙王神,还供奉给了本地的诸神灵、家神和灶神,还要供奉格萨尔王。之后,才开始相互敬酒、敬茶,几位老将军边吃边聊。

这时,赤帮麻赖对贡宝丹珠说道:

> 贡宝丹珠请您听,
> 请您听呀我来说!
> 阿古加党来禀报,
> 听说魔王来我部。
> 掠杀我部起战争,
> 扬言要杀格萨尔,
> 掳走财宝和女人,
> 杀光民众和老小,
> 说要踏平我朗部。
> 此事虽然属谣传,
> 一面之词不可信,
> 但也不得不防它!

赤帮麻赖对贡宝丹珠说道:"贡宝丹珠请您听,请您听呀我来说!阿古加党来禀报,他听说过几天魔王要来我们阿朗部。魔王来了可能就会发起战争,魔王扬言要杀掉我们的格萨尔王,掳走我们阿朗部所有的财宝和女人,杀光阿朗部的所有民众和老小,还说要踏平我们阿朗部的每一寸土地。魔王说了他若是现在不杀掉格萨尔,格萨尔迟早会杀掉他的。魔王到底来不来?到底能不能发起战争都难说,这虽然是阿古加党的一面之词,但我们也不得不防呀!"

赤帮麻赖接着对贡宝丹珠说道:

贡宝丹珠请您听,
请您听呀我来说!
格萨尔王下旨意,
齐项丹玛任统帅。
万人军队要备齐;
万匹骏马要备齐;
上万马鞍要备齐;
上千帐篷要备齐;
尚需武器弓箭矛;
万只武器要备齐;
后勤粮草要备齐。
要去魔部很艰难,
狐皮军帽要备齐;
万件铠甲要备齐;
万双皮靴要备齐。
与魔战事不确定,
有与没有要准备,

为此我们来这里。
万人军队要组建，
组建军队先要人。
齐项丹玛下旨意，
我们要去东方地。
为此我们到这里，
组建军队请出力。

　　赤帮麻赖接着对贡宝丹珠说道："贡宝丹珠请您听，请您听呀我来说！格萨尔王已经下了旨意，将齐项丹玛任命为我们阿朗部的统帅，由他带领阿朗部的大军。如果魔部要发起战事的话，我们需要人手，需要组建一支强大的军队才能与魔王决战。这虽然是阿古加党的一面之词，但我们也不得不防呀！与魔部的战事有也好，没有也罢，我们都必须未雨绸缪才是。从今天开始，您要组建一支一万人的军队，配备一万匹骏马和马鞍以及上千顶帐篷，还需要准备武器弓、箭和矛，并且筹措到供给万人部队的粮草。要去魔部很艰难，每个人要有狐皮军帽、铠甲和皮靴呀！齐项丹玛任大将军之后，给我和包日包当下了旨意说：'要组建一万人的军队，首先就需要有人。你们二位去阿朗部的东方，那里人多地广能找到这一万人的军队。'所以，我们今天来到这里，就是要请您帮忙，我们共同来找人，组建这支一万人的军队呀！"
　　贡宝丹珠听后说道：

二位将军你们听，
你们听呀我来说！
你们话语无过错，
千真万确是真理。

佛陀言语没过错，
上师话语无疑虑。
格萨尔王下旨意，
我王旨意要遵从；
齐项丹玛下旨意，
统帅旨意要执行。
早晨太阳升起时，
煨桑台上煨柏桑，
再把海螺法号吹，
再把佛像挂一挂，
再把战鼓敲一敲，
再把战锣敲一敲。
本地民众要聚集，
大小措瓦要聚集，
魔王要来我朗部，
我们必须要迎战。
迎战需要有军队，
万人军队如何建？
大家聚集来商议，
如若上下不商议，
如若左右不商议，
建军事宜难办成。

　　贡宝丹珠听后说道："二位将军你们听，你们听呀我来说！你们的话语千真万确没有错。就像佛陀的言语没过错，就像上师的话语无疑虑。格萨尔王是我们阿朗部的王，既然他下了旨意，那我们一定要遵从的；齐项丹玛是总统帅，他也下了旨意，统帅的旨意我们是必须要执行的呀！明天早晨太阳升起时，我们就去煨桑台上煨起一堆很大的松柏桑，再把从未吹过的海螺法号吹一吹，再把从未挂过的佛像挂一挂，再把从未敲过的战鼓敲一敲，再把从未敲过的战锣敲一敲！本地的民众看到了桑烟、听见了海螺法号的声音后就会知道，今天我们这里有很重要的事情需要商量，这样他们就会聚集过来呀！魔王要来向我们阿朗部发起战争，那我们必须要去迎战，要迎战打仗就需要有军队，一万人的军队如何组建？这事非同小可，需要所有的民众、大小措瓦的头人们，大家都要聚集到一起来商议，如若上下左右不商议，组建一万人的军队很难完成，必须要得到民众和大小措瓦头人们的支持和帮助呀！"

说完，他们继续一边吃饭，一边聊着如何才能在短时期内组建一支万人的军队，还有对马匹和马鞍等问题做了分析和充分的准备。三人讨论到很晚，才在城堡中休息了。

第三节　和衷共济议建军

到了第二天早晨，太阳刚刚从东方升起，他们三人就早早地起床了。贡宝丹珠吩咐手下将领在煨桑台上煨起了一堆很大的松柏桑，吹响从未吹过的海螺法号，挂起从未挂过的佛像，敲响从未敲过的战鼓，再把从未敲过的战锣敲起来了。

这时，当地的所有民众看到了桑烟、听见了海螺法号的声音之后，陆续从四面八方聚集过来了。

这时，贡宝丹珠说道：

> 所有民众已聚集，
> 大小措瓦已聚齐，

　　　　所有民众听一听，
　　　　听一听呀我来说！
　　　　我们朗部有一事，
　　　　魔王要来我朗部。
　　　　他来朗部起战事，
　　　　要起战事需士兵。
　　　　格萨尔王下旨意，
　　　　组建军队要万人。
　　　　所有民众听一听，
　　　　除此之外还有事。
　　　　一万马匹要凑齐，
　　　　一万马鞍要备齐。
　　　　如今朗部事宜多，
　　　　所有民众来商议。
　　　　大家聚集来商议，
　　　　如若上下不商议，
　　　　如若左右不讨论，
　　　　建军事宜难办成。

　　贡宝丹珠说道："呀，我们所有的民众和大小措瓦的人们，都已经聚集到一起了，现在你们大家听一听呀我来说几句！今天我们阿朗部发生了一件大事：听说过些时候魔王就要来我们阿朗部，他来我们阿朗部向我们发起战事。不是为别的，而是想掠夺我们的财富和女人！那我们就得去迎战，我们就需要有一支属于我们自己的强大的军队才能击退魔王，只有这样我们才能保护我们的部族，才能保护我们的家人和孩子。格萨尔王已经下了旨意，阿朗部要组建一支由一万人组成的军队呀！请所有的民众都听一听，除了这些还不够，一万人的军队还要一万匹的马，每人要牵一匹马，每匹马配一副马鞍带回来呀！现如今我们阿朗部有很多的事宜要办，今天就请大家来共同商议，要在我们这里建立起一支我们阿朗部勇往直前、战无不胜的强大军队，这件事需要我们所有民众和大小措瓦的头人们来共同商议，如若不上下左右、反反复复地进行商议，建军的事宜就很难办成呀！"

这里的民众和措瓦的头人们听后对贡宝丹珠说道：

贡宝丹珠请您听，
请您听呀我来说！
魔王要来起战事，
我们保国和保家。
如今我王下旨意，
我们必须要遵从！
万人军队要组建，
谈何容易不简单。
我们每家都出力，
我们孩子您带去，
只要击溃那魔王！
万户每家去一人，
万户家人万人军，
即刻成军就出发。

这里的民众和措瓦的头人们听后对贡宝丹珠说道："贡宝丹珠请您听，请您听呀我来说！如今魔王要来我们阿朗部发起战事，我们就需要保卫我们的部族、家人和孩子，如果我们不让我们的孩子们去打仗，等魔王来了我们哪有家？那时，我们阿朗部的所有民众都会遭殃的。现如今我们伟大的格萨尔王已经给我们下了旨意，我们就必须要遵从他、敬仰他、拥护他呀！格萨尔王为了保护我们阿朗部的民众，要组建一支一万人参加的军队，这事虽然不简单，但也不难，我们每家都出一份力，我们符合年龄的孩子请你们带去参加军队。只要阿朗部能击溃那万恶的魔王！我们做什么都是应该的。我们这里有一万多户人家，每家去一个人，就能把一万人的军队组建起来，我们明天就让孩子们到您这里来报道呀！"

　　到了第二天早上，阿朗部东部地区的所有民众和大小措瓦的老人们带着自家 15 周岁至 25 周岁的孩子们，都来报道了。有些头人家里有多个孩子的，就带来了两个孩子，一时间那里人山人海，提前来到的都已列队站好了，尚未来到的也都已在路途中，人群的嘈杂声、谈话声、寒暄声、送行者亲属的哭喊声；马匹的马蹄声、嘶鸣声响彻千里。不到中午时分，那里已经聚集了一万三千多人的队伍。赤帮麻赖他们也给这些前来报道的人们，安排了专门的人员熬茶做饭，同时也安排了大小将领，分成数千个小组，分别列队，分别吃饭，井然有序。

　　这时，赤帮麻赖说道：

> 贡宝丹珠请您听，
> 请您听呀我来说！
> 万人军队已聚集，
> 万匹骏马还没到。
> 万千马匹哪里有？
> 请您明说我去找。

　　赤帮麻赖说道："贡宝丹珠请您听，请您听呀我来说！一万人的军队已经聚集到一起了，现在就剩一万匹骏马的问题还没有解决。这一万匹骏马我们去哪里找？请您告诉我呀！"
　　贡宝丹珠听后说道：

> 赤帮麻赖请您听，
> 请您听呀我来说！
> 万人军队已聚集，
> 万匹骏马还没到。
> 万千马匹哪里有？
> 现在我就告诉您。
> 此地向东二十里，
> 巍峨大山在东方，
> 万匹骏马在那里，
> 如何牵来有困难。

　　贡宝丹珠听后说道："赤帮麻赖请您听，请您听呀我来说！我们已经将一万人的军队聚集到一起了，一万匹骏马还没有找到。您问我万匹骏马哪里有？现在我就告诉您呀！从这里向东二十里有座巍峨的大山，那里水草肥美，我们有万千匹良马在那里，现在怎么才能把一万匹骏马牵到这里来呢？"
　　赤帮麻赖听了贡宝丹珠的这番话之后发出了喜悦笑声，说道：

> 贡宝丹珠请您听，
> 请您听呀我来说！
> 只要骏马山里有，
> 去时多带几个人。
> 马匹自有牧马人，
> 只要寻得牧马人，

他有办法牵马来。
万匹骏马不用愁，
去时带足马笼头，
戴上笼头好牵马。

赤帮麻赖听了贡宝丹珠的这番话之后，说道："贡宝丹珠请您听，请您听呀我来说！只要我们这里有一万匹的良种骏马在山里，我们就不怕牵不来马匹，你们去牵马时多带几个人去，那里的马匹自有牧马人在，只要找到那里的牧马人，他们就会有办法把马牵回来，这下一万匹骏马的事就不用愁了呀！去时多带一些马笼头，马有了笼头就会好牵一点呀！等你们把马都牵回来了，我会付给马匹的钱粮呀！"

贡宝丹珠听后说道：

二位将军听一听，
听一听呀我来说！
你们话语没有错，
千真万确是对的。
早晨太阳升起时，
丹华老人带队去。
要去那里不容易，
万千猛兽在围绕，
万千猛禽在盘旋。
背上武器弓箭矛，
身穿铠甲长大衣，
内嵌动物毛皮物，
下穿动物皮毛裤，

头戴狐皮大翻帽，
脚穿毛皮大靴子，
要去那里不简单。

贡宝丹珠听后说道："二位将军听一听，听一听呀我来说！您俩说的话语千真万确没有错。明天早晨太阳升起来的时候，我让我们的丹华老人带队去牵马，他饲养马匹多年了，对于养马和驯马，他非常有经验。要去那里不容易，上部有万千猛兽在围绕，万千猛禽在盘旋。所以，你们出发时，背上武器弓、箭、矛，身穿内嵌动物毛皮的铠甲长大衣，下穿动物皮毛裤，头上戴着狐皮大翻帽，脚上穿上毛皮大靴子呀。"

到了第二天早晨，丹华老人带着几个将领，各个身强力壮，出发时背上了武器弓、箭、矛，身穿内嵌动物毛皮的铠甲长大衣，下身穿着动物皮毛裤，头上戴着狐皮大翻帽，脚上穿着毛皮大靴子，骑着各自的骏马向着大山奔去。

丹华老人说道：

早晨太阳升起时，
我们五人赶紧去！
出了城堡去上部，
上部看见有山沟，
顺着山沟走去时，
山沟处处灰蒙蒙，
山野灰灰是何因？
从此再往沟里去，
褐色乌鸦在上方，
来回飞翔在盘旋，

乌鸦为何在盘旋？
它的目的是什么？

　　丹华老人对手下的几位将领说道："呀，今天早晨的太阳刚刚已经升起来了，我们五个人就赶紧到大山里去赶马呀！我们出了城堡就往上部方向去，我们要找的马匹就在上部！"他们走了好久才看见那里有一条山沟在前方。于是，他们顺着山沟继续向着上部走去时，看见那里的山沟处处都是灰蒙蒙的，有点恐怖。这时，丹华老人问道："呀，前方的山野灰蒙蒙的是什么原因？从这里再往沟里走去，有不少褐色的乌鸦在来回飞翔着，盘旋着，乌鸦为何在上方盘旋？它们的目的是什么？"

　　手下将领听后说道：

阿卡丹华请您听，
请您听呀我来说！
出了城堡去上部，
上部看见有山沟，
顺着山沟走去时，
山沟处处灰蒙蒙。
那是沟里有森林，
因此山野灰蒙蒙。
从此再往沟里去，
褐色乌鸦在上方，
左右飞翔在盘旋，
乌鸦看见有羊群，
它的目的想吃肉，
为此乌鸦在盘旋。

　　手下将领听后说道:"阿卡丹华请您听,请您听呀我来说! 我们出了城堡就往上部的方向去,我们要找的马匹就在上部! 我们顺着山沟继续向着上部走去时,看见那里的山沟处处都是灰蒙蒙的,那是沟里有森林,因此山野灰蒙蒙。从这里再往沟里走去,有不少褐色的乌鸦在上方左右飞翔着,盘旋着,乌鸦看见有羊群,它们的目的是想吃肉,为此乌鸦在盘旋呀!"

　　丹华老人听后又问道:

　　　　　　你们几位听一听,
　　　　　　听一听呀我来说!
　　　　　　从此再往沟里去,
　　　　　　褐色乌鸦在上方,
　　　　　　来回飞翔在盘旋,
　　　　　　乌鸦看见有羊群,
　　　　　　它的目的想吃肉,
　　　　　　乌鸦怕的是什么?

　　丹华老人听后又问道:"你们几位将领听一听,听一听呀我来说! 我们从这里再往沟里去的话,有很多褐色的乌鸦在上方来回飞翔着,那是乌鸦看见了上方的羊群,它们的目的是想吃肉,但乌鸦怕的是什么?"

　　他们听后回答道:

　　　　　　阿卡丹华请您听,
　　　　　　请您听呀我来说!
　　　　　　从此再往沟里去,
　　　　　　褐色乌鸦在上方,

> 来回飞翔在盘旋。
> 乌鸦看见有羊群，
> 它的目的想吃肉，
> 乌鸦怕的是弓箭。

　　几位将领听后又回答道："阿卡丹华请您听，请您听呀我来说！我们从这里再往沟里去的话，有很多褐色的乌鸦在上方来回飞翔着，那是乌鸦看见了这里的羊群，它们的目的是想吃肉。但乌鸦怕的是弓箭，如果我们用这把弓箭射向它们，箭就能要了乌鸦的性命。所以，它怕的是弓箭！"
　　阿卡丹华又说道：

> 你们几位听一听，
> 听一听呀我来说！
> 从此再往沟里去，
> 红嘴乌鸦在上方，
> 来回飞翔在盘旋。
> 红嘴乌鸦见羊群，
> 它的目的是什么？
> 红嘴乌鸦怕什么？

　　丹华老人听后又问道："你们几位将领听一听，听一听呀我来说！我们从这里再往沟里去的话，有很多的红嘴乌鸦在上方来回飞翔着，它们的目的是什么？红嘴乌鸦怕的又是什么？"
　　他们听后又回答道：

> 阿卡丹华请您听，

　　　　　　请您听呀我来说！
　　　　　　从此再往沟里去，
　　　　　　红嘴乌鸦在上方，
　　　　　　来回飞翔在盘旋。
　　　　　　红嘴乌鸦见羊群，
　　　　　　目的想吃羊眼睛，
　　　　　　啄瞎眼睛吃羊肠。
　　　　　　红嘴乌鸦怕什么？
　　　　　　怕的手中有弓箭。

　　他们听后又回答道："阿卡丹华请您听，请您听呀我来说！我们从这里再往沟里去的话，有很多的红嘴乌鸦在上方左右飞翔着，那是红嘴乌鸦看见了上方的羊群，它们的目的是想啄瞎羊的双眼，想吃绵羊肚中的肠子，但红嘴乌鸦也怕我们手中的弓和箭呀！"

　　　　　　沿着此路去上部，
　　　　　　看见那里有帐篷。
　　　　　　帐篷右边有条狗，
　　　　　　此狗凶猛像雄狮；
　　　　　　帐篷左边有匹马，
　　　　　　高大强壮又威武；
　　　　　　帐篷里面有一人，
　　　　　　那人正是牧马人。

　　他们沿着山沟里的那条小路一直走到上部，看见那里有一顶黑色的帐篷。帐篷的右边拴着一条大黑狗，这条大黑狗凶猛得像头狮子，看见他们之后，疯狂地撕咬着铁链，凶猛地向前扑咬着；帐篷的左边拴着一匹良种骏马,高大强壮又威武;帐篷里面住着一位老人,他看见有人来就走出了帐篷。这时,阿卡丹华认出了那人正是牧马人阿卡尘赖。

这时,阿卡丹华对阿卡尘赖说道:

> 阿卡尘赖请您听,
> 请您听呀我来说!
> 我是丹华您不知,
> 而我认识尘赖您。
> 你们一家三口人,
> 在此牧马已多年。
> 请把夫人孩子叫,
> 叫来我有事要说。

阿卡丹华对阿卡尘赖说道:"阿卡尘赖请您听,请您听呀我来说!我是阿卡丹华,您可能已经不记得我了。我以前曾在这里牧马,现在已经不放牧多年了,您不认识我也是正常的,而我还是认出您来了,您就是牧马老人阿卡尘赖吧!我记得你们一家三口,在这里牧马已经多年了,在你们一家三口的努力下,我们这里的马群得到了很大的发展,现在请您把夫人和孩子都叫来,我有很重要的事情要和你们商量呀!"

阿卡尘赖听后说道:

> 阿卡丹华请您听,
> 请您听呀我来说!
> 您到此地有何事?
> 如若无事您不来。

> 朗部到此不容易，
> 路途遥远很艰辛。

　　阿卡尘赖听后说道："阿卡丹华请您听，请您听呀我来说！你们到这里来是有什么事？如果没有重要的事情，你们是不会到这里来的！从我们阿朗部到这里不容易呀，路途遥远而且很是艰辛呀！"

　　阿卡丹华听后说道：

> 阿卡尘赖请您听，
> 请您听呀我来说！
> 我们朗部有一事，
> 魔王要来阿朗部。
> 他来朗部起战事，
> 要起战事需士兵。
> 格萨尔王下旨意，
> 组建军队要万人，
> 一万马匹要凑齐，
> 一万马鞍要备齐。
> 如今朗部事宜多，
> 所有民众商议过。
> 人员已招一万三，
> 目前就是缺马匹。
> 贡宝丹珠下旨意，
> 让我带队来牵马。
> 你们三位要商议，
> 如若不议事难成。

阿卡丹华说道:"阿卡尘赖请您听,请您听呀我来说! 最近我们阿朗部发生了一件事,听说过些时候魔王就要来我们阿朗部,他来我们阿朗部向我们发起战事不是为别的,而是想掠夺我们的财富和女人,那我们就得去迎战! 要打仗我们就需要有一支自己的强大军队才能击退魔王,只有这样我们才能保护我们的部族,才能保护我们的家人和孩子。格萨尔王已经下了旨意,要组建一支由一万人组成的军队呀! 这件事在前些日子,我们所有民众和大小措瓦的头人们都已经商议过了,现在人员已经招了一万三千人,目前就是缺马匹。我们的首领贡宝丹珠也已经下了旨意,让我带队来你们这里牵马。你们三位要商议,如若不反反复复地进行商议,我们的事就不好办呀!"

阿卡尘赖听后对阿卡丹华说道:

> 阿卡丹华请您听,
> 请您听呀我来说!
> 我们朗部有大事,
> 魔王要来阿朗部。
> 他来朗部起战事,
> 要起战事需士兵。
> 格萨尔王下旨意,
> 组建军队要万人。
> 一万马匹要凑齐,
> 一万马鞍要备齐,
> 这些马匹属朗部,
> 我们只是牧马人,
> 况且首领已下旨,
> 我们无权来干涉。

> 这里骏马有十万，
> 一万马匹不算啥。
> 需要多少牵多少，
> 全力以赴把马牵。

　　阿卡尘赖听后对阿卡丹华说道："阿卡丹华请您听，请您听呀我来说！现如今我们阿朗部有大事，魔王蒙干赤旦要来我们阿朗部，他来肯定是要挑起战事，要起战事就需要士兵。格萨尔王也已经下了旨意，要组建一万人的军队，凑齐一万匹战马和一万副马鞍，这事不简单呀！我这里的所有马匹都是阿朗部的财产，我们只是牧马人，况且首领也已经下了旨意，我们无权干涉的。我们这里大约有十万匹骏马，就挑4岁至6岁的马匹也能凑齐一万三千匹，你们需要多少就牵多少吧！我们全力以赴地配合你们把这些马匹赶到城堡那里去呀！"

　　阿卡尘赖对他们五个人说道：

> 五位将领你们听，
> 你们听呀我来说！
> 要从朗部来这里，
> 路途遥远不容易。
> 你们口渴又饿肚，
> 邀请各位进帐篷，
> 稍作休息喝口茶。
> 烧起土灶上中下：
> 上灶锅里酿上酒；
> 中灶锅里熬上茶；
> 下灶锅里煮上肉，

五位将领看预兆。

阿卡尘赖对他们五个人说道："五位将领你们听，你们听呀我来说！你们要从阿朗部来到这里，路途遥远不容易呀！现在你们也一定感觉到口渴和饥饿了吧！我邀请各位进我们的帐篷稍作休息喝口茶。我再烧起土灶上、中、下，上灶锅里酿上酒，中灶锅里熬上茶，下灶锅里煮上肉，请五位将领看看这次的预兆好不好呀！"说完，阿卡尘赖邀请五位将领进了帐篷，在上灶锅里酿了酒，中灶锅里熬了茶，下灶锅里煮了肉。没过多久，酒也酿好了，肉也煮熟了，茶也熬开了。他把肉、酒和茶水端到他们面前之后又说道：

> 五位将领你们听，
> 你们听呀我来说！
> 来我帐篷是贵客，
> 必定酒肉来招待。
> 头肉头酒和头茶，
> 供奉上部天王神，
> 供奉中部财宝神，
> 供奉下部龙王神，
> 供奉本地诸神灵，
> 还有家神和灶神，
> 格萨尔王要供奉，
> 供奉结束请慢用。

阿卡尘赖对他们说道："五位将领你们听，你们听呀我来说！你们今天来到我的帐篷，你们就是我的贵客，我必定要用酒肉来招待你们呀！现在把煮好的牛肉端上桌来了，酿好的美酒、煮好的香

茶也端上来了呀！我们把这头肉、头酒和头茶,要供奉给上部天王
神,供奉给中部财宝神,供奉给下部龙王神,还要供奉给本地的诸
神灵、家神、灶神和格萨尔王呀！供奉结束后再请几位慢用,我们
再聊一聊阿朗部的事宜呀!"

　　说完,他们就将头肉、头酒和头茶一一地供奉给了上部天王
神、中部财宝神、下部龙王神、本地诸神灵、家神和灶神,还有格萨
尔王。接下来,他们才开始相互敬着酒、敬着茶,几位老将军边吃
边聊。

　　阿卡尘赖接着说道:

> 五位将领你们听,
> 你们听呀我来说!
> 牛肉我们已吃过,
> 美酒我们已喝罢,
> 红茶我们已喝完,
> 酥油炒面也吃了,
> 你们五位住这里。
> 早晨黎明天亮时,
> 我们一家去赶马,
> 赶来马群再挑马。
> 此座大山很高大,
> 要去那里很艰难。
> 狮子老虎在围绕,
> 秃鹫乌鸦在盘旋,
> 寒风凛冽又刺骨。
> 背上武器弓箭矛,
> 身穿铠甲长大衣,

内嵌动物毛皮物，
下穿动物皮毛裤，
头戴狐皮大翻帽，
脚穿毛皮大靴子，
骑着彪悍骏马去。

阿卡尘赖接着说道："五位将领你们听，你们听呀我来说！我们品尝了牛肉、美酒、香茶，还吃了酥油炒面，接下来请在这里休息一夜。明天早晨天蒙蒙亮，我们一家就去大山上赶马，等我们把一半的马群赶来，你们再去挑马。这座大山又高又大，我担心你们走不了。所以，明天你们就在这里等我们吧！要去大山那里很艰难，许多的狮子和老虎在那里围绕着，很多的秃鹫和乌鸦也都在那里盘旋着，那里的寒风凛冽又刺骨。所以，我们要背上武器弓、箭、矛，身穿内嵌动物毛皮的铠甲长大衣，下身穿上动物皮毛裤，头上戴上狐皮大翻帽，脚上穿上毛皮大靴子，骑着彪悍骏马才能去那里呀！"

大家听完阿卡尘赖的话后，对他的建议表示同意。当天晚上，他们住在了阿卡尘赖家的帐篷里了。

到了第二天早晨，等他们五位起床，发现阿卡尘赖一家已经走得无影无踪，向着大山进发了。

阿卡尘赖说：

早晨黎明天亮时，
我们三人去大山。
要去大山不简单，
坡陡路滑不好走。
走到大山山脚下，

抬头仰望那大山，

不见马匹不见影；

再去大山另一边，

狮子老虎在奔跑，

猛兽出处没马匹，

道路湿滑不易行；

一步三滑去上部，

抬头仰望那片天，

大山背面那块地，

一群秃鹫在盘旋，

秃鹫飞处有马群。

走过山梁见平原，

万千马匹果真在。

　　早晨黎明时分天刚刚放亮，阿卡尘赖一家三口背上武器弓、箭、矛，身穿内嵌动物毛皮的铠甲长大衣，下身穿着动物皮毛裤，头上戴着狐皮大翻帽，脚上穿着毛皮大靴子，骑着彪悍骏马就去了大山。他们要去那座放马的大山不简单，坡陡路滑不好走。当他们走到大山山脚下后抬头仰望那座大山，那里看不见马匹的踪影；他们又去了大山的另一边，只有狮子和老虎在奔跑。这时，他们就知道，在猛兽出没的地方不会有马匹。

　　大山的道路湿滑又难行，他们一步三滑地向着上部走去。这时，阿卡尘赖看见距离自己不远处，有一只麝鹿弓着腰在那里跳跃。他儿子桑吉东主立马从腰间取下弓箭，开弓射箭，射死了那只麝鹿。于是他们走到被射死的麝鹿旁边，剥去了麝皮后，背起了麝鹿肉。阿卡尘赖说道："呀，孩子，你打到这只麝鹿真好哇！家里还有五位客人，今晚我们就用麝鹿肉来招待他们呀！"说着他抬头看了看那片天空,看见大山背面的那块地的上空,有一群秃鹫在盘旋,他们就判断出,只要秃鹫乌鸦盘旋的地方就一定会有马群。果然,他们走过了山梁就看见了一块平原,在那里有数以万计的马儿在吃草。

　　这时,阿卡尘赖对他的儿子桑吉东主说道:

桑吉东主请你听,
请你听呀我来说!
不要惊动了马群,
沿着山沟去那边。
此处马匹有十万,
全部赶去不可能。
我们分头去两边,
左右穿插分两半,
一半少说有五万。
我们赶着去下部,
赶去下部再挑选,
挑出良马去朗部。

　　阿卡尘赖对他的儿子桑吉东主说道:“桑吉东主请你听,请你听呀我来说!我们现在不要惊动众马群,如果惊动了,它们就会奔跑,这样我们这趟就白来了!我们沿着山沟去那边,此处的马匹少说也有十万,全部都赶到下部去是不可能的。现在我们分头去两边,然后你从那边向左跑,我从这边向右跑,我们从马群的中间穿插过去,这样就把马群一分为二了,一半少说也有五万匹。我们赶着这一部分马群去下部,然后请他们挑选出 4 岁至 6 岁的良马带去阿朗部呀!”

　　说完，他们就骑着各自的骏马分头去了两边。阿卡尘赖在这边等了好久，才看见桑吉东主去的方向有了动静。这时，他扬鞭向着对面飞奔而去。就在二人遇面之时，已经把马群自然地一分为二了。于是，他们拉开距离，分头将马匹赶往山下。

　　快要赶到帐篷那里时，五位将领也出门帮忙赶马了。

　　阿卡尘赖说道：

　　　　　　　　五位将领你们听，
　　　　　　　　你们听呀我来说！
　　　　　　　　马厩就在那下边，
　　　　　　　　我们把马圈那里。
　　　　　　　　你们五位站旁边，
　　　　　　　　去把马厩门打开。

　　阿卡尘赖一家人赶着几万匹骏马从上部呼啸而来，嘶鸣声震耳欲聋，马蹄声地动山摇，远远望去就好像是黄河水在奔腾，又好像是整个草原在移动着。他们八个人从马群的四面八方围拢着马群赶往树干围成的马厩圈里。这时阿卡尘赖大声地喊道："五位将领你们听，你们听呀我来说！马厩就在那一边，你们赶紧让开路，我们把所有的马都赶进那个马圈里，你们五位现在就去把马厩圈门打开呀！"五位将领听到了阿卡尘赖的喊声后就急忙打开了所有的马厩圈门，没过多久，他们就把马匹都赶进了马圈。

　　阿卡尘赖说道：

　　　　　　　　五位将领你们听，
　　　　　　　　你们听呀我来说！
　　　　　　　　赶马途中见一麝，

射箭就把麝打下。
背来招待五将领，
铁锅之中煮麝肉。

他们圈好了马匹之后，就往帐篷走去。阿卡尘赖指着麝鹿肉，说道："五位将领你们听，你们听呀我来说！赶马途中见一麝，射箭就把麝打下，背回来款待五位将军，铁锅之中煮麝肉！"

阿卡尘赖接着说道：

桑吉东主请你听，
请你听呀我来说！
稍作休息喝口茶，
烧起土灶上中下：
上灶锅里酿上酒；
中灶锅里熬上茶；
下灶锅里煮上肉，
我们今天好预兆。

阿卡尘赖对儿子桑吉东主说道："桑吉东主请你听，请你听呀我来说！现在我们大家也都口渴了，肚子也饿了，我们在帐篷里稍作休息喝口茶。你去把上、中、下的土灶烧起来，上灶锅里酿上酒，中灶锅里熬上茶，下灶锅里煮上肉。今天的事很顺利，是一个非常好的开端和预兆！"说完，阿卡尘赖邀请五位将领进了帐篷，桑吉东主和他妈妈在上灶锅里酿了酒，中灶锅里熬了茶，下灶锅里煮了肉。没过多久，酒也酿好了，肉也煮熟了，茶也熬开了。阿卡尘赖把肉、酒和茶水端到将领们面前之后又说道：

　　　　　　　五位将领你们听，
　　　　　　　你们听呀我来说！
　　　　　　　头肉头酒和头茶，
　　　　　　　供奉上部天王神，
　　　　　　　供奉中部财宝神，
　　　　　　　供奉下部龙王神，
　　　　　　　供奉本地诸神灵，
　　　　　　　还有家神和灶神，
　　　　　　　格萨尔王要供奉，
　　　　　　　供奉结束请慢用。

　　阿卡尘赖对他们说道："五位将领你们听，你们听呀我来说！我们今天打了一只麝鹿，将它背来让你们尝尝鲜！我们很顺利地赶来了马群，还打到了一头麝鹿，我们的兆头很吉祥呀！现在端上煮好的麝肉、酿好的美酒、煮好的香茶！所有的事宜都已经办妥了，待会我们就去挑选出最好的良马呀！我们现在就把这头肉、头酒和头茶，供奉给上部天王神，供奉给中部财宝神，供奉给下部龙王神，还要供奉给本地的诸神灵、家神、灶神和格萨尔王呀！供奉结束后再请大家慢用！"

　　这时，阿卡丹华对阿卡尘赖说道：

　　　　　　　阿卡尘赖请您听，
　　　　　　　请您听呀我来说！
　　　　　　　您的话语无过错，
　　　　　　　您的话语是真理。
　　　　　　　这次大山去赶马，
　　　　　　　你们三人受累了。

桑吉东主真英雄，

射杀麝鹿有武艺，

长大要为我朗部，

建功立业做英雄。

可口麝肉我们吃，

醇香美酒我们喝，

香甜奶茶我们喝，

感谢你们的款待！

吃喝结束有事做，

挑选马匹去朗部。

阿卡丹华对阿卡尘赖说道："阿卡尘赖请您听，请您听呀我来说！您的话语无过错，您的话语是真理。这次你们三位去大山赶马，让你们三人受累了！桑吉东主也真厉害呀，小小年纪就有射杀麝鹿的武艺，长大后要做能为我阿朗部建功立业的英雄呀！可口的麝肉、醇香的美酒和香甜的奶茶我们已经享用过了！感谢你们的盛情款待和无私帮助，我们感激不尽。现在已经快到下午了，没有时间再磨蹭了，等我们吃好喝好之后，还有不少事要去做。一会挑选了4岁至6岁的马匹后，要赶紧赶往阿朗部，那里还有一万人等着这些骏马呢！"

说完，大家就把头肉、头酒和头茶一一地供奉给了上部天王神、中部财宝神和下部龙王神，还供奉给了本地的诸神灵、家神和灶神，供奉给了格萨尔王之后，他们才开始相互敬着酒、敬着茶，几位老将军一边吃，一边聊。

这时，阿卡丹华对大家说道：

大家现在听一听，

听一听呀我来说！
我们现在赶紧去，
慢慢磨蹭没时间。
现在就去挑良马，
我们朗部事繁多。

阿卡丹华对大家说道："大家现在听一听，听一听呀我来说！我们已经吃好了，也喝好了，我们赶紧去吧，没有时间慢慢磨蹭呀！我们现在就从这群良马中挑选出 4 岁至 6 岁的公马，我们阿朗部还有很多的事等着我们去做呀！"

说完，他们就去马厩，把从一个马圈中挑选出的良马赶向另一个马圈。没过多久，他们挑选出了一万多匹良马后就出发了。赶的赶着，牵的牵着，骑的骑着，一路浩浩荡荡地向着城堡的方向走去。

马群刚刚出发，这些身强力壮的马匹就显示出他们的桀骜不驯，引起了马群的骚乱，多少让几位老将军有些手足无措。阿卡丹华知道，遇到这种情况，只能一边放牧，一边驱赶，不能操之过急。几位将领为了保证万无一失，只好放慢了驱赶的速度。

走过大山过崖豁；
过了崖豁遇山丘；
过了山丘到沟壑；
过了沟壑出山沟。
处处凶险处处难，
时时艰辛时时苦。
历经艰辛到平原，
平原宽广道路宽。

　　　　　万马奔腾起沙尘，
　　　　　只见尘土不见马，
　　　　　只见扬沙不见影，
　　　　　只听嘶鸣不见头，
　　　　　马蹄声声不见蹄，
　　　　　尘土飞扬半空飘。

　　他们走过了大山又过了崖豁，过了崖豁又遇到了山丘，过了山丘又到了一条沟壑，过了这条沟壑走出山沟。一路走来危机四伏，每时每刻都很艰辛，他们历经艰辛终于来到了平原地带，在这块平原的宽广道路上，行进变得轻松了许多。此刻万马奔腾，平原上扬起了沙尘，只见尘土不见马，只见扬沙不见影，只听嘶鸣不见头，马蹄声声不见蹄，尘土飞扬半空飘。

　　就这样他们几位赶着马群翻山越岭，走过沟壑，穿过山沟，来到了城堡上方的大草滩里。

　　　　　上部那里见城堡，
　　　　　首领站在城堡上，
　　　　　俯视下部起沙尘，
　　　　　尘土飞扬来城堡。
　　　　　万匹骏马已赶到，
　　　　　万马奔腾起沙尘，
　　　　　只见尘土不见马，
　　　　　只听嘶鸣不见影，
　　　　　马蹄声声不见蹄，
　　　　　尘土飞扬半空飘。
　　　　　此刻赶紧煨堆桑，

> 现在即刻吹海螺，
> 此处将领需聚集，
> 大小措瓦要聚集。

就在阿卡丹华他们五位赶着一万多匹骏马回到城堡附近时，早已等候在那里的赤帮麻赖、扎西什德和贡宝丹珠远远地看着骏马奔来的方向。万马奔腾，平原上扬起了沙尘，只见尘土不见马，只见扬沙不见影，只听嘶鸣不见头，马蹄声声不见蹄，尘土飞扬半空飘的景象，地动山摇，十分壮观。

这时，贡宝丹珠对手下将领们说道："呀，你们赶紧去煨桑台上煨一堆很大的松柏桑，赶紧吹一吹白色的海螺法号，把我们这里所有的大小将领都叫来，大小措瓦的头人都叫来呀！一万多匹骏马一下子到我们这里，我们恐怕难以控制呀！"

手下将领们听后，赶紧去到煨桑台上煨起了一堆很大的松柏桑，又赶紧吹响白色的海螺法号。不多时，那里的大小将领和大小措瓦的头人们也都赶来了！他们一番忙碌之后，终于将一万三千匹骏马赶进了马圈。

第四节　上部安多筹马鞍

这时，贡宝丹珠对赤帮麻赖说道：

> 赤帮麻赖请您听，
> 请您听呀我来说！
> 万匹骏马已赶到，
> 我们朗部好兆头。

格萨尔王有旨意，
万匹骏马要备齐。
万匹骏马已备齐，
要骑骏马需马鞍，
万件马鞍哪里找？
控制马匹要笼头，
万件笼头哪里有？
请您给我说句话。

贡宝丹珠对赤帮麻赖说道："赤帮麻赖请您听，请您听呀我来说！今天我们已经成功将一万匹骏马赶到这里了，这是我们阿朗部吉祥的好兆头呀！格萨尔王有旨意，一万匹骏马要备齐，如今我们已经备齐了一万匹骏马。但是，要想骑上骏马上战场还需要马鞍，这一万件马鞍我们去哪里找？要想骑上马控制马匹上战场还需要笼头，这一万件马笼头哪里有？请您给我们说句话呀！"

赤帮麻赖听后说道：

贡宝丹珠请您听，
请您听呀我来说！
万匹骏马已赶到，
万匹骏马需马鞍。
安多地区有森林，
林间有座马鞍房，
鞍房里面有马鞍。
我们一起去看看，
再去下部看一看，
那里有无马笼头？

赤帮麻赖听后说道:"贡宝丹珠请您听,请您听呀我来说! 您说的没有错,这一万匹骏马现在已经赶到了,一万匹骏马还需要马鞍。在上部安多地区有森林,森林里面有座马鞍房,他们那里专门制作各种马鞍,鞍房里面有没有马鞍,我们一起去看看吧! 再去下部看一看,那里有人专门做马笼头,我们一起去看看有没有马笼头呀!"

赤帮麻赖接着说道:

> 贡宝丹珠请您听,
> 请您听呀我来说!
> 明天黎明天亮时,
> 向着上部走一走。
> 要去上部很遥远,
> 上部那里商户多。
> 我们骑马去上部,
> 路途遥远不简单。
> 要去上部很遥远,
> 路途遥远很艰辛。
> 我们骑着快马去,
> 快去快回要抓紧。

赤帮麻赖接着说道:"贡宝丹珠请您听,请您听呀我来说! 明天早晨天亮时,我们早早地起来就去上部走一趟。上部那里有不少商户,有可能会有马鞍在出售呀! 我们各自骑着骏马去,路途遥远不简单呀! 我们骑上快马去,必须要快去快回,我们这里还有不少的事要办呀!"

到了第二天早晨,他们骑着各自的骏马启程了。

贡宝丹珠说道：

赤帮麻赖请您听，
请您听呀我来说！
要去上部很遥远，
上部那里商户多。
我们骑马去上部，
路途遥远不简单。
上部那里有三滩，
那里野驴有不少；
那里野马也不少；
上部骏马也很多。
要去上部很遥远，
路途遥远很艰辛。
十万猛兽在围绕；
白色雄狮在上部；
斑斓猛虎在上部。
我们身背弓箭矛，
要去上部不简单。
马鞍作坊在上部，
作坊里面有库房，
有无库存不清楚。
无论如何去看看，
看看究竟就知道。

贡宝丹珠说道："赤帮麻赖请您听，请您听呀我来说！我们要去上部很遥远呀！上部那里有不少的商户在出售马鞍，今天我们就骑着马儿去上部看看。等我们到达上部平坦的地方,那里有三个大滩,在平坦的草原上有不少的野驴和野马,还有很多上等的骏马。猛兽中有白色的雄狮和斑斓的猛虎,我们要想从那里过去很凶险呀!我们就背上弓、箭、矛。上部有大片大片的茂密森林,制作马鞍的作坊就在那里,作坊里面有很大的库房,这些作坊的库管在不在,我们现在还不清楚呀!无论如何我们也得去看看究竟呀!"一边说着,一边向着上部走去。

赤帮麻赖对贡宝丹珠说道:

> 贡宝丹珠请您听,
> 请您听呀我来说!
> 下午太阳要落山,
> 抬头仰望那上部。
> 今晚我们没住处,
> 环顾四周瞧一瞧。
> 草原尽头有岩山,
> 岩山坡上有岩洞。
> 我们奔赴此岩山,
> 找到岩洞先住下。
> 我们疲倦口又渴,
> 马匹一路没进食。
> 人困马乏需休息,
> 今晚就住岩洞里。
> 住在岩洞很暖和,
> 岩洞避风又挡雨。

赤帮麻赖对贡宝丹珠说道:"贡宝丹珠请您听,请您听呀我来说！现在已经是下午了，太阳快要落山了，我抬头看了看，很难找到一处供我们今晚休息的地方呀！"说完他们四处张望着，寻找今晚能够栖身休息的地方。就在这时，他们发现在这片草原的尽头有一座小小的岩山，岩山的山坡上有一个小小的岩洞。这时，赤帮麻赖说道："呀，我们赶紧去那边的岩山上看看，能找到一个岩洞就先住下吧！我们从启程到现在，路途中也没有休息一下，我现在感到又累又渴，我们的马匹一路上也没有吃过一口草啊！此刻人困马乏，需要休息啊！今晚我们就住在那个岩洞里吧！住在岩洞里既暖和又避风挡雨呀！"

贡宝丹珠听后说道：

> 赤帮麻赖请您听，
> 请您听呀我来说！
> 您的话语没有错，
> 千真万确是对的。
> 我们疲倦口又渴，
> 马匹一路没进食，
> 人困马乏需休息，
> 今晚就住岩洞里。
> 住在岩洞很暖和，
> 岩洞避风又挡雨。
> 快马加鞭赶紧去，
> 马上就要天黑了。

贡宝丹珠听后说道："赤帮麻赖请您听，请您听呀我来说！您的话语没有错，千真万确是对的。我们从启程到现在，路途中没有休息，我也感到疲倦和口渴了，我们的马匹一路上也没有吃过一口草啊！我们已经人困马乏，需要休息！今晚我们就住在那个岩洞里吧！住在岩洞里既暖和又避风挡雨呀！现在马上就要天黑了，天黑之后道路会更加难走。这里狮子和老虎太多了，到了晚上它们专门外出找猎物。所以，我们要在天黑之前赶到那里呀！"说完，他们策马扬鞭，一溜烟地向着岩山奔去。

他们来到岩山脚下后，看见那里有很多个岩洞。于是，二人找到了一个稍大一点的岩洞，能够人马同住的岩洞。因为那里猛兽太多，如果人马分离，到了夜里那些猛兽就会对马匹下手，只有人马同住了，那些猛兽才不会到岩洞里来猎杀马匹。

之后，二人卸下马鞍，给马匹喂了足够的草料后住了下来。

这时，赤帮麻赖说道：

> 贡宝丹珠请您听，
> 请您听呀我来说！
> 我们沿途很艰辛，
> 在此居住很舒适。
> 吃吃喝喝啥都有，
> 马匹也有美食吃。
> 今日太阳已落山，
> 我们在此住一宿，
> 一路奔跑没休息。
> 我们口干肚又饿，
> 我们先把马匹拴，
> 之后我们熬壶茶。

赤帮麻赖说道："贡宝丹珠请您听，请您听呀我来说！我们一路走来，沿途很艰辛，短暂的休息让人感觉很舒适，吃的喝的啥都有，我们的马匹也有好吃的草。今日太阳已经落山了，我们就在这里住一宿吧！一路奔跑没休息，早就口干又饥饿的，咱们先把马匹拴好，然后熬壶茶喝呀！"

> 从那上方捡一石，
> 旁边那里抬一石，
> 下边把那石捡来，
> 安置三石做一灶。
> 三石顶端置茶壶，
> 再去那边捡柴禾。
> 有了柴禾要泉水，
> 冰凉泉水在哪里？

说完，他们准备在岩洞里做一个由三块石头垒成的简易炉灶。于是，二人拴好了马匹之后，分头找来三块石头，放置在平坦的地方，又去旁边的森林里找来了干燥的柴禾。这时，赤帮麻赖说道："呀，贡宝丹珠您在这里搭灶找柴火，我去下方找一壶水来呀！"说完，他就提着茶壶去找水了。

> 甘甜水源在哪里？
> 我去这边找找看，
> 这边干涸没有水；
> 又去那边瞧一瞧，
> 那边水源早枯竭，
> 左右奔跑无水源。
> 祈求上部天王神，
> 祈求中部财宝神，

祈求下部龙王神，
祈求赐予我水源。

　　赤帮麻赖提着茶壶去找水，他去这边看了看，这里的水源早就
干涸没有一滴水；他又跑去那边看了看，那边的水源也早就干涸
了。于是，他跪地祈求上部天王神、中部财宝神和下部龙王神，祈
求他们赐予水源。如果得不到诸神灵的帮助，他俩就会渴死的！

祈求祷告已做完，
我去下方找一找。
忽然抬头看那边，
有只野兔在奔跑，
顺着野兔那方向，
有片水潭在那边。

　　等他做完祈求和祷告之后，又向着下方走去。突然看见有一
只兔子从他的身边跑了过去。于是，他就顺着兔子跑过去的方向
跟着跑了过去，果然在那里看见有一大滩清澈的水源。之后，他提
了满满一壶清澈的水回到岩洞。当他走到岩洞时，贡宝丹珠已经
搭好了灶台，就等他把茶壶提来。二人安置好茶壶后又去找柴禾。

熬茶柴禾不能少，
干燥柴禾找回来。
那边有片大森林，
森林之中有柴禾。
即刻去把柴禾取，
柴禾背来要火种，

> 吹燃火种烧炉灶，
> 烧起炉灶熬壶茶。

　　贡宝丹珠对赤帮麻赖说道："呀，赤帮麻赖您已经找来了水，有了水我们就可以喝茶了。现在您在这里稍作休息，我去找一些干枯枝干来烧火呀！"说完他就去找柴禾。他去了左边没有找到干柴；又去了右边，那里也没有找到干柴。就在跑上跑下地寻找干柴时，看见那边的小山丘旁边有一片不大的小森林，那里有一棵干枯的树干。于是，他就去了那边，终于在那里寻找到了一些干枯的柴禾，他就赶紧拾掇了一捆干柴禾背了回来。等他把柴禾找来以后，二人将柴禾放在茶壶底下，赤帮麻赖从腰间取下火种，吹燃了火种之后就开始熬茶了。

　　这时，赤帮麻赖又对贡宝丹珠说道：

> 贡宝丹珠请您听，
> 请您听呀我来说！
> 熬茶需要三样料：
> 一种材料是红茶；
> 一种材料是白盐；
> 一种材料是牛奶。
> 香甜茶水已熬开，
> 头茶供奉天王神；
> 二茶供奉财宝神；
> 三茶供奉龙王神；
> 再来供奉本地神；
> 还要供奉众神灵；
> 也要供奉格萨尔；

再次供奉给神殿；

还要供奉那佛殿；

再要供奉众猛兽；

还要供奉众鸟类；

供奉一切众神灵。

一切供奉完成后，

二人自己才享受。

赤帮麻赖又对贡宝丹珠说道："贡宝丹珠请您听，请您听呀我来说！我们要熬茶的话需要三样配料：第一种材料是红茶，第二种材料是白盐，第三种材料是牛奶！"

说完，他们在壶中盛满了香甜可口的山泉水，搭在三叉石上面，下面点燃了火把。等把这一切准备妥当之后，又往茶壶里放了红茶叶、白盐巴和牛奶。没过多久，茶壶中的水熬开了，一股浓茶的香味扑面而来。这时，他们用松柏树的树枝，将头茶供奉给了天王神、二茶供奉财宝神、三茶供奉龙王神，再来供奉本地神，供奉格萨尔王，供奉那佛殿和神殿，供奉众猛兽、众鸟类，供奉阿朗部一切神灵，又向四面八方所有的神灵进行了叩拜。

这时，赤帮麻赖说道：

贡宝丹珠请您听，

请您听呀我来说！

我们供奉已完成，

我们事宜已办完。

现在我们喝口茶，

喝口茶呀吃糌粑。

此处岩洞很舒适，

我们今晚住这里。
明天早晨天亮时，
我们骑马就出发。

　　赤帮麻赖说道："贡宝丹珠请您听，请您听呀我来说！我们熬好了茶水又供奉了这里所有的神灵，这一切程序都已经完成了。现在我们坐下来好好地喝一口茶，吃一口糌粑吧！住在这里既安全又暖和，而且很舒适，今晚我们就住在这里吧！明天早晨天亮时，我们就骑着马儿出发呀！"
　　他二人在岩洞中喝着茶，吃着糌粑，聊着天，身心得以片刻放松。
　　到了第二天早晨，赤帮麻赖对贡宝丹珠说道：

贡宝丹珠请您听，
请您听呀我来说！
早晨黎明天亮了，
我们起床来熬茶。
等到香茶喝完时，
太阳照射雪消融。
也到我们启程时，
再给骏马备好鞍。
金色太阳升起时，
我们马上就启程！

　　赤帮麻赖对贡宝丹珠说道："贡宝丹珠请您听，请您听呀我来说！现在已经是早晨，天已经亮了，我们起床吧！起床后赶紧熬一壶茶，等我们把茶熬好了，吃过早饭，太阳也就照射到大地了，我们给骏马备好鞍,那时就到了我们启程的时刻!"

　　说完,他们马上就起床,开始熬茶。等到茶水烧开后,他们一边喝茶,一边吃着糌粑。吃过早点后,将茶壶中剩余的茶水和茶叶,平均分配后倒在三块灶石上,又收拾了帐篷和驮子,去牵回了马匹,再给马匹备了鞍,驮上驮子。此刻已经艳阳高照,他们就骑上各自的骏马出发了。

　　赤帮麻赖说道:

　　　　　　　　贡宝丹珠请您听,
　　　　　　　　请您听呀我来说!
　　　　　　　　我们骑马就启程,
　　　　　　　　抬头仰望那上方,
　　　　　　　　那里动物有很多:
　　　　　　　　野驴遍地在吃草,
　　　　　　　　矫健骏马有不少。
　　　　　　　　仰望遥远能见处,
　　　　　　　　有座城堡在那边。
　　　　　　　　旁边库房有不少,
　　　　　　　　商户商人也很多。
　　　　　　　　策马扬鞭去那边,
　　　　　　　　看看那边有什么?

　　赤帮麻赖说道:"贡宝丹珠请您听,请您听呀我来说!我们现在就骑上各自的骏马启程呀!您抬头看看那上方,那里有很多动物:有野驴遍地在吃草,也有野马处处在奔跑,还有矫健的骏马在驰骋。再看看那边遥远的地方,有一座城堡若隐若现,旁边似乎还有不少库房呀!估计还会有不少商户和商人。我们现在就策马扬鞭，快快地去那边看看具体情况呀！"

　　他们说着就快马加鞭地向着城堡飞奔而去。到了那个城堡之后，看见那里果真有不少商户和商人。

　　赤帮麻赖说道：

> 贡宝丹珠请您听，
> 请您听呀我来说！
> 我们已经到城堡，
> 这里商户有不少。
> 我们进城看一看，
> 城堡里面有作坊。
> 高大库房在那边，
> 库房门口有老人，
> 两鬓白发是库管。
> 早晨沿街去上方，
> 此处马鞍有很多，
> 黄色库房黄马鞍，
> 黄色马鞍行不行？
> 中午沿街去中部，
> 那里作坊有很多，
> 白色库房白马鞍，
> 白色马鞍行不行？
> 下午沿街去下方，
> 那里作坊也不少，
> 绿色库房绿马鞍，
> 绿色马鞍行不行？
> 顺着街道上下看，

作坊库房有很多，

各色马鞍也不少，

家家户户做马鞍，

道道巷巷售马鞍。

赤帮麻赖说道："贡宝丹珠请您听，请您听呀我来说！我们已经到了城堡呀！这里的商户真不少，我们进城看一看！这座城堡里面有很多个作坊，那边还有高大的库房。库房的门口有一位两鬓斑白的老人，他是这里的库管。我们早晨沿着街道去了上方，那里有很多的马鞍，在一座黄色的库房中有黄色的马鞍；中午我们顺着街道去了中部，在那里发现了白色的库房里有大量白色的马鞍；下午发现的作坊附近有一座绿色的库房，里面的马鞍是绿色的。沿着街道继续走下去，我们发现家家户户都在制作马鞍，每条街道都有出售马鞍的作坊和商铺！"

贡宝丹珠听后对赤帮麻赖回答道：

赤帮麻赖请您听，

请您听呀我来说！

早晨沿街去上方，

此处马鞍有很多：

黄色库房黄马鞍，

黄色马鞍可以买；

中午沿街去中部，

那里作坊有很多，

白色库房白马鞍，

白色马鞍不能买；

下午顺街去下方，

> 那里作坊也不少，
> 绿色库房绿马鞍，
> 绿色马鞍不能买。
> 顺着街道上下看，
> 作坊库房有很多。

　　贡宝丹珠听后对赤帮麻赖回答道："赤帮麻赖请您听，请您听呀我来说！早晨我们在上方，发现很多黄马鞍，黄色的马鞍我们可以买；中午我们在中部，库房里很多没有上漆的白色马鞍不能买；下午在绿色的库房里面，我们发现不少绿色的马鞍，而绿色不是我们喜欢和崇尚的颜色，所以，绿色的马鞍不能买。沿着街道上下察看，制作马鞍的作坊库房有很多。"说完，他们就去找那位出售黄色马鞍的老人，找到他之后，赤帮麻赖对他说道：

> 老人老人请您听，
> 请您听呀我来说！
> 看您鬓白不一般，
> 我们是来买马鞍。
> 您的马鞍多少钱？
> 请把实价告诉我。

　　赤帮麻赖对卖黄色马鞍的老人说道："老人老人请您听，请您听呀我来说！我看您的两鬓都变白了，一定不是个普通人！我们今天是来买马鞍的，您的马鞍要卖多少钱？请您把马鞍的实价告诉我呀！"老人听了赤帮麻赖的话之后，报出了他马鞍的价格。在此之前，赤帮麻赖早已摸排过市场的价格，他报出的价格明显高于市场价。于是，赤帮麻赖把价格往下压，老人又向上抬价，这样一番讨价还价之后,双方终于达成了一致。赤帮麻赖和贡宝丹珠向这位老人支付了马鞍的费用之后,又找帮忙的人将这些马鞍打包之后驮上了马背。这一家买到的马鞍,数量上还远远达不到预算,于是他们又去探访其他的店铺,直到把一万三千副马鞍购买齐全。为了将这批马鞍顺利地运达阿朗部,他们从本地收购了几百匹上好的骏马。

这时,赤帮麻赖对那些商户说道:

> 商户商户听一听,
> 听一听呀我来说!
> 我们马鞍已买到,
> 集在一起已打包。
> 除此之外还有事,
> 万副笼头还没有,
> 请问哪里能买到?
> 你们给我指条路。

赤帮麻赖对那些商户说道:"好心的商户你们听一听,听一听呀我来说!我们所需的马鞍已经买到了,现在集中在一起已经打好了包,可是我们还有很多东西需要买,比如:马笼头、马镫、鞴鞡等,我们需要买上万副马笼头,请问哪里才能买得到?请你们给我们指条路呀!"

商户中有人说道:

> 非同一般老人听,
> 你们听呀我来说!
> 你们从此去下方,

> 那里有位小个子，
> 个子虽小是老人，
> 他的笼头数第一。
> 要去下方路遥远，
> 今日太阳已落山，
> 不妨明天清晨时，
> 再去找他买笼头。

商户中有人说道："非同一般的老人请你们听，你们听呀我来说！您俩是从外地来的，不知道地方也难怪。请从这里出发往下方走，去寻找那里的'小个子'，这位'小个子'年纪却不小，是一位老人，做笼头很多年了，他做的笼头的质量是数一数二的，很受欢迎。不过去往他那里的路途有点远，而且今天太阳已经快要落山了。您俩还牵赶着数量庞大的马群，多有不便。不如先住下来，明早天亮以后，再去寻找做笼头的'小个子'老人，这样可好？"

赤帮麻赖和贡宝丹珠听取了商户的建议，他们把所有的驮子堆在一起，把买来的马围成一个圈，二人在马群中间的驮子旁边搭建了一个简易的地铺作为休息地。

第二天早晨，他们早早起床后就向着下方走去了。

> 早晨黎明天已亮，
> 我们骑马去下方。
> 我们必须去下方，
> 无论如何也要去。

赤帮麻赖说道：

贡宝丹珠请您听，
请您听呀我来说！
要去下方不容易，
沿途强盗很猖獗，
手拿兵器去下方。
要去下方很遥远，
此去艰辛不用说。

赤帮麻赖说道："贡宝丹珠请您听，请您听呀我来说！要去下方十分不易，沿路还时常有强盗出没，我们需要随身携带兵器，加之路途遥远，此中艰辛难以言表！"

贡宝丹珠听后说道：

赤帮麻赖请您听，
请您听呀我来说！
您的话语没有错，
千真万确是对的。
此去下方不容易，
一路强盗很猖獗。
看那下方两三人，
上下走动去哪里？
我们在此稍休息，
看看他们去哪里？

贡宝丹珠听后说道："赤帮麻赖请您听，请您听呀我来说！您说的话千真万确是正确的。我们这次去下方，的的确确不容易，沿途强盗活动猖獗。您看那边就有两三个人，漫无目的地四处游荡，也不知道他们要去哪里？现在我们在这里下马稍微休息一下，顺便看看他们到底要去哪里？"

赤帮麻赖说道：

> 贡宝丹珠请您听，
> 请您听呀我来说！
> 您的话语没有错，
> 千真万确是对的。
> 我们在此稍休息，
> 手中武器准备好。
> 如若他们来侵犯，
> 一举拿下那强盗。

赤帮麻赖说道："贡宝丹珠请您听，请您听呀我来说！您说的话语千真万确没有错。我们就在这里稍休息一下，看看他们到底要去哪里？他们的目的很可能是我们怀中的财物。现在我们把手中的武器准备好，如若他们来侵犯和抢夺我们的马匹和驮子，那咱们就不用客气，不用怕他们呀！凭你我的力量，拿下这几个强盗，还是不在话下的！"说完，他们下了马，在路旁一边休息，一边谈论着，眼睛紧盯着那几个强盗一样的人。那几个人一边玩耍，一边向着下方走去。

这时，赤帮麻赖说道：

> 贡宝丹珠请您听，
> 请您听呀我来说！
> 那些盗贼去下方，
> 我们启程去下方。

此刻太阳已午后，
现在即刻就启程。
放眼瞭望那下方，
那是一座小城堡。
人头攒动有很多，
我们尽快去看看。

　　赤帮麻赖对贡宝丹珠说道："贡宝丹珠请您听，请您听呀我来说！我们看着那些像是强盗的人一边玩耍，一边向着下方走去。所以，我们两个暂时应该没有什么危险，那我们也尽快启程去下方吧！这会儿的太阳也已经快到午后了。所以，我们即刻就启程呀！您再向下看看，能看见一座城堡，感觉是一座不太大的城堡，却隐约望见城堡里人头攒动，咱们赶快去看看吧！"说完，他们骑着马来到城内，看见那里有不少人在忙碌着。他们走了没几步就遇见了他们要找的那位"小个子"老人。在他的库房里，赤帮麻赖和贡宝丹珠看到了他们想要的东西，应有尽有，在库房的那一边摆满了做工精细的马笼头，在库房的另一边堆满了做工精美的马镫，还摆满了花纹漂亮的纯羊毛制作而成的鞴鞦等。于是，赤帮麻赖走到他的面前说道：

非同一般老人听，
请您听呀我来说！
我们上部就听说，
您这出售马笼头。
您的笼头数第一，
请您报价给我们！
收购数额有点多，

您这一共有多少？

赤帮麻赖走到他的面前说道："非同一般的老人请您听，请您听呀我来说！昨天我们在上部就听说您这里出售马笼头，而且您做的马笼头在这地方是数第一的。所以，我们今天是慕名而来的，现在请您给我们报个价呀！我们收购的数额有点多，您这里一共有多少?"那老人听后，给他们报了价格，赤帮麻赖觉得价格有点高。所以，他们又叫来一位老人在他们之间做了协调，将价格谈到双方都能接受的程度。经过一番讨价还价之后，双方达成了一致，赤帮麻赖和贡宝丹珠终于如愿以偿地买到了一万三千个马笼头、二万六千个马镫和一万三千个鞴鞘，还买了不少的马铃铛、牵马绳等等。这时赤帮麻赖和贡宝丹珠高兴得合不拢嘴，越看这些东西越喜欢。他们付了银子之后倍感轻松，心满意足地清点核对了所购货物的数量和品质，一样一样地打包后驮在马背上。这时，贡宝丹珠对赤帮麻赖说道：

> 赤帮麻赖请您听，
> 请您听呀我来说！
> 我们马鞍已买到，
> 我们笼头也买到，
> 马镫鞴鞘和铃铛，
> 一切所需都办妥。
> 我们诸事已办完，
> 我们也该回朗部。

贡宝丹珠对赤帮麻赖说道："赤帮麻赖请您听，请您听呀我来说！我们这次出来已经耽误了好多时日呀！现如今我们买到了马鞍、马笼头、马镫、鞴鞯和铃铛等一切所需物资。我们的任务也都完成了,咱们也该回阿朗部了呀!"

赤帮麻赖听后说道:

> 贡宝丹珠请您听,
> 请您听呀我来说!
> 您的话语没有错,
> 千真万确是对的。
> 我们马鞍已买到,
> 我们笼头也买到,
> 马镫鞴鞯和铃铛,
> 一切所需都办妥。
> 我们诸事已办完,
> 我们也该回朗部。

赤帮麻赖听后说道:"贡宝丹珠请您听,请您听呀我来说! 您说得没错。我们这次出来需要办理的事宜都已经办妥当了呀! 马鞍已经买到了,马笼头、马镫、鞴鞯和铃铛等一切所需都已经办妥了,我们的任务也都完成了,所以我们也该回我们阿朗部了呀!"

说完,他们赶着几百匹骏马,每匹马都驮着沉甸甸的大包袱。这时,赤帮麻赖说道:

> 贡宝丹珠请您听,
> 请您听呀我来说!
> 我们来时就二人,
> 策马扬鞭就到达;
> 去时驮着大包袱,

还有百匹商队马，
各个驮着重包袱，
再走此路很艰难。
翻山越岭没道路，
返回就要换路线。
我们要从下部去，
那里虽然要绕路，
但是一路很平坦，
您看这样行不行？

赤帮麻赖说道："贡宝丹珠请您听，请您听呀我来说！我们来这里时就我们两个人，一路策马扬鞭就能到达；现在回去的时候带着几百匹马组成的商队，还驮着这些又重又大的包袱，如果我们从原路返回，难度很大，一路上翻山越岭，坎坷不平。依我看，我们还是换一条路线更明智一点！虽说会绕路，但是要平坦很多的，对我们和马队来说，走这条路更安全一些啊！您看可以吗？"

贡宝丹珠听后说道：

赤帮麻赖请您听，
请您听呀我来说！
您的话语没有错，
千真万确是对的。
佛陀话语无过错，
上师所言无疑虑！
我们要从下部去，
那里绕路就绕路，
只要马队平安到，

再绕也要选此路。

贡宝丹珠听后说道:"赤帮麻赖请您听,请您听呀我来说！您说的话语千真万确没有错。就像佛陀的话语无过错,也像上师所言无疑虑！我们就从下部去我们阿朗部吧！从那里走绕路就绕路,只要马队能够平安到达,绕再大的弯路我们也要选择这条路呀！"

说完,他们调转马头,赶着马队,从下部向着阿朗部浩浩荡荡地进发了。

过了几天之后,他们终于来到了城堡。

第五节　寻找裁缝赴里域

这时,扎西什德对赤帮麻赖说道:

赤帮麻赖请您听,
请您听呀我来说！
一万士兵已找到,
一万骏马已备齐,
万件马鞍已买到,
还有笼头和缰绳,
马镫鞴鞘都备齐。
还有一事要完成,
一万士兵都到齐,
尚无铠甲和头盔,
现在这事不能拖,

您看怎么办才好？

扎西什德对赤帮麻赖说道："赤帮麻赖请您听，请您听呀我来说！按照格萨尔王的旨意，我们已经找到了一万三千名士兵，备齐了一万三千匹骏马，买到了一万三千件马鞍，还有笼头、缰绳、马镫、鞴鞘和铃铛等都已经备齐了。到目前为止，还有一件事需要去办，那就是一万三千名士兵尚无铠甲和头盔，您看看他们各个破布烂衫的，鞋帽都已经破了，哪里有军人的威严啊！这件事可不能再拖下去了，需要马上去办，您看怎么办才好呀？"

赤帮麻赖听后说道：

> 扎西什德请您听，
> 请您听呀我来说！
> 您的话语没有错，
> 千真万确是对的。
> 佛陀话语无过错，
> 上师所言无疑虑！
> 我们士兵没衣服，
> 我们士兵没鞋帽。
> 要去朗部很艰难，
> 要过大山不简单。
> 那座大山有冰川，
> 寒风凛冽刺骨痛，
> 那边冰雹像雷击。
> 如此这般去那里，
> 不是冻死就饿死。
> 我们士兵要衣穿，

> 鞋帽一样不能缺，
> 如若没有无法去。
> 头上需要狐皮帽，
> 身上需要皮大衣，
> 脚上需要毛皮靴，
> 这些衣物哪里找？

　　赤帮麻赖听后说道："扎西什德请您听，请您听呀我来说！您的话语千真万确没有错。就像佛陀的话语无过错，也像上师所言无疑虑！我们虽然已经找到了一万三千名士兵，但我们的士兵没有衣服穿、没有靴子穿、没有帽子戴，要去我们阿朗部不是一件容易的事！要翻过那座大山，那座大山不简单。有终年不消融的冰川，刮过来的风像刀刃一样，那边的冰雹就像雷击一般，如此这般带他们去大山，不是冻死就是饿死。我们所有的士兵都得穿保暖的衣服、结实的鞋帽呀！如若没有衣帽就没办法去我们阿朗部呀！现如今头上戴的狐皮帽、身上穿的皮大衣、脚上穿的毛皮靴，这些衣物要到哪里去找？"

　　赤帮麻赖接着说道：

> 扎西什德请您听，
> 请您听呀我来说！
> 贡宝丹珠请您听，
> 请您听呀我来说！
> 早晨太阳升起时，
> 神山峰顶煨堆桑，
> 再把佛像挂起来，
> 海螺法号吹起来！

　　　　　所有民众来聚会，
　　　　　聚集再把事来说。
　　　　　大小措瓦聚一聚，
　　　　　我们大家来商议。
　　　　　狐皮帽子哪里有？
　　　　　毛皮大衣哪里有？
　　　　　毛皮靴子哪里有？
　　　　　我们大家来商议！

　　赤帮麻赖接着说道："扎西什德、贡宝丹珠请你们听，请你们听呀我来说！明天早晨太阳刚刚升起时，大家去神山峰顶上煨一堆松柏桑，再把从未挂过的佛像挂起来，从未吹过的海螺法号吹起来！把这里所有的民众和大小措瓦的人们都叫来，然后我们大家共同来商议从哪里去寻找这些狐皮帽子、毛皮大衣和毛皮靴子呀！"

　　之后，贡宝丹珠对赤帮麻赖说道：

　　　　　赤帮麻赖请您听，
　　　　　请您听呀我来说！
　　　　　您的话语没有错，
　　　　　千真万确是对的。
　　　　　佛陀话语无过错，
　　　　　上师所言无疑虑！
　　　　　早晨太阳升起时，
　　　　　神山峰顶煨堆桑，
　　　　　再把佛像挂起来，
　　　　　海螺法号吹起来！

> 所有民众来聚会，
> 聚集再把事来说，
> 大小措瓦聚一聚，
> 我们大家来商议。

　　贡宝丹珠对赤帮麻赖说道："赤帮麻赖请您听，请您听呀我来说！您的话语千真万确没有错。就像佛陀的话语无过错，也像上师所言无疑虑！明天早晨太阳刚刚升起来的时候，大家去神山峰顶上煨一堆松柏桑，再把从未挂过的佛像挂起来，从未吹过的海螺法号吹起来！把这里所有的民众和大小措瓦的人们都叫来，我们大家共同来商议从哪里去找狐皮帽子、毛皮大衣和毛皮靴子呀！"

　　到了第二天早晨，天蒙蒙亮起来的时候，扎西什德和贡宝丹珠就带领手下将士往神山岩顶走去。他们到了神山的峰顶，煨起了一堆很大的松柏桑，桑烟直上云霄；又挂起了从未挂过的佛像；吹响了从未吹过的海螺法号。人们看到了挂起的佛像，听到了海螺法号的声音之后，不约而同地向着城堡聚来。当所有民众和大小措瓦的人们都聚集到一起之后，赤帮麻赖说道：

> 所有民众听一听，
> 听一听呀我来说！
> 一万士兵已到齐，
> 一万骏马已备齐，
> 万件马鞍已买到，
> 还有笼头和缰绳，
> 马镫鞴鞘都备齐。
> 还有一事未完成，
> 所有民众来聚会，

聚集我把事来说：
我们士兵没衣服，
我们士兵没鞋帽。
要去朗部很艰难，
要过大山不简单，
那座大山有冰川，
寒风凛冽刺骨痛，
那边冰雹像雷击，
如此这般去那里，
不是冻死就饿死。
我们士兵要衣穿，
鞋帽一样不能缺，
如若没有无法去。
头上需要狐皮帽，
身上需要皮大衣，
脚上需要毛皮靴，
这些衣物哪里找？
大小措瓦聚一聚，
我们大家来商议，
狐皮帽子哪里有？
毛皮大衣哪里有？
毛皮靴子哪里有？
我们大家来商议！

　　赤帮麻赖对所有民众和大小措瓦的头人们说道："所有民众和大小措瓦的头人们听一听，听一听呀我来说！按照格萨尔王的旨意，我们已经找到了一万三千名士兵，备齐了一万三千匹骏马，买到了一万三千件马鞍,还有笼头、缰绳、马镫、鞴鞘和铃铛等都已经备齐了。现在还有一件事没有完成。要去我们阿朗部不是一件容易的事,要翻过那座大雪山,在那座雪山上有终年不消融的冰川,刮过来的风像刀刃一样,那边的冰雹就像雷击一般,如此这般带他们去雪山,不是冻死就是饿死,我们所有士兵的衣服、鞋帽等都不能缺呀!如若没有衣帽就没办法去我们阿朗部呀!现如今头上戴的狐皮帽,身上穿的皮大衣,脚上穿的毛皮靴,这些衣物去哪里找?今天我们把这里所有的民众和大小措瓦的人们都叫来,我们大家共同来商议这些狐皮帽子、毛皮大衣和毛皮靴子要从哪里去找呀!"

他们听了赤帮麻赖的这番话之后,其中一位措瓦头人说道:

> 朗部将领请您听,
> 请您听呀我来说!
> 您的话语没有错,
> 千真万确是对的。
> 佛陀话语无过错,
> 上师所言无疑虑!
> 万人士兵需衣穿,
> 万人士兵需帽戴,
> 万人士兵需靴穿,
> 完成这事不容易。
> 上等裁缝在北方,
> 北方遥远又艰难,
> 我说此话对不对?
> 大家一同来商议。

　　他们听了赤帮麻赖的这番话之后,其中一位措瓦头人说道:
"啊,朗部的将领请您听,请您听呀我来说! 您的话语千真万确没
有错。就像佛陀的话语无过错,也像上师所言无疑虑! 现在一万
三千名士兵都需要穿厚衣,一万三千名士兵都需要戴帽子,一万三
千名士兵都需要穿靴子,我们要想完成这件事不容易呀! 我们需
要找到手艺精湛的裁缝才可以,而手艺精湛的裁缝和匠人都在北
方里域国那里,要去北方路途遥远又艰难呀! 我说的这话对不对?
我们大家共同来商议呀!"

　　赤帮麻赖听后说道:

<blockquote>

措瓦头人请您听,
请您听呀我来说!
您的话语没有错,
千真万确是对的。
北方地域很辽阔,
派去人手找裁缝,
就像大海去捞针。
里域国都未曾去,
头人能否派几人,
派人给我当向导?

</blockquote>

　　赤帮麻赖听后说道:"措瓦头人请您听,请您听呀我来说! 您
的话语千真万确没有错。我们北方的地域很辽阔,去那里寻找手
艺精湛的裁缝无异于大海捞针,尤其是我们未曾有人到过里域的
国都。今天头人既然知道里域国有上等的裁缝,那您肯定知道,具
体在什么位置可以找到这些裁缝,您能不能派遣你们措瓦中的一
部分人给我们当个向导去里域国呀?"

头人们听后又说道：

>朗部将领你们听，
>你们听呀我来说！
>您的话语没有错，
>千真万确是对的。
>佛陀话语无过错，
>上师所言无疑虑！
>要去北方很艰难，
>阿卡伊丹曾去过，
>让他给您当向导，
>我想此事能圆满。

头人们听后又说道："啊，朗部的将领你们听，你们听呀我来说！您的话语千真万确没有错。就像佛陀的话语无过错，也像上师所言无疑虑！我们要从这里去北方很艰难呀！阿卡伊丹曾经一个人去过里域国，现如今就让他给你们当向导，我们想这件事就能办得很圆满呀！"

赤帮麻赖听后说道：

>措瓦头人请您听，
>请您听呀我来说！
>您的话语没有错，
>千真万确是对的。
>阿卡伊丹当向导，
>我们大家很欢喜。
>阿卡伊丹请您听，

　　请您听呀我来说！
　　扎西什德请您听，
　　请您听呀我来说！
　　明天早晨天亮时，
　　我们三人就启程。
　　骑上骏马去里域，
　　背上武器弓箭矛，
　　身穿铠甲长大衣，
　　下穿动物皮毛裤，
　　头戴狐皮大翻帽，
　　脚穿毛皮大靴子。

　　赤帮麻赖听后说道："措瓦头人请您听，请您听呀我来说！您的话语千真万确没有错。就像佛陀的话语无过错，也像上师所言无疑虑！若是阿卡伊丹能给我们做向导，那我们大家都会很高兴的。因为，阿卡伊丹曾经一个人去过里域国，他熟知去里域国的路途和风情。阿卡伊丹和扎西什德请你们听呀我来说！明天早晨天亮时，我们骑上各自的骏马就启程呀！我们出发时，背上武器弓、箭、矛，身穿铠甲长大衣，下身穿上动物皮毛裤，头上戴上狐皮大翻帽，脚上穿上毛皮大靴子呀！"

　　大家听了赤帮麻赖和头人们的这个决定之后，也没有异议就各自回家了。

　　到了第二天早晨，赤帮麻赖、扎西什德和阿卡伊丹三人背着武器弓、箭、矛，身穿铠甲长大衣，下身穿着动物皮毛裤，头上戴着狐皮大翻帽，脚上穿着毛皮大靴子，骑着各自的骏马向着里域国出发了。

　　赤帮麻赖对二位说道：

扎西什德和伊丹，
您俩听呀我来说！
现在黎明天已亮，
我们骑马就启程。
启程去往那北方，
北方国都是里域。
要去那里很艰难，
那里寒风向刀刃，
寒风凛冽刺骨痛，
那里冰雹像雷击。

赤帮麻赖对二位说道："扎西什德和伊丹，您俩听呀我来说！现在已经是黎明，天已经亮了，我们骑着各自的骏马启程吧！我们启程去往那北方的里域，要去那里不容易，那里的寒风就像刀刃一般，寒风凛冽刺骨般的痛，那里的冰雹像雷击，打在身上能起泡呀！"

他接着说道：

扎西什德和伊丹，
您俩听呀我来说！
我们走到山沟里，
山沟深处起沙尘，
沙尘飞扬去哪里？
俯瞰瞭望那下方，
让人恐惧一片云，
黑云升腾去哪里？
要去北方很艰难，
山沟深处雾弥漫，

云雾弥漫不见路，
阿卡伊丹请指路。

　　他接着说道："扎西什德和伊丹，您俩听呀我来说！现在我们已经走到山沟里了，山沟深处升起了一片沙尘，这片沙尘飞扬去了哪里？我看是去了天空。从这里俯瞰瞭望那下方，看见一片让人恐惧的黑云升腾去了哪里？我看它升腾着向我们飘来。我们要去北方不容易呀！山沟的深处云雾弥漫看不见路了，我感觉好像是要下雨了！现在阿卡伊丹请您走在我们的前面带路，我们跟随在您的身后呀！"阿卡伊丹听后说道：

扎西什德请您听，
请您听呀我来说！
赤帮麻赖请您听，
请您听呀我来说！
我们走在山沟里，
这团黑云为何起？
为何这般来弥漫？
奇怪奇怪真奇怪。

　　阿卡伊丹听后说道："扎西什德、赤帮麻赖请你们听，你们听呀我来说！我们没有到达山沟时，一点雾气都没有，当我们走到山沟里时就起了这团黑云，而且它来势又这般凶猛，这件事我觉得很奇怪呀！"

左边棘刺右边斜，
右边毒刺左边挂，

沟里河水向下流，
沟里云雾向上升，
山沟深处不易行。
走完山沟这地界，
那边有座岩石坡。
要上岩山没道路，
再看岩山正东方，
能走道路有一条。

当他们走在这个山沟时，左边的棘刺向右边倾斜，右边的毒刺向左边倒挂，沟里河水翻滚着向下流去，沟里的云雾翻滚着向上升去。这条山沟真的不好走呀！就在快要走完这条山沟时，眼前就出现了一座岩石坡，他们一看都吓了一跳，要上这座岩山似乎连一条道都没有！于是，他们四处寻找能上山的道路，最终在岩山的正东方，发现了一条只能容一匹马通过的狭窄小路。这时，阿卡伊丹说道：

朗部二位大将领，
我们沿路去看看，
那里猛兽有很多，
请您二位不用怕！
我们手持弓箭矛，
如若追来就放箭。

阿卡伊丹说道："呀，阿朗部的二位大将领，就让我们沿着这条路走过去看看吧！"当他们沿着此路走过一个小山丘时，突然在不远处出现了几头猛兽。这时，阿卡伊丹说道："呀，请你们二位不用怕，我们手中拿好弓、箭、矛，如若它们追来，我们就放箭射死它呀！"

> 要去那里很艰难，
> 大地中央起云雾。
> 云雾升腾这边来，
> 灰蒙天空起乌云，
> 乌云升腾向下来。
> 两朵乌云相遇时，
> 天空之上龙在吼。
> 这座大山洒冰雹，
> 抬头仰望那上部，
> 看见大山灰蒙蒙。
> 大山旁边岩石下，
> 看见一只麝在跳。
> 手持弓箭放一箭，
> 正中麝心已打中。
> 此处我们有肉吃，
> 我们干脆住这里。
> 稍作休息再盘算，
> 要过大山不容易。

　　他们三位正在心惊胆战地向着那边走去时，看见那片大地的中央升起了一团云雾，云雾慢慢升腾着向这边涌来。在灰蒙蒙的天空中也升起了一片乌云，这朵乌云也升腾着向这边涌来。在这两朵乌云相遇的同时，天空中顿时闪电雷鸣，蛟龙在吼叫着。接下来，这座大山上洒下拳头大小的冰雹。一阵冰雹过后，他们几个人抬头仰望看了看那上部，在灰蒙蒙的大山旁边有一块岩石，岩石旁边有一只麝正在跳跃奔跑着。于是,赤帮麻赖手持弓箭向着麝鹿放了一箭,此箭正中麝心,麝中箭倒地。三人感觉到肚子很饿了,再加上冰雹刚刚过去,道路湿滑,寒气逼人。三人商量后决定,暂时在这里稍微休息一下再做下一步的计划!三人找到了一个能够避风挡雨的岩洞,找来了干燥的柴禾,生起了一堆大火,剥去了刚刚打下的麝皮,煮了麝鹿肉,然后在岩洞中享用了美味并在岩洞中过夜休息了。

　　到了第二天早晨,他们又骑着各自的马匹向着前方进发了。他们骑着骏马走了一个上午,终于来到了一片开阔的地界,那里有山有树也有水,看起来就是物产丰饶的好地方。这时,阿卡伊丹说道:

> 二位将领听一听,
> 听一听呀我来说!
> 早晨黎明天亮时,
> 我们三人就启程。
> 向着前方走去时,
> 看见大小有三滩。
> 此地地界宽又阔,
> 有山有树也有水,
> 牛羊成群牲畜多,
> 物产丰富好地方。
> 向着那边望去时,
> 看见庄户有很多。
> 我们三位去看看,
> 裁缝估计在这里。

阿卡伊丹说道:"阿朗部的二位将领听一听,听一听呀我来说!我们今天早晨天亮就出发,走了整整一个上午才到了这里,恐怕还要走一段时间才能看到村庄和人群,我们还要继续前进啊!"说完,他们三人继续向着前方走去,又走了一段时间,映入眼帘的是一番美好的景象:地域辽阔、有山、有树、有水、牛羊成群,有很多的人和他们的宅院,看起来这里物产丰富、资源充足。这时,阿卡伊丹对他们说道:"呀,我们三位去那边看看吧,我们要找的裁缝估计在这里呀!"说完,他们就骑着马到了那里。

　　三位来到那村庄,
　　村庄上下两道巷。
　　午后骑马向下找,
　　看看哪里有裁缝?
　　傍晚骑马向上找,
　　看看哪里有裁缝?
　　再向旁边看一看,
　　那边有间大屋子,
　　他们走近看了看,
　　裁缝老人就在这。
　　房屋旁边有库房,
　　房内衣物有很多,
　　整间库房都摆满,
　　满满当当一库房。
　　制作精美狐皮帽,
　　大小不等长大衣,
　　黄色衣裤都在这,
　　白色衣裤这里有,

> 绿色衣裤在这有,
>
> 红色衣裤也在这。

　　他们三位来到了那个村庄,这个村庄上下一共有两道巷子,他们下午骑着马顺着巷子向着下边去寻找裁缝老人,傍晚时分顺着巷子又向着村庄的上部寻找裁缝老人,找了很久还是没有发现裁缝老人。就在这时,他们向着旁边看了看,发现一间很大的房屋,好像是寺庙一样的房子。于是,他们三人就走进去看了看,惊喜地发现这就是裁缝老人存放衣帽的库房,他们终于找到所需的衣裤和帽子。他们看到整个库房的衣物,都惊呆了:有制作精美的狐皮帽,大小不等的长大衣,黄色的、白色的、绿色的和红色的衣裤等应有尽有。

　　这时,阿卡伊丹说道:

> 二位将领你们听,
>
> 您俩听呀我来说!
>
> 房内衣物有很多,
>
> 整间库房都摞满,
>
> 满满当当一库房。
>
> 制作精美狐皮帽,
>
> 大小不等长大衣。
>
> 黄色衣裤都在这,
>
> 黄色衣裤行不行?
>
> 白色衣裤也在这,
>
> 白色衣裤行不行?
>
> 绿色衣裤在这有,
>
> 绿色衣裤行不行?

红色衣裤也在这，
红色衣裤行不行？
请您二位说句话。

阿卡伊丹说道："二位将领你们听，您俩听呀我来说！这间库房内的衣物真是应有尽有呀！整间库房都摞得满满当当的了。这里有制作精美的狐皮帽，还有颜色不同、大小不等的长大衣。我们的士兵穿黄色的衣裤行不行？我们的士兵穿白色的衣裤行不行？我们的士兵穿绿色的衣裤行不行？我们的士兵穿红色的衣裤行不行？请你们二位告知呀！"

扎西什德和赤帮麻赖听后说道：

阿卡伊丹请您听，
请您听呀我来说！
房内衣物有很多，
整间库房都摞满。
大小不等长大衣，
白色衣裤这里有，
白色衣裤不可以；
绿色衣裤在这有，
绿色衣裤不可以；
红色衣裤也在这，
红色衣裤不可以；
黄色衣裤都在这，
黄色衣裤可以买。
朗部崇尚黄色系，
制作精美狐皮帽，

皮毛有白也有红，
白色皮帽不入眼，
要买红色狐皮帽。

扎西什德和赤帮麻赖听后相互交流了一下后，说道："阿卡伊丹请您听，请您听呀我来说！这间库房内的库存非常丰富，数量也充足，各种衣物应有尽有：有制作精美的狐皮帽、型号齐全的长大衣。衣裤的颜色多种多样，我们的士兵不能穿白色的衣裤、绿色的衣裤、红色的衣裤！这里还有黄色的衣裤，我们的士兵可以穿黄色的衣裤呀！我们就买黄色的衣裤吧！因为，我们阿朗部的民众崇尚黄色系的装扮。这里还有数量充足、制作精美的狐皮帽，白色狐皮帽的毛色并不好看，但是红色狐皮帽看上去很漂亮，我们就买红色的狐皮帽吧！"

赤帮麻赖又接着说道：

扎西什德和伊丹，
您俩听呀我来说！
高大建筑在这里，
建筑内有大库房。
库房堆满衣和帽，
裁缝老人没在这。
裁缝老人在哪里？
我们快去找一找！

赤帮麻赖又接着说道："扎西什德和伊丹，您俩听呀我来说！高大的建筑在这里，建筑里面有这么大的一间库房，库房内堆满了衣物和帽子，但是裁缝老人没在这里，裁缝老人到底去了哪里呀？

我们现在就去找一找吧!"说完,他们就分头去寻找裁缝老人,从上到下,从左到右地寻找,找了好一会儿,终于在另一间库房内找到了他。赤帮麻赖对裁缝老人说道:

> 裁缝老人请您听,
> 请您听呀我来说!
> 您的库房高又大,
> 库房之中衣帽多。
> 黄色衣裤有不少,
> 我们朗部要衣服,
> 万件衣裤需要买,
> 您看价格是多少?
> 红色皮帽也很多,
> 我们朗部要皮帽,
> 万件皮帽我们买,
> 您的价格是多少?

他们把裁缝老人请到了那间库房之后,赤帮麻赖说道:"非同一般的裁缝老人请您听,请您听呀我来说! 您的这间库房又高又大,看上去很雄伟呀! 库房里也有如此多的衣服、裤子和帽子,现如今我们阿朗部需要一万多件衣服和裤子,您的价格是多少? 我们阿朗部也需要红色的狐皮帽一万多件,您的价格又是多少呀?"老人听后报了价,赤帮麻赖觉得老人的报价和他的预算价格差距很大。于是,双方讨价还价,一直没有说定价格,老人要价高,赤帮麻赖他们出价低。这时,阿卡伊丹走出大门,从巷子里邀请了两位老人过来帮忙议价,最终双方达成了一致。扎西什德、赤帮麻赖和阿卡伊丹他们三人将一万多件衣服、一万多条裤子和一万多顶狐皮帽，拿到门口进行清点和打包。没过多久就把所有的衣帽都打包好，付了钱。他们又从本地购买了几十匹身强力壮的良马。牵来马匹之后，将这些装有衣帽的包袱一个个地驮上了马背。等一切收拾妥当，又向老人道别之后，他们赶着浩浩荡荡的马队向着阿朗部进发了。

他们跋涉几天之后，终于来到了城堡。

这时，几位小将领从门口看见，在那遥远的下部来了一帮马队，正往这边走来。这时，他们对阿卡环角说道：

阿卡环角请您听，
请您听呀我来说！
向着下方望去时，
赤帮麻赖回来了，
扎西什德回来了，
阿卡伊丹回来了，
大家赶紧去准备。
准备土灶上中下：
上灶锅里酿上酒；
中灶锅里熬上茶；
下灶锅里煮上肉。
北方归来三将领，
很快就要到城堡，
我们门口去迎接。

几位将领对阿卡环角说道："阿卡环角请您听，请您听呀我来说！你们大家向着下方看一看呀！赤帮麻赖、扎西什德、阿卡伊丹回来了，他们买了很多的马匹和衣物，那些马匹赶的赶着，拉的拉着，骑的骑着，浩浩荡荡地向我们走来了，我们大家赶紧去准备迎接呀！烧起土灶上、中、下，上灶锅里酿上酒，中灶锅里熬上茶，下灶锅里煮上肉。去了北方的三位将领很快就要到城堡了，我们赶紧去门口迎接呀！"

阿卡环角听后说道：

> 各位守将你们听，
> 你们听呀我来说！
> 你们话语没有错，
> 千真万确是真理。
> 大家赶紧去准备，
> 准备土灶上中下：
> 上灶锅里酿上酒；
> 中灶锅里熬上茶；
> 下灶锅里煮上肉。
> 来的肯定是他们，
> 很快就要到城堡，
> 我们门口去迎接。

阿卡环角听后说道："各位守将你们听，你们听呀我来说！你们说的没有错，千真万确。大家赶紧去准备，烧起土灶上、中、下，上灶锅里酿上酒，中灶锅里熬上茶，下灶锅里煮上肉。来的肯定是他们，很快就要到城堡门口了，我们大家出去迎接他们呀！"

说完，那里的大小将领、大小措瓦的人们熬茶的熬茶，酿酒的酿酒，煮肉的煮肉，大家忙得不可开交。没过多久，三位将领赶着马匹，拉的拉着，骑的骑着，浩浩荡荡地来到了门口。这时，人们从他们手中接过了缰绳，卸下了沉重的驮子后，进了城堡。

当他们三人刚刚坐下时,茶也刚刚熬开了,酒也刚刚酿好了,肉也刚刚煮熟了。于是,手下的将领们把刚刚熬开的茶,刚刚酿好的酒和刚刚煮熟的肉都一一地端到桌子上请他们享用,其他的老人们也围坐在他们身旁问长问短,相互寒暄着。

这时,赤帮麻赖说道:

> 阿卡环角请您听,
> 请您听呀我来说!
> 我们到此添麻烦,
> 到达门口放德尕。
> 烧了土灶上中下:
> 上灶锅里酿了酒;
> 中灶锅里熬了茶;
> 下灶锅里煮了肉。
> 如此这般来招待,
> 受宠若惊好感动。

赤帮麻赖说道:"阿卡环角请您听,请您听呀我来说! 我们来到这里给你们大家添麻烦了。我们到达门口时你们安置了方桌,桌子上放了德尕,还烧起了土灶上、中、下,上灶锅里酿了酒,中灶锅里熬了茶,下灶锅里煮了肉,你们这样隆重地招待我们,我们受宠若惊,好感动呀!"

他接着说道:

> 你们大家听一听,
> 听一听呀我来说!
> 早晨太阳升起时,

你们去那神山顶，
神山峰顶煨堆桑，
桑烟供奉有三祭：
一祭上部天王神；
二祭中部财宝神；
三祭下部龙王神；
供奉山神和家神；
供奉灶神土地神；
如若不祭事难成！
从未挂过的佛像挂一挂！
从未敲过的战鼓敲一敲！
从未吹过的海螺吹一吹！
要把所有民众来召唤！
要把大小将领来召唤！
要把大小措瓦来召唤！
等到大家聚集时，
还有一事要拜托。
请把万名士兵叫，
就让他们换衣服；
请把万名士兵叫，
就让他们换裤子；
请把万名士兵叫，
就让他们戴帽子；
请把万名士兵叫，
就让他们穿靴子。
要让他们换行头，
我们需要人帮忙。

　　他接着说道:"你们大家听一听,听一听呀我来说! 今天是个好日子,此时此刻吉祥又如意,这是我们阿朗部的好兆头呀!

　　明天早晨太阳升起时,大家去神山的峰顶上煨一堆很大的松柏桑,用桑烟供奉上部天王神,供奉中部财宝神,供奉下部龙王神,供奉山神、家神,还要供奉灶神和土地神,如若不供奉诸位神灵事难成! 再把从未挂过的佛像挂一挂,从未敲过的战鼓敲一敲,从未吹过的海螺吹一吹! 要把我们阿朗部的所有民众、大小将领和大小措瓦的人们都召唤来! 等到大家聚齐时,我们还有一件事需要拜托你们呀! 请你们把一万余名士兵叫到这里来,他们来了之后,大家要帮助他们换上新的衣裤,戴好帽子,穿上靴子,这可不是一件简单的事啊! 所以拜托各位了!"

　　阿卡环角听了赤帮麻赖的这番话之后,说道:

> 赤帮麻赖请您听,
> 请您听呀我来说!
> 您的话语没有错,
> 千真万确是真理。
> 佛陀言语没过错,
> 上师话语无疑虑。
> 早晨太阳升起时,
> 你们去那神山顶,
> 神山峰顶煨堆桑,
> 再把海螺吹一吹,
> 还把佛像挂一挂,
> 还把战鼓敲一敲!
> 所有民众来召唤,
> 大小将领来召唤,

> 大小措瓦来召唤，
> 万人士兵来召唤！

阿卡环角对赤帮麻赖说道："赤帮麻赖请您听，请您听呀我来说！您的话语无疑虑，千真万确是真理。就像佛陀说的没有过错，就像上师所说没有疑虑！

明天早晨太阳升起时，大家去神山的峰顶上煨一堆很大的松柏桑，再把从未吹过的海螺吹一吹，从未挂过的佛像挂一挂，从未敲过的战鼓敲一敲！要把我们阿朗部的所有民众、大小将领和大小措瓦的人们都召唤来！等到大家聚齐时，我们就把一万多名士兵叫到这里来，然后我们大家帮忙让他们更换装备，要想快速武装好这一万三千名士兵不是一件容易的事，不过大家也不必担心。我们人手充足，分组排队进行分发，应该可以圆满完成这项任务的呀！"

到了第二天早晨，太阳刚刚从东方升起，他们就去神山顶上，煨起了一堆很大的松柏桑，挂起了从未挂过的佛像，敲起了从未敲过的战鼓，吹响了从未吹过的海螺法号。没过多久，当那里的人们看见了松柏桑的桑烟，听到了海螺法号的声音、敲击战鼓的声音后，纷纷聚集到城堡门口的广场上。

当所有的民众和一万三千名士兵都到齐之后，各士兵小组的大小将领们让一万三千名士兵排列整齐地站在一边。然后，各小组将领来到衣帽库存处，有序地排着队领取了各小组的衣、帽、靴子等。没过多久，一万三千名士兵每个人都领到了一套黄色的衣服和裤子、一顶红色的狐皮帽、一双牛皮制作的靴子。长辈们开始帮晚辈们换装，母亲们给自己的孩子换装，士兵们和民众们协同换装，人声鼎沸，热闹非凡。戴上狐皮帽子、穿着黄色衣服的年轻士兵们，就像变了个人一样，各个精神抖擞，英武非凡。

赤帮麻赖说道：

所有民众听一听，
听一听呀我来说！
大小将领和头人，
你们听呀我来说！
一万士兵已备齐，
此次任务已完成。
如今朗部事繁多，
没有时间再耽误。
明天黎明破晓前，
我们大家去朗部。
格萨尔王在等待，
所有民众在等待。
齐项丹玛是总领，
一万士兵去受命。
清晨太阳升起时，
大小将领去神山，
神山峰顶煨堆桑。
桑烟供奉有三祭：
一祭上部天王神，
二祭中部财宝神，
三祭下部龙王神，
供奉山神和家神，
供奉灶神土地神，
供奉阿朗格萨尔。
烧起土灶上中下：
上灶锅里酿上酒；
中灶锅里熬上茶；

下灶锅里煮上肉。
我们以此取祥兆，
如若不取事难成！

赤帮麻赖说道："这里所有的民众、大小将领和头人们听一听，听一听呀我来说！我们按照格萨尔王的旨意，来到这里寻找我们阿朗部英勇无比的一万三千名士兵，并为他们配齐军备，一万三千多匹骏马也找到了，现在已经圆满完成了这项任务，多亏了民众、首领、措瓦的人们的支持。现如今我们阿朗部事宜繁多，再没有时间耽误了。所以，明天早晨太阳刚刚升起时，大家就启程去我们阿朗部呀！格萨尔王在那里等待着我们，所有的民众也在等待着我们。齐项丹玛是总统领，一万三千名士兵要听他指挥，我们明天就启程去报道呀！明天早晨太阳升起时，大家都去神山的峰顶上煨一堆很大的松柏桑，用桑烟供奉上部天王神、中部财宝神、下部龙王神，还要供奉山神和家神，供奉灶神和土地神，供奉我们的格萨尔王。如若不供奉诸位神灵，我们阿朗部的诸事很难办成！明天早晨烧起上、中、下三个土灶，上灶锅里酿上酒，中灶锅里熬上茶，下灶锅里煮上肉，我们还要看一看阿朗部的兆头呀！等到我们阿朗部的所有民众、大小将领和大小措瓦的人们聚集时，是吉是凶会有先兆的。我们一起来看一看预兆，如若不取个吉祥的预兆我们的事宜就难办成呀！"

这里的首领们听后说道：

赤帮麻赖请您听，
请您听呀我们说！
您的话语无疑虑，
千真万确是真理。

佛陀话语无过错，
上师所言无疑虑！
早晨黎明天亮时，
大小将领去神山，
神山峰顶煨堆桑，
桑烟供奉有三祭：
一祭上部天王神，
二祭中部财宝神，
三祭下部龙王神，
供奉山神和家神，
供奉灶神土地神，
供奉阿朗格萨尔。
烧起土灶上中下，
上灶锅里酿上酒；
中灶锅里熬上茶；
下灶锅里煮上肉。

他们听了赤帮麻赖的这番话之后说道："赤帮麻赖请您听，请您听呀我们说！您的话语无疑虑，千真万确是真理。您说的话就像佛陀说的没有过错，就像上师所说的没有疑虑！明天早晨太阳升起时，我们大家一起去这里的神山峰顶上煨一堆很大的松柏桑，用桑烟供奉上部天王神、中部财宝神、下部龙王神，还要供奉山神和家神，供奉灶神和土地神，供奉我们的格萨尔王。如若不供奉诸位神灵，我们阿朗部的诸事很难办成！明天早晨还要烧起上、中、下三个土灶，上灶锅里酿上酒，中灶锅里熬上茶，下灶锅里煮上肉，我们按照您的吩咐做，还要看一看阿朗部的兆头呀！"

到了第二天早晨，天刚刚放亮，那里所有的民众和措瓦的头人们领着各自的孩子们早早地就来到了城堡前的广场上。扎西什德和那里的首领就带着大小将领们上了神山的峰顶，在神山的峰顶上煨起了一堆很大的松柏桑，用桑烟供奉了上部天王神、中部财宝神、下部龙王神，还供奉了山神和家神，供奉了灶神和土地神，供奉了格萨尔王。赤帮麻赖带领着一部分措瓦的头人和将领们在城堡的广场上烧起上、中、下三个土灶，上灶锅里酿了酒，中灶锅里熬了茶，下灶锅里煮了肉。等完成了这一切程序之后，赤帮麻赖说道：

> 所有民众和头人，
> 你们听呀我来说！
> 早晨黎明天亮时，
> 大小将领到神山，
> 神山峰顶煨了桑，
> 桑烟供奉有三祭：
> 一祭上部天王神，
> 二祭中部财宝神，
> 三祭下部龙王神，
> 供奉山神和家神，
> 供奉灶神土地神，
> 供奉阿朗格萨尔。
> 烧起土灶上中下，
> 上灶锅里酿上酒；
> 中灶锅里熬上茶；
> 下灶锅里煮上肉；
> 所有供奉已完成，
> 现在大家吃早餐。
> 朗部诸事很吉祥，

> 朗部诸事很圆满。
> 金色太阳升起时，
> 我们大家就启程。

等完成了这一系列程序之后，赤帮麻赖说道："所有民众和头人，你们听呀我来说！今天早晨天刚刚亮时，你们大家去了神山顶的峰顶上煨了一堆很大的松柏桑，用桑烟供奉了上部天王神、中部财宝神、下部龙王神，还供奉了山神和家神，供奉了灶神和土地神，供奉了我们的格萨尔王！烧起了上、中、下三个土灶，上灶锅里酿了酒，中灶锅里熬了茶，下灶锅里煮了肉，我们阿朗部的兆头吉祥又圆满呀！现在就请大家吃早餐，待会金色的太阳升起时，请大家给自己的骏马备好鞍，带好路上的盘缠后我们就启程呀！"

说完，大家就吃了肉，喝了茶，又喝了酒，都牵了各自的骏马之后，所有的大小将领们带着各自小组的士兵们骑着骏马排起了长长的队伍。

这时，赤帮麻赖向这里的所有民众和措瓦头人们道别，士兵们也和他们的父母、兄弟姐妹们依依惜别。赤帮麻赖一声令下，一万三千人的队伍井然有序，浩浩荡荡地向着阿朗部进发了。

他们启程后走到半道上，赤帮麻赖对扎西什德说道：

> 扎西什德请您听，
> 请您听呀我来说！
> 要去朗部很艰难，
> 前方要过那大山。
> 前方一共有三山：
> 金山玉山海螺山。
> 金山玉山在上部，

此座玉山很巍峨，

玉山峰顶有积雪，

终年不化是白色。

雪地之上有踪迹，

踪迹好似国王印，

是何动物从此过？

从此玉山去那边，

踪迹好比铁匠钳，

是何动物从此过？

此地寒风像刀刃，

寒风凛冽刺骨痛，

要过此路很艰难。

左边碎石右边流，

右边荆棘左边倒，

要过万人不简单。

他们启程后走到半道上，赤帮麻赖对扎西什德说道："扎西什德请您听，请您听呀我来说！我们要去阿朗部很艰难呀！我们的前方有三座大山：一座是金山，一座是玉山，另一座是海螺山，金山和海螺山又高又大，十分难走，尤其是我们带着一万三千人，更是难上加难呀！我们还是从玉山过去吧！这座玉山虽然很巍峨，但相比之下，这座玉山还是比较容易通过呀！"

说完，他们就向着玉山方向进发。就在他们到达那里的前一晚，在这座大山的峰顶，下了一场十年不遇的大雪，在雪地上也留下了好似国王的王印一般的踪迹，不知道是哪种动物走过这里时留下的？他们又向着玉山的另一面走去，那边也有好比是铁匠的钳夹一般的踪迹，这又是什么动物经过这里时留下的？当他们刚刚来到玉山的山脚下，瞬间就感觉到那里刮过来的寒风就像刀刃一般，凛冽刺骨。大山上左边的碎石向右边流，右边的荆棘向左边倒。眼前的情况就这样艰辛，前路的凶险可想而知。在山脚下一处较为平坦的地方，队伍就地稍作休整。

扎西什德和赤帮麻赖商量道：

> 赤帮麻赖请您听，
> 请您听呀我来说！
> 您的话语无疑虑，
> 千真万确是真理。
> 佛陀话语无过错，
> 上师所言无疑虑！
> 一路赶来很艰辛，
> 大家路途没吃饭。
> 所有马匹要吃草，
> 所有士兵要吃饭。
> 看着此地较平坦，
> 清澈泉水在流淌。
> 此地休息很舒适，
> 命令大家熬茶喝。

扎西什德对赤帮麻赖说道："赤帮麻赖请您听，请您听呀我来说！您的话语千真万确无可置疑。就像佛陀的话语没有过错，也像上师所言没有疑虑！我们一路赶来大家都很艰辛，所有的大小将领、士兵连一口饭也没有吃，就连马匹也都滴水未进。此刻我们的军队人员需要休整用餐，马匹需休息吃草。此处就非常合适，地势平坦，泉水清澈，咱们就在此熬茶休息吧！"

赤帮麻赖听了扎西什德的这番话之后,说道:

扎西什德请您听,
请您听呀我来说!
您的话语无疑虑,
千真万确是真理。
一路赶来很艰辛,
大家路途没吃饭。
所有马匹要吃草,
所有士兵要吃饭。
抬头仰望那上方,
上方石头抬回来!
再看旁边那一边,
去把柴禾捡了来!
俯首瞭望那下方,
去把清水提回来!
要用石块做土灶,
土灶需要做很多。
上方那里石块多,
大家去把石块捡。
万人吃饭不简单,
因此土灶做很多。
大家在此稍休息,
休息要把茶来熬。
香甜红茶已熬开,
你们大家抓紧喝。
现在太阳正中午,

下午之前要爬山。

赤帮麻赖听了扎西什德的这番话之后,说道:"扎西什德请您听,请您听呀我来说!您说的一点也没有错。我们一路赶来大家都很艰辛,所有的大小将领、士兵和马匹都没有在路途中吃过一口饭。现在我们所有的马匹需要休息吃草,所有的士兵也需要休整吃饭。你们抬头看看那上方,上方有石头去把它抬回来,抬回来以后支起很多的炉灶!一万三千人要吃饭规模庞大,因此需要做很多的土灶。再看看你们旁边的那一边,有个小小的林子,去那里把柴禾捡回来!再去下方把清澈的泉水提回来!大家在此原地休息一下,休息期间抓紧时间把茶熬开,香甜的红茶熬开后,请大家抓紧时间喝,因为现在已经是正午时分了,下午天黑之前我们必须要爬山!"

说完,所有士兵下了马,各小组将领吩咐士兵们放马的放马,去搬石头的搬石头,提水的提水,捡柴禾的捡柴禾。没过多久,茶熬开了,大家聚在一起喝着茶,吃着各自带来的食物,不一会儿,用餐休整就仓促结束了。这时,赤帮麻赖说道:

扎西什德请您听,
请您听呀我来说!
所有将领听一听,
听一听呀我来说!
太阳偏西不早了,
我们大家就出发。
此处无法驻士兵,
地理环境不允许。
要驻士兵找高地,

这里刚好是凹地。
两边山坡陡又滑，
这里正好是沟底。
如若敌人来侵犯，
一败涂地无疑虑。
要去朗部还遥远，
吃喝完毕就启程。

等所有人用完了茶饭，赤帮麻赖说道："扎西什德请您听，请您听呀我来说！所有将领听一听，听一听呀我来说！今天的太阳已经开始西移，我们大家需要马上就出发呀！请大家向着下方看一看呀，这里的地理环境不允许我们在这里驻兵。我们得找一处高地才能驻军，这里刚好是个凹地，而且两边都是山坡，这里的山坡不但陡峭而且还很光滑，这里正好又是处于沟底，如若敌人来侵犯，那我们就会遭到敌人的偷袭，毫无疑问我们会一败涂地的呀！我们要去阿朗部路途还很遥远，大家吃饱喝足了我们就即刻启程呀！"

赤帮麻赖对所有人说道：

你们大家听一听，
听一听呀我来说！
大家尽快把茶喝，
要去朗部还遥远，
我们即刻就启程。

赤帮麻赖对所有人说道："你们大家听一听，听一听呀我来说！请你们大家尽快把茶喝完，我们要去阿朗部路途还很遥远，如果喝

完了、吃饱了，我们即刻就启程呀！"说完，大家立刻收起了炉灶，骑
上了各自的骏马，排列整齐地向着峡谷进发了。

赤帮麻赖接着说道：

> 向着峡谷进发时，
> 峡谷深处有森林。
> 要过此林不容易，
> 林间大河在奔腾，
> 左边碎石向右出，
> 右边石崖向左戳，
> 要过此路难上难！
> 我们骑马不能过，
> 下马徒步尽快过。
> 时候已经不早了，
> 现在已经是午后，
> 若不快走天会黑，
> 如若天黑无法走。
> 此处深山没牲畜，
> 此处深山无鸟飞，
> 此处深山没人烟，
> 此处空旷阴森森，
> 想去问路都不得。
> 到了晚上有凶险，
> 十万猛兽在出没。

赤帮麻赖接着说道："我们向着这条山沟的深处进发时看见那
里有一片森林，我们要过这片森林会非常艰难呀！你们看见没有？

这片森林的旁边有一条大河向下流淌着,森林中还时不时地有奇形怪状、高大雄伟的石崖在道路两旁矗立着,左边的碎石向右边伸出,右边的石尖向左边戳出,一不留神就会刮到马匹和人,轻则刮破我们的脸,重则把我们连人带马推下大河。所以,我们这么多人要从这里顺顺利利地通过会是难上加难呀!现在依据我看呀,我们是不能骑着马走了,会有危险。吩咐大家即刻下马,徒步尽快通过呀!太阳西移,已经是午后了,如果没能在天黑之前走出这片森林,前方就会有危险在等着我们呢!一旦天黑了大家就会看不清脚下的路面而受伤。尤其是到了晚上这里空空荡荡,阴森可怕,在这片山沟的深处既没有牲畜活动,也没有鸟在飞翔,更没有一户人家,想去问个路都没有地方问。到了夜里,这里会出现数十万只猛兽,它们是来寻找猎物的。如果稍有不慎,就会被吃掉呀!"

将领们听后对赤帮麻赖说道:

> 大将军呀请您听,
> 请您听呀我来说!
> 您的话语无过错,
> 千真万确是真理。
> 佛陀之言无疑虑,
> 上师话语无过错。
> 从此瞭望那峡谷,
> 峡谷两旁有森林,
> 林中阴森又可怕,
> 将领不用为此怕。
> 我们人多又势众,
> 一万士兵在这里。
> 走向峡谷那深处,

> 十万猛兽在围绕，
> 十万猛兽不用怕，
> 一万士兵在这里。
> 我们手握弓箭矛，
> 为此将领不用怕！

　　将领们听后对赤帮麻赖说道："大将军呀请您听，请您听呀我们说！您说的话是千真万确的没有错。就像佛陀所说没有什么疑虑，也像上师所说的没有错呀！从这里看看那片森林的确有些可怕，我们这么多人要从这里过有一定的困难，但这些困难您不用担心，我们不会有危险的！那边还有很多的猛兽在出没，这件事您也不用担心，我们还盼着有猛兽呢！因为，我们有一万三千多人在这里，而且手中都有武器，猛兽来了我们就打死几只吃它们的肉呀！"

> 历尽艰辛出峡谷，
> 走出峡谷到大滩。
> 走到平坦大滩时，
> 万马奔腾尘飞扬，
> 万名士兵去朗部。

　　整个队伍历尽艰辛，走出了大峡谷，来到了一片开阔地。一万三千人的兵马到了大平原，万马奔腾，马蹄声声，尘土飞扬，像海洋浪潮，汹涌澎湃一般向着阿朗部奔腾而去。

第五章

兵马集结齐聚阿朗部
整装待发将士志气高

在阿朗部这边，自从赤帮麻赖和扎西什德去招兵买马以来，格萨尔王天天盼着他们能顺利完成一切事宜后早日回到阿朗部。有一天，齐项丹玛站在阿朗部的小山丘向着下方望去时，能够看见下方有一万多人的兵马向着阿朗部飞奔而来。远远望去，万马奔腾，威武雄壮，尘土飞扬，像海洋的浪潮一样汹涌澎湃，这是阿朗部的兵马到了！这是阿朗部的好兆头，象征着阿朗部吉祥如意，百业兴旺。所有民众聚在一起欢歌笑语，欢天喜地庆贺这个吉祥的好日子呀！

到了农历八月十五，在阿朗部举行了声势浩大，有几万人参加的盛大的赛马大会，这次的赛马大会持续了好多天才结束。这次赛马大会的成功举办，标志着阿朗部的事业更上一层楼，再一次证明了阿朗部民众在格萨尔王的带领下，初步走向富裕、强盛的道路，也坚定了格萨尔王抑强扶弱、为民除害的决心和信心。

第一节　万人兵马到朗部

在阿朗部这边，自从赤帮麻赖和扎西什德离开阿朗部去了北方招兵买马以来，格萨尔王天天看着盼着他们能顺利完成一切事宜后早日回到阿朗部。

格萨尔王说道：

> 齐项丹玛请你听，
> 请你听呀我来说！
> 你去下部瞧一瞧，
> 赤帮麻赖来了没？
> 扎西什德来了没？
> 你们即刻去下方，
> 去到下方看一看！

有一天，格萨尔王说道："齐项丹玛请你听，请你听呀我来说！你们今天再去下方瞧一瞧呀！赤帮麻赖和扎西什德去北方招兵买马已经很多天了，还没有回来呀！今天你们再去下方看一看，我感觉这几天他们就会到来呀！"

齐项丹玛听了格萨尔王的这番话之后，就带着阿朗部的几位将领，骑着各自的骏马向着下方飞奔而去。他们来到下方的一个小山丘上，向着下方望去时，看见下方有一万多人的兵马向着阿朗部飞奔而来。远远望去，万马奔腾，马蹄声声，尘土飞扬，威武雄壮，像海洋的浪潮一样汹涌澎湃，向着阿朗部奔腾而来。

齐项丹玛他们看到这个情景之后，骑着快马向着格萨尔王的宫殿飞奔而去。齐项丹玛见到格萨尔王之后，禀报道：

> 格萨尔王请您听，
> 请您听呀我禀报！
> 我们下方看了看，
> 向着下方望去时，
> 我连自己都不信，
> 自己眼睛都不信，
> 给您说了也不信！
> 赤帮麻赖要来了，
> 扎西什德就到了，
> 一万士兵就到了，
> 一万骏马就到了！
> 士兵头戴红狐帽，
> 身穿黄色长大衣，
> 脚穿金鱼牛皮靴。
> 下方那里有三滩，
> 三滩变成兵马滩。
> 远远望去好壮观，
> 万马奔腾浩荡来，
> 马蹄声声尘飞扬，
> 威武雄壮像海洋，
> 汹涌澎湃似浪潮，
> 他们向着这边来，
> 定是来我阿朗部，
> 朗部兵马来到了。
> 我们朗部好兆头，

> 吉祥如意百业兴。
> 所有民众心中乐，
> 为此我们来禀报，
> 格萨尔王下旨意！

　　齐项丹玛见到格萨尔王之后，禀报道："格萨尔王请您听，请您听呀我禀报！我们按照您的吩咐去了下方的小山丘，刚刚爬上小山丘看了看，看到的景象就连我自己都不敢相信，即使是我亲眼所见，给您说了您也会喜出望外呀！赤帮麻赖和扎西什德他们马上就要到了，他们带着一万多人的士兵就在下方，一万多匹的骏马也在下方。那些士兵们头上全部戴着红色狐皮帽，身上穿着黄色的长大衣，脚上穿着金鱼般的牛皮靴！下方那里有三块平坦的大滩，三块大滩已经变成了兵马滩，远远望去好壮观呀！那里万马奔腾，马蹄声声尘飞扬，威武雄壮像海洋中的浪潮一样汹涌澎湃，这些兵马向着我们阿朗部来了，那一定是我们阿朗部的兵马到了！这就是我们阿朗部的好兆头，象征着我们阿朗部吉祥如意，百业兴旺。所有民众心中都乐开了花。为此，我们来禀报，请格萨尔王给我下旨意呀！"
　　格萨尔王听后说道：

> 齐项丹玛请你听，
> 包日包当请你听，
> 你们听呀我来说！
> 我给你俩下旨意，
> 赤帮麻赖要来了，
> 扎西什德要来了，
> 万名士兵要来了，

万匹骏马要来了，
你们即刻去准备！
烧起上中下三灶，
上灶锅里煮上肉；
中灶锅里酿上酒；
下灶锅里熬上茶。
你们即刻去准备，
万人士兵要吃饭，
万匹骏马要进料。

格萨尔王听后说道："齐项丹玛、包日包当你们听，你们听呀我来说！你们既然看到了赤帮麻赖和扎西什德马上就要到了，那现在我给你俩下个旨意呀！现如今我们阿朗部的赤帮麻赖和扎西什德完成了他们的任务，凯旋而归了，一万多名士兵也要来了，一万多匹的骏马也要到了。现在你们即刻去准备！烧起上、中、下三个大灶，上灶锅里煮上肉，中灶锅里酿上酒，下灶锅里熬上茶。一万多人的士兵要吃饭，一万多匹的骏马要进料。"

格萨尔王接着对包日包当说道：

包日包当请你听，
请你听呀我来说！
赶紧去那神山顶，
神山顶上煨堆桑，
从未挂过的佛像挂一挂！
从未敲过的战鼓敲一敲！
从未吹过的海螺吹一吹！
桑烟供奉有三祭：

一祭上部天王神，
二祭中部财宝神，
三祭下部龙王神，
供奉山神和家神，
供奉灶神土地神，
如若不祭事难成！
所有民众来召唤！
大小将领来召唤！
大小措瓦来召唤！
今天朗部好兆头，
所有民众聚集时。
我们大家聚一聚，
跳又跳呀玩又玩，
欢天喜地要庆贺！

　　格萨尔王接着对包日包当说道："包日包当请你听，请你听呀我来说！你现在赶紧去那神山的峰顶上煨起一堆很大的松柏桑，用桑烟供奉上部天王神、中部财宝神、下部龙王神，还要供奉山神和家神，供奉灶神和土地神，供奉我们阿朗部的所有神灵！如若不祭事难成！挂起从未挂过的佛像，敲响从未敲过的战鼓，吹响从未吹过的海螺，用来召集我们阿朗部的所有民众、大小将领和大小措瓦。今天对于我们阿朗部来讲，是个吉祥的日子，我们大家聚在一起欢歌笑语，欢天喜地，庆贺这个吉祥的好日子呀！"
　　齐项丹玛和包日包当听后说道：

　　格萨尔王请您听，
　　请您听呀我们说！

您的话语没有错，

千真万确是真理。

佛陀语言无疑虑，

上师话语无过错。

我们即刻去准备！

齐项丹玛和包日包当听后说道："格萨尔王请您听，请您听呀我们说！您的话语千真万确没有错。就像佛陀的语言无疑虑，也像上师的话语无过错。我们按照您的旨意，现在马上就去准备呀！"

说完，齐项丹玛就吩咐手下厨师烧起了上、中、下三个大灶，上灶锅里煮上了肉，中灶锅里酿上了酒，下灶锅里熬上了茶。

包日包当带领手下将领去了神山峰顶，他们到达神山峰顶之后煨起了一堆很大的松柏桑，用桑烟供奉了上部天王神、中部财宝神和下部龙王神，又依次供奉了各路山神和家神，供奉了灶神和土地神。接下来他们挂起了从未挂过的佛像、敲响了从未敲过的战鼓、吹响了从未吹过的海螺法号，当人们看到佛像、听到战鼓和海螺的声音，就知道这是格萨尔王有重要的事在召唤他们呢！于是，他们相互议论着，相互转告着。没过多久，阿朗部所有的民众、大小将领和大小措瓦的人们都不约而同地聚集到了宫殿门前的广场上。

这时，格萨尔王又对齐项丹玛和包日包当说道：

齐项丹玛请你听，

包日包当请你听，

你们听呀我来说！

四方木桌放门口，

方桌摆上那"曲卦";
方桌摆上那"贵达";
方桌摆上那"德尕"。
将军士兵要到达,
你们赶紧去迎接!

格萨尔王又对齐项丹玛和包日包当说道:"齐项丹玛、包日包当你们听,你们听呀我来说!赤帮麻赖、扎西什德和万人兵马都要到了,你们赶紧到门口放上檀香木做成的方形木桌,桌上摆上'曲卦''贵达'和'德尕'!你们组织大家都到门口热情地迎接他们呀!他们来到门口时献上'贵达',敬上'曲卦',放上'德尕',以最高礼节迎接他们呀!"

听了格萨尔王的话后,齐项丹玛和包日包当赶紧吩咐将领们在门口放上了檀香木做成的方形木桌,桌上摆上了'曲卦''贵达'和'德尕',等候在门口,迎接他们的到来。

没过多久,就远远望见赤帮麻赖走在第一位,后面跟着扎西什德,他们的后面跟着千军万马,浩浩荡荡地来到了城堡门前的广场上。这时,齐项丹玛、包日包当和这里所有的大小将领、措瓦的头人们热情洋溢地簇拥上去,从他们手中接过马匹,献上"贵达",敬上"曲卦",放上"德尕"。赤帮麻赖和扎西什德接过了敬献的"贵达",手捧着"曲卦"供奉了上部天王神、中部财宝神和下部龙王神,以及各路山神和家神,还供奉了阿朗部的格萨尔王。

赤帮麻赖和扎西什德稍作休息之后就去向格萨尔王报到了。他们见到格萨尔王,行了见面大礼之后,说道:

格萨尔王请您听,
请您听呀我来说!

我们奉旨去北方，
万人士兵已带到，
人数一万三千整。
士兵头戴红狐帽，
身穿黄色长大衣，
脚穿金鱼牛皮靴；
万匹骏马已带到，
骏马一万三千整，
马鞍马镫和缰绳，
应有尽有都备齐。
完成使命来禀报，
格萨尔王请检阅！

　　他们见到格萨尔王，行了见面大礼之后，说道："格萨尔王请您听，请您听呀我来说！我们奉您的旨意去了北方，历尽艰辛召集了一万多人的军队，现在带到您面前了。每一位士兵都配备红色狐狸皮帽子、黄色的长大衣、牛皮靴；募集的一万多匹骏马也已经带到了，骏马数量也是一万三千整，每匹骏马都配备了黄色的马鞍和做工精细的马镫，在马鞍上还配备了做工精美的鞴鞘和缰绳，应有尽有都已经备齐了呀！今天我们已经完成了您的旨意，特来向您禀报，请格萨尔王去检阅呀！"

　　格萨尔王听后，在齐项丹玛、赤帮麻赖、包日包当和扎西什德几位将领的陪同下来到城堡顶上，检阅了所有兵马。格萨尔王检阅了这一万三千名雄壮威武、排列整齐的兵马后，欣慰地回到了宫殿。

　　当格萨尔王回到宫殿之后，他对齐项丹玛说道：

齐项丹玛请你听，

请你听呀我来说！
万人军队已备齐，
万匹骏马已备齐，
上万马鞍已备齐。
尚需武器弓箭矛，
万套武器没备齐。
一万士兵没有弓，
没有弓呀没有箭。
士兵射箭需要弓，
哪里找到弓箭矛？
大家一起来商议！

　　格萨尔王回到宫殿之后，对齐项丹玛说道："齐项丹玛请你听，请你听呀我来说！从现在开始你就是这一万三千人的军队的统帅。赤帮麻赖和扎西什德召集了一万三千名士兵、找到了一万三千匹骏马、备齐了一万三千个马鞍，但是我们的士兵到现在还没有配备武器弓、箭、矛，一万三千套武器必须要备齐！一万三千名士兵没有弓和箭，士兵射箭需要弓，我们一起来商议一下，哪里才能找到制作弓、箭、矛的匠人呀？"

　　齐项丹玛听后说道：

格萨尔王请您听，
请您听呀我来说！
格萨尔王您别急，
万人军队已备齐，
万匹骏马已备齐，
上万马鞍已备齐。

尚需武器弓箭矛，

万套武器没备齐。

为此请您别担心，

早晨太阳升起时，

赤帮麻赖我们去，

去那里域看一看！

　　齐项丹玛听后说道："格萨尔王请您听，请您听呀我来说！赤帮麻赖和扎西什德召集了一万三千名士兵、找到了一万三千匹骏马、配齐了一万三千套马鞍，但是目前士兵们都没有武器啊！不过您也不用担心，明天一大早，我就和赤帮麻赖一起去里域看一看、找一找呀！那里定能找到制作弓箭的匠人，只要找到匠人就能买到一万三千名士兵使用的弓、箭、矛呀！"说完，他们向格萨尔王行了告别大礼之后就返回了驻地。

第二节　寻找铁匠造武器

　　到了第二天早晨，太阳刚刚从东方升起，他们准备骑着各自的骏马向着里域出发时，齐项丹玛对赤帮麻赖说道：

赤帮麻赖请您听，

请您听呀我来说！

万名士兵需武器，

弓箭就在里域有，

我们骑马去里域！

齐项丹玛对赤帮麻赖说道:"赤帮麻赖请您听,请您听呀我来说!我们有一万三千名士兵需要精良的武器,制作弓箭的匠人就在里域。我们骑马去里域寻找到制作弓箭的铁匠就能把武器买回来呀!"

赤帮麻赖听后说道:

> 齐项丹玛请您听,
> 请您听呀我来说!
> 您是朗部大统领,
> 如要您去怕不行。
> 我们朗部事繁多,
> 朗部诸事您要办。
> 这里不能没有您,
> 请您给我一助手。
> 我与助手去里域,
> 办妥事宜就返回。

赤帮麻赖听后说道:"齐项丹玛请您听,请您听呀我来说!现如今您是我们阿朗部的大统领,您与我去外地寻找匠人这种小事,恐怕有点大材小用了!您不用亲自去办理这些琐碎的事啊!目前我们阿朗部军队的事务繁多,所有的事需要您统筹。您恐怕离不开这里,请您给我配一名助手,和我同去寻找弓箭。我们去里域,把事情办妥就回来了!"

齐项丹玛听后说道:

> 赤帮麻赖请您听,
> 请您听呀我来说!

您的话语没有错，
说得句句是实话。
如今朗部事繁多，
那我派遣一助手，
诺布才让是他名。
早晨太阳升起时，
您俩骑马就启程。

齐项丹玛听后说道："赤帮麻赖请您听，请您听呀我来说！您说的话语没有错，说的句句都是大实话呀！现如今我们阿朗部事宜的确繁多，我要安排士兵们的吃喝用度，的的确确走不开呀！那我就派遣我的一位将领去给您做助手吧！他的名字叫诺布才让，他英勇善战，胆大如牛，他能陪您去，您会平安回来的。明天早晨太阳升起时，你们就骑着各自的骏马启程呀！"

到了第二天早晨，第一缕阳光刚刚从东方升起，诺布才让就来到了赤帮麻赖的住处。他们见面后寒暄了几句就骑着各自的骏马，穿戴着暖和的衣帽，背着弓和箭启程了。这时，赤帮麻赖对诺布才让说道：

诺布才让请你听，
请你听呀我来说！
小小年纪好威武，
我们一同去里域。
要去里域不容易，
路途遥远且艰辛。
那里寒风像刀刃，
寒风凛冽刺骨痛。

> 头戴狐皮翻卷帽，
> 身穿毛皮长大衣，
> 脚穿皮毛牛皮靴。
> 要去里域不简单，
> 十万猛兽在围绕，
> 十万猛禽在盘旋。
> 我们背上弓和箭，
> 要去里域很遥远，
> 我们骑着骏马去。

赤帮麻赖对诺布才让说道："诺布才让请你听，请你听呀我来说！你小小年纪不一般，骑在马背上好威武呀！今天我们一同去里域部，要去里域部落不容易，路途遥远又很艰辛。里域部那里的寒风像刀刃，寒风吹过来就像刀刃一般刺着骨头痛。所以，我们要头戴狐皮翻卷帽，身穿毛皮长大衣，脚穿皮毛牛皮靴呀！要去里域部不简单，那里有十万猛兽在围绕，十万猛禽在盘旋。所以，我们在出发时要背上弓和箭啊！要去里域部很遥远，我们需要骑着骏马去那里呀！"

诺布才让听后说道：

> 赤帮麻赖请您听，
> 请您听呀我来说！
> 您的话语没有错，
> 千真万确是真理。
> 要去里域不容易，
> 路途遥远且艰辛。
> 那里寒风像刀刃，

寒风凛冽刺骨痛。
要去里域不简单，
十万猛兽在围绕，
十万猛禽在盘旋。
我们不去那里域，
铁匠老人如何找？

诺布才让听后说道："赤帮麻赖请您听，请您听呀我来说！您说的话语没有错，千真万确是真理。刚才听了您的话，我的心里好惧怕呀！要去里域部落不容易，路途遥远又很艰辛。里域部的寒风像刀刃，寒风吹过来就像刀刃一般刺着骨头痛。要去里域部不简单，那里有十万猛兽在围绕，十万只猛禽在盘旋。要去里域部很遥远！我们还得去寻找，铁匠老人在哪里呀？我们不能不去里域部呀！"

赤帮麻赖对诺布才让说道：

诺布才让请你听，
请你听呀我来说！
虽然那里很遥远，
我也不是没去过。
我们手握弓箭矛，
诺布才让不用怕！
格萨尔王下旨意，
要把弓箭找回来。
任务艰巨要完成，
再难也要去里域。

赤帮麻赖对诺布才让说道:"诺布才让请你听,请你听呀我来说! 虽然我们这次去那里很遥远,但我又不是没去过,没有你想象的那么恐怖,再说我们手中还握着弓、箭、矛,诺布才让你怕什么? 不用怕! 如今格萨尔王已经下了旨意,要把里域的弓箭找回来。此次任务艰巨,一定要完成,再难也要去里域部呀!"说完,他们继续向着里域部的方向走去。

> 他们来到平坦处,
> 走在大滩平原时,
> 一群野马在奔跑。
> 就在此滩正东方,
> 不知野马还是驴?
> 还有野牛在奔跑,
> 不知野牛还是马?
> 那是何物不清楚,
> 一蹦一跳来这边,
> 走在这里没人烟。
> 是牛没有那道理,
> 这里没有牧牛人;
> 是马更是没道理,
> 这里没见牧马人。
> 我们即刻快点走,
> 我的心中有点怕。

他们继续向着里域部的方向走去。当他们来到一处相对平坦的大滩平原地时,看见一群野马在草原上奔跑,就在此滩的正东方,不知道是野马还是野驴在奔跑? 也不知道在那里吃草的是牦

牛还是野牛，还可能是马匹？那到底是什么动物他们还不清楚，但
它们一蹦一跳地向这边走来。让人觉得奇怪的是这里没有人烟，
看不到一个人，没有牧牛人哪里来的牛群呀？这里没有牧马人，哪
里来的马匹呀？难免让人心生恐惧，当下之际，还是快点离开吧！

　　于是，他们催马扬鞭向着中部走去。这时，赤帮麻赖说道：

诺布才让请你听，
请你听呀我来说！
放眼遥望那片地，
看见那边很多马。
我们过去瞧一瞧，
或许找到牧马人。

　　他们策马扬鞭向着中部走去。这时，赤帮麻赖说道："诺布才
让请你听，请你听呀我来说！从这里放眼遥望那片地方，看见那边
好像有很多马。我们过去瞧一瞧，或许在那边能找到牧马人呀！"
说完，他们骑着马匹，向着那边走去。他们去了才知道，那边一匹
马都看不见，只看见有几只猛虎在那里一蹦一跳地向着上部跑去
了。他们又骑着马匹，手中握着弓和箭，慢慢地向着下部走去。一
路看见那里有无数头野驴在吃草。

　　这时，诺布才让对赤帮麻赖说道：

赤帮麻赖请您听，
请您听呀我来说！
这里猛兽有不少，
我的心中好惧怕。
我的肚子有点饿，

我们马匹也困乏，
我们在此熬壶茶，
熬壶奶茶稍休息，
这块地方很舒服。

诺布才让对赤帮麻赖说道："赤帮麻赖请您听，请您听呀我来说！您看这里到处都有猛兽在走动，看着我的心中有点惧怕了。我的肚子也有点饿了，马匹也感觉困乏了，这块地方看着感觉很舒服呀！我们就在这里找一块安全的地方，熬壶奶茶稍休息一会吧！"

赤帮麻赖说道：

诺布才让请你听，
请你听呀我来说！
你的话语没有错，
我的肚子也饿了，
我们马匹也困了。
这块地方很舒服，
我们在此熬壶茶，
熬壶奶茶稍休息。

赤帮麻赖说道："诺布才让请你听，请你听呀我来说！你说的话语没有错呀！我的肚子也有点饿了，我们的马匹一路上都没有吃一口草，我们又骑着马走了这么远的路程，马儿们也困了。这块地方我感觉既安全又舒服，我们就在这里熬壶奶茶，稍微休息一下呀！"

赤帮麻赖他们找了一块相对比较安全的地方下了马，卸下驮

子把马拴到一处草料丰盛的地方后,赤帮麻赖说道:

> 我们在此熬壶茶,
> 熬茶要做三石灶。
> 从那上方捡白石,
> 旁边那里抬黄石,
> 下边把那石捡来,
> 安置三石做一灶。
> 三石顶端置茶壶,
> 再去那边捡柴禾。
> 有了柴禾要泉水,
> 清澈泉水灌回来。

此刻太阳已经到了中午,他们找到了一块特别舒服的地方,就开始在那里熬茶了。熬茶需要做一个三块石头垒成的简易的炉灶。二人分头找来了三块石头,放置在平坦的地方,又去旁边找来了干燥的柴禾,找来柴禾之后,又去下方寻找甘甜清澈的矿泉水。

这时,赤帮麻赖又说道:

> 诺布才让请你听,
> 请你听呀我来说!
> 我们在此熬壶茶,
> 熬茶需要料三样:
> 一种材料是茶叶;
> 一种材料是盐巴;
> 一种材料是乳汁。

　　赤帮麻赖又说道："诺布才让请你听,请你听呀我来说!我们已经用三块石头把石灶做好了,捡来了柴禾、抬来了清澈的泉水。我们就在这里熬一壶茶呀!熬一壶香甜的奶茶需要有三样材料:第一种材料是茶叶;第二种材料是盐巴;第三种材料是乳汁呀!"
　　诺布才让对赤帮麻赖说道:

> 赤帮麻赖请您听,
> 请您听呀我来说!
> 红色茶料这里有,
> 绿色盐巴这里有,
> 白色奶乳没在这。
> 我们在此煨堆桑,
> 祈求本地大山神。
> 猛兽之王是狮子,
> 要给白狮念祷文,
> 要把白狮请了来。
> 白色母狮请回来,
> 从它身上取白乳。
> 要给白狮念祷文,
> 请把白乳给我们!

　　诺布才让对赤帮麻赖说道:"赤帮麻赖请您听,请您听呀我来说!红色的茶料和绿色盐巴我们这里都有,就是没有白色的奶乳呀!我们就在这里煨一堆很大的松柏桑呀,祈求本地的各路山神!祈求山神把这里的猛兽之王白色的母狮子请回来呀!我们要给白色的母狮念诵祷文,念诵祷文就是要把白母狮请到这里来,我们从它身上取白乳。要给白狮念祷文,祈求它把白乳赐给我们呀!"说完,他们就在那里找了一块稍高的地方,煨起了一堆很大的松柏桑,祈求了本地的山神和土地神,请他们把白色的母狮请回来,祈求母狮赐予他们白色的母乳。二人嘴里不停地念诵着白色母狮的祷文。没过多久,他们看见从上部大山里走来了一只白色的母狮。这时,赤帮麻赖说道:

> 白色母狮请您听,
> 请您听呀我来说!
> 您是万兽守护者,
> 猛兽之王就是您,
> 请将白乳赐予我。

赤帮麻赖说道:"白色母狮请您听,请您听呀我来说! 您是万兽的守护者,您是十万猛兽之王,今天我们在这里向您祈求白色的乳汁!"

说完,那头白色的母狮,脚步轻盈地来到了他们面前。白色的母狮对他们说道:

> 不一般的二将领,
> 你们听呀我来说!
> 你们二位哪里来?
> 这是又到哪里去?

白色的母狮对他们说道:"非同一般的二位将领,你们听呀我来说! 你们二位是从哪里来的? 这是又要到哪里去呀?"

赤帮麻赖听后说道:

　　　　　　　　百兽之王请您听，
　　　　　　　　请您听呀我来说！
　　　　　　　　我们是从朗部来，
　　　　　　　　格萨尔王是我王。
　　　　　　　　格萨尔王派我来，
　　　　　　　　要去里域有要事。
　　　　　　　　人困马乏稍休息，
　　　　　　　　想在此地熬壶茶。
　　　　　　　　熬壶茶呀没奶乳，
　　　　　　　　为此念诵祈祷文，
　　　　　　　　祈求白狮赐奶乳。

　　赤帮麻赖听后说道："百兽之王请您听，请您听呀我来说！我们是从阿朗部来到这里的，现如今格萨尔王是我们的首领。格萨尔王下了旨意派遣我们来这里，我们来这里是要去里域部落，去那里办很重要的事！最近我们走了很多的路程，感觉人困马乏了，想在这里稍稍休息一下，熬一壶奶茶，可是没有奶乳。所以，我们念诵了祈祷文，祈求您万兽之王赐予我们您的奶乳吧！"白色的母狮听后，就让他把茶壶拿过来。当赤帮麻赖把茶壶放到母狮旁边后，一股白色的狮乳直接流入了茶壶里。这时，白色母狮说道：

　　　　　　　　二位将领你们听，
　　　　　　　　你们听呀我来说！
　　　　　　　　我的奶乳有一壶，
　　　　　　　　你们二位请享用，
　　　　　　　　我要即刻去大山。

白色母狮说道："二位将领你们听,你们听呀我来说! 我给了你们大约刚好一茶壶的奶乳,足够你们二位享用了。我现在即刻就要回大山里去了!"说完,白色母狮就向着大山走去了。

这时,他们就往茶壶里的母狮奶乳中放了茶叶、盐巴,在壶底烧起了火。没过多久,一壶香喷喷的奶茶就熬好了。

这时,赤帮麻赖说道:

诺布才让请你听,
请你听呀我来说!
香甜茶水已熬开,
要去里域很艰难。
头茶供奉天王神,
二茶供奉财宝神,
三茶供奉龙王神,
再来供奉本地神,
还要供奉众鸟类,
再要供奉众猛兽,
供奉一切众神灵。
再次供奉给神殿,
还要供奉那佛殿。
一切供奉完成后,
我们自己才能喝。

赤帮麻赖说道:"诺布才让请你听,请你听呀我来说! 香甜的奶茶水已经熬好。我们这次去里域部落不是一件容易的事啊! 所以,我们用松柏树的树枝将头茶供奉给上部天王神、二茶供奉给中部财宝神、三茶供奉给下部龙王神,还将茶一一地供奉给本地所有的神灵,还要供奉这里所有的鸟类,供奉给所有的猛兽,供奉众神灵,再供奉给神殿和佛殿,四面八方所有的神灵都要进行叩拜。等这一切供奉完成后,我们再慢慢享用呀!”

说完,他们就用松柏树的树枝将头茶供奉给了上部天王神、二茶供奉给了中部财宝神、三茶供奉给了下部龙王神,还将茶一一地供奉给了本地所有的神灵、所有的鸟类和猛兽、神殿和佛殿、四面八方所有的神灵、格萨尔王。等这一切供奉完成后,他们才坐下来开始慢慢享用喷香的奶茶。

过了一会,赤帮麻赖对诺布才让说道:

> 诺布才让请你听,
> 请你听呀我来说!
> 香茶我们已享用,
> 我去备马再备鞍。
> 您将茶具来收拾,
> 壶中茶渍别乱倒,
> 平均分配到三石。
> 三石之中有灶神,
> 茶叶供奉给灶神,
> 然后我们就启程。

赤帮麻赖对诺布才让说道:“诺布才让请你听,请你听呀我来说! 醇香的奶茶我们已经享用了,现在我去备马再备鞍,你把我们的茶具都收拾一下呀! 切记! 不要把壶中的茶叶随意地乱倒呀! 要把茶叶平均地分配给每一块石头,这三块石头之中就有我们的灶神,把这些茶叶供奉给灶神,等收拾妥当之后我们就启程呀!”说完,赤帮麻赖去牵马了,诺布才让将茶壶中剩余的茶水和茶叶平均分配后,倒在了三块灶石上,又收拾了帐篷和驮子。他们牵回了马匹,再给马匹备了鞍,驮上驮子之后,就骑上各自的骏马出发了。

> 骑着各自骏马走,
> 向着下方走去时,
> 铁匠老人在哪里?
> 骑着马儿左看看,
> 骑着马儿右瞧瞧,
> 上下左右去探探。
> 俯首遥望那下方,
> 能见之地有人烟,
> 不止一人有很多,
> 我们赶紧去看看。
> 那里有人向上去,
> 也有人群向下走,
> 人们穿梭很忙碌,
> 不知他们在干嘛?
> 我们过去看一看。

他们骑着各自的骏马出发了,他们向着下方走去时,到处都没有发现铁匠老人的身影,他到底在哪里呢? 于是,他们骑着马儿左看看,右瞧瞧,前后左右地去探察,还是没有看见铁匠老人在哪里。他们俯首遥望那下方时,在目之所及的地方看到往来穿梭的人们,有的向着上方走,有的朝着下方去,也不知道他们到底在干什么?"干脆我们现在就过去看一看呀!"说完,他们就骑着各自的骏马,向着下方走去。

我们骑马去下方，
那里人们忙什么？
走到下方上下找。
向着上方看去时，
铁匠老人在这里。

　　他们看到下方有不少人在忙碌。于是，二人骑着各自的快马去下方查探，那里的人们忙着做生意。他们去了那里之后，从上到下地寻找着铁匠师傅，他们走了好多个地方怎么也找不到铁匠老人。这时，他们询问了路边的老人，向他打听情况。

　　赤帮麻赖对老人说道：

老人老人请您听，
请您听呀我来说！
我们是从朗部来。
此地就是里域部，
里域就在我上方。
我有要事想问您，
我在寻找一老人，
打铁手艺数第一，
您若知道请指路，
我们给您添麻烦。

　　赤帮麻赖对老人说道："老人老人请您听，请您听呀我来说！我们是从遥远的阿朗部来到这里的。这里就是里域部吧？里域部就在阿朗部的上方，我们在里域部的下边，说起来我们也是邻居呀！今天我有一件很重要的事想问问您呀！我到你们里域部

来是寻找一位老人的,听说他的打铁手艺在你们这里是数第一
的,您若知道他在哪里就请您给我们指条路吧!我们给您添麻
烦了!"

　　那位老人听后说道:

二位将领你们听,
你们听呀我来说!
我们这里是里域,
里域部落好手艺。
您俩是从朗部来,
路途遥远不容易。
现在我就告诉您,
铁艺师傅有很多。
您去下方看一看,
那里铁艺很精湛。
有位老人手艺佳,
他的手艺数第一。
我就只能说这些,
其他情况我不知。
要去那里路途远,
二位即刻就启程。
若是天黑路难行,
下方盗贼有不少,
二位千万多保重。

　　那位老人听后说道:"二位不一般的将领你们听,你们听呀我
来说!你们说得没错,我们里域部的手工艺水平发达,盛产手艺

人。您俩从遥远的阿朗部来到这里,路途遥远很不容易呀!现在
我就告诉你们,我们里域部的铁艺师傅不是凤毛麟角,而是浩若繁
星,艺人们精通各种手艺!据你们所言,你们是想找铁艺技术精湛
的人,你们不妨去下方看看,手艺最好的当属一位老者。不过我就
只知道这些了,其他的情况,我不清楚啊!你们最好马上出发,天
黑之后路上不安全,经常有强盗抢夺别人的财物,你们二位要当
心啊!"

　　赤帮麻赖听了老人的这番话之后,说道:

　　　　　老人老人请您听,
　　　　　请您听呀我来说!
　　　　　您的话语没过错,
　　　　　千真万确无疑虑。
　　　　　非常感谢老人家,
　　　　　我们找他有要事。
　　　　　今天必须去找他,
　　　　　下方盗贼不用怕,
　　　　　我们手中有弓箭,
　　　　　身经百战武艺高,
　　　　　区区盗贼不用怕!
　　　　　既然下方路难行,
　　　　　我们即刻就启程,
　　　　　天黑之前到那里。

　　赤帮麻赖听了老人的这番话之后,说道:"不一般的老人请您
听,请您听呀我来说!您说的话语没有过错,千真万确是对的,我
们没有疑虑呀!今天我们非常感谢您能告诉我们这些情况,我们

找他的确有很重要的事,我们今天必须要去找他呀! 只要能找到
铁艺老人,再大的困难我们也要克服。您说下方有盗贼,这件事您
就不用担心呀! 我们手中有弓箭,而且我们身经百战满身武艺,区
区几个盗贼不在话下呀! 既然下方路途遥远又不好走,那我们现
在就启程去下方,天黑之前我们要赶到那里呀!"说完,他们向老人
道别之后,骑着各自的骏马向着下方走去。

　　这时,诺布才让对赤帮麻赖说道:

<blockquote>

赤帮麻赖请您听,
请您听呀我来说!
他说下方有盗贼,
我们赶紧去下方,
天黑之前到那里。
俯首遥望那下方,
不少房屋在下方,
我们快快去探访。

</blockquote>

　　诺布才让对赤帮麻赖说道:"赤帮麻赖请您听,请您听呀我来
说! 他说下方有不少盗贼经常抢夺别人的财物,我们赶紧去下方
吧,天黑之前我们到那里呀! 俯首遥望那下方,那里有不少的房
屋,我们快马加鞭赶去那里探访一番!"说完,他们策马扬鞭,飞奔
而去。走近一看,那里有一座城堡,城堡内有很多人在忙碌。

　　这时,赤帮麻赖说道:

<blockquote>

诺布才让请你听,
请你听呀我来说!
我们已经到城堡,

</blockquote>

这里商户有不少。
我们进城看一看，
城堡里面有作坊。
高大库房在那边，
库房门口有老人，
两鬓白发是库管。
早晨沿街去上方，
此处铁匠有很多；
中午沿街去中部，
那里作坊有很多，
此处铁匠也不少；
下午沿街去下方，
那里作坊也不少。
顺着街道上下看，
铁艺作坊有很多，
铁艺老人在哪里？
我们去那上方寻，
看看那里有没有？
上部那里没找到。

  赤帮麻赖说道："诺布才让请你听，请你听呀我来说！我们已经到了城堡呀！这里的商户有不少，我们进城看一看！这座城堡里面也有很多个作坊。那边有高大库房，门口站立一位两鬓斑白的老人，此人就是库管员。早晨我们顺着街道去了上方，这里有很多的铁匠；中午我们顺着街道去了中部，那里也有很多的作坊；下午我们顺着街道去了下方，那里也有不少的作坊。但就是找不到我们要找的铁艺老人，他到底在哪里呀？"这时，他们来到一家作坊门口，那里有一位年纪不大的铁艺人，赤帮麻赖对他问道：

> 铁艺师傅请您听，
> 请您听呀我来说！
> 你们这里铁匠多，
> 我们要找的艺人，
> 年事已高是老人，
> 这位老人在哪里？
> 请您给我指条路，
> 为此我们感谢您。

赤帮麻赖对他问道："铁艺师傅请您听，请您听呀我来说！你们这里有许多的铁艺作坊，我们上上下下地寻找了好久也没有找到我们要找的那位技艺精湛的铁艺艺人。他年事已高是位老人，您能告诉我这位老人在哪里吗？请您给我们指条明路吧！我们会感谢您的！"

铁艺老人听了赤帮麻赖的这番话之后，说道：

> 二位将领你们听，
> 你们听呀我来说！
> 铁艺老人在下方，
> 下方有座大作坊。
> 作坊建筑是白色，
> 作坊背后是库房。
> 作坊屋顶有特色，
> 屋檐好比是弓箭。
> 那里就有铁艺人，

过去那里看一看。

铁艺老人听了赤帮麻赖的这番话之后,说道:"二位将领你们听,你们听呀我来说! 我们这里铁艺作坊有很多,也有不少的铁艺人,不知道您俩要寻找的是哪位? 如果说是手艺数第一的老人有一位,您俩沿着这条巷一直去下方,下方那里有一座大作坊。那是一座白色的作坊,作坊的背后有一间很大的库房。作坊的屋顶最有特色,房屋的屋檐好似一张弓。那里就有一位铁艺人,估计你们寻找的铁艺人就是他,您俩过去看一看呀!"

赤帮麻赖和诺布才让听了这番话之后,就沿着这条巷子向着下方找去。到了下方,果然看见了一座白色的房屋,那作坊的屋顶好似一张拉开的弓。于是,他们就走了进去。看见那里有一位老人正在那里忙碌着做工。这时,赤帮麻赖说道:

> 铁艺老人请您听,
> 请您听呀我来说!
> 我们是从朗部来,
> 朗部士兵没武器。
> 听说老人做武器,
> 我们便来寻访您。
> 朗部士兵需弓箭,
> 请问老人有没有?
> 若有我们付工钱,
> 若无就请做弓箭。
> 我们需要万张弓,
> 我们需要万支箭,
> 我们需要万只矛,

我们需要万把剑，
就请老人说句话！

赤帮麻赖说道："铁艺老人请您听，请您听呀我来说！我们是从遥远的阿朗部来到这里的，我们阿朗部的士兵现在没有武器。听说您老人家在这里做武器，也在出售武器。所以，我们便来寻访您老人家呀！我们阿朗部的士兵需要弓和箭，请问老人家，您这里有没有？如果有的话就卖给我们吧！我们会付给您工钱的！如果没有的话，那就请您给我们做弓箭吧！我们阿朗部需要一万三千张弓，需要十万支箭，我们还需要一万三千只矛和剑，老人家您看行不行？给我们回个话，好吗？"

铁艺老人听后说道：

二位将领你们听，
你们听呀我来说！
您俩先请进屋来，
坐下休息喝口茶。
您俩是从朗部来，
朗部到此很遥远。
朗部士兵没武器，
没有武器也难怪。
朗部士兵没有箭，
朗部士兵没有弓，
朗部士兵没有矛，
朗部士兵没有剑。
没有武器不算兵，
这里武器品种多，

不知你们要哪种？
就说弓箭矛三样，
品种繁多不好选，
剑的品种也很多，
不知你们要哪种？

铁艺老人听后说道："二位将领你们听，你们听呀我来说！您俩先请进屋来，坐下休息一会儿，喝口茶呀！您俩从阿朗部来到这里路途很遥远呀！如今你们阿朗部的士兵没有武器也难怪呀！你们阿朗部的士兵没有箭、没有弓、没有矛、没有剑。士兵没有武器那还算什么兵呀？我这里武器品种有很多，不知道你们要的是哪种？就说弓、箭、矛这三样吧，品种繁多你们不好选，就剑的品种也有很多，不知你们要的是哪种？"

赤帮麻赖听后说道：

铁艺老人请您听，
请您听呀我来说！
您的话语没有错，
朗部士兵没武器，
没有武器不算兵。
您说这里有武器，
听了让人很开心。
既然品种这么多，
我们朗部有说法：
箭头就像马耳朵，
矛头也像马耳朵，
剑体需要长三肘，

剑宽需要宽三指，
剑柄需要握三把。
光说不看不知道，
我们去到武器库，
现场看了再决定。
我说这话对不对，
请您给我回句话。

赤帮麻赖听后说道："铁艺老人请您听，请您听呀我来说！您的话语没有错，现如今我们阿朗部的士兵没有武器，没有武器就等于没有战斗力，就算不上是士兵呀！您说你们这里有很多的武器，听了您的这些话让人感觉很开心呀！既然品种这么多，那我说说我们阿朗部喜欢的兵器呀！箭头和矛头就像是马的耳朵，剑体需要三肘长，剑宽需要三指宽，剑柄需要三把握，这就是我们阿朗部士兵喜欢的武器呀！光说不看不知道，我们去到武器库，现场看了再决定。我说这话对不对，请您给我说句话呀！"

铁艺老人听后说道：

二位将领你们听，
你们听呀我来说！
你们所需箭头多，
你们所需矛头多，
你们所需长剑多，
需要武器千万件。
我们现在去房内，
我把铁匠都叫来，
按照您的要求做。

铁艺老人听后说道:"二位将领你们听,你们听呀我来说！你们阿朗部所需要的箭头、矛头数量这么多,你们所需要的长剑也这么多,而且剑的长短宽窄都有要求。你们这次需要的武器数量庞大呀！你们现在就去房内休息,我去把我们这里所有的铁匠都叫来,叫来后就按照你们的要求,大家一起做呀！"

铁艺老人把赤帮麻赖和诺布才让请到房间内后,吩咐手下人说道:

> 烧起上中下三灶:
> 上灶锅里煮上肉;
> 中灶锅里酿上酒;
> 下灶锅里熬上茶。
> 他们二位住这里,
> 是从朗部来这里。
> 路途遥远不容易,
> 他们肯定肚子饿,
> 马匹定是肚子饿。
> 马厩里面给嫩草,
> 给他二位端食物。
> 要端食物有三道:
> 一道要把肉端上;
> 二道要把酒端上;
> 三道要把茶端上,
> 酥油糌粑要端上,
> 你们二位请慢用。

铁艺老人与二位将领寒暄了一会,就吩咐手下人,赶紧烧起上、中、下三灶：上灶锅里煮上肉，中灶锅里酿上酒，下灶锅里熬上茶！给马匹喂饱草料。铁艺老人说道："呀，我们这里的习俗是给尊贵的客人端茶时有讲究的，端茶时要上三道：一道是要把美味的肉端给客人吃；二道是要把醇香的美酒端给客人喝；三道是要把香甜的奶茶端给客人喝，还要把酥油糌粑端上来给客人用呀！现在请二位不要着急慢慢地一边吃一边喝呀！"

这时，赤帮麻赖说道：

> 铁艺老人请您听，
> 请您听呀我来说！
> 你们这样招待我，
> 我们心中有愧疚。
> 我们来了添麻烦，
> 你们还来招待我，
> 心中实在是感激。

这时，赤帮麻赖说道："铁艺老人请您听，请您听呀我来说！今天我们被当作最尊贵的客人，实在是愧不敢当啊！我们的到来给你们增添了不便和麻烦，而你们却用如此高的规格接待了我们，真是愧不敢当，太感激了啊！"

说完，他们大家坐在一起，吃着美味的肉，喝着醇香的酒，吃着糌粑喝着奶茶，相互敬酒又敬茶。过了好一会儿之后，赤帮麻赖对铁艺老人说道：

> 老人老人请您听，
> 请您听呀我来说！
> 美味好肉已吃完，

> 醇香美酒已喝完，
> 香甜奶茶已喝完，
> 酥油糌粑也吃完，
> 万分感谢老人家。
> 万件武器尽快做，
> 十万箭头即刻做，
> 万件矛头马上做。
> 我们朗部事宜多，
> 没有时间再等待。
> 拜托老人您做主，
> 尽快召集众匠人。

赤帮麻赖对铁艺老人说道：“非同一般的老人请您听，请您听呀我来说！我们吃到了美味的肉，品尝了醇香的美酒，喝完了香甜的奶茶，吃过了酥油糌粑，一切都很美好，感谢款待呀！我们需要的千万件武器，请你们现在就着手制作啊！阿朗部的事还有很多没有办好，我们没有太多的时间在这里等待，请各位匠人多多理解与体谅，这件事就全权委托给您老人家啦，一切用度由您做主，拜托您老人家啦！”铁艺老人听后，赶紧打发手下的小伙计去召集那里所有的匠人。等把所有的匠人请来后，铁艺老人对他们说道：

> 所有匠人听一听，
> 听一听呀我来说！
> 朗部来了二将领，
> 他们所需箭头多，
> 箭头就像马耳朵。

他们所需矛头多，
矛头也像马耳朵。
他们所需长剑多，
剑体需要长三肘；
剑宽需要宽三指；
剑柄需要握三把；
需要武器千万件，
时间紧呀任务重。
大家各自作坊内，
即刻开工去打造。
不让大家白忙活，
完成打造有工钱。

　　铁艺老人对所有的工匠们说道："所有匠人听一听，听一听呀我来说！从我们下部的阿朗部来了两位将领，他们所需的箭头有很多，箭头要做得像马耳朵。他们所需要的矛头也很多，矛头也要做得像马耳朵。他们所需的长剑也很多，剑体做成三肘长；剑宽做成三指宽；剑柄做成三把能握住呀！他们需要的武器有千万件，大家抓紧时间，做出来的武器越多越好，现在时间紧，任务重。大家就回去到各自的作坊内加紧去做，做好多少就先赶紧送到我这里来，我集中保管呀！我们大家现在就开工忙碌起来吧！他们不会让大家白忙活的，完成打造后有工钱付给你们大家的！"工匠们听完这些话后，各自回到作坊后就开始热火朝天地打造兵器。赤帮麻赖和诺布才让走访到附近的大小作坊，看见每家作坊的炉子都烧起来了，家家户户的院落内发出叮叮当当的打铁声，这下赤帮麻赖和诺布才让的心才算放下了一点。

　　之后的很多天里，大家都在兢兢业业地打造兵器。

在一个阳光明媚、风和日丽的早晨,铁艺老人来到他们的住处说道:

> 二位将领你们听,
> 你们听呀我来说!
> 所需武器已做成,
> 十万箭头已做完,
> 万件矛头已完成,
> 万件长剑已完成,
> 所有武器都完成。
> 二位将领去检查,
> 是否能达到要求?
> 武器质量怎么样?
> 再看数量够不够?
> 二位将领请验收。

铁艺老人来到他们的住处说道:"二位将领你们听,你们听呀我来说!经过所有匠人多天的努力,你们所需的武器已经全部做好了呀!我今天是来邀请你们二位将领去看一看呀!你们需要的十万支箭头已经做完了,一万三千件矛头已经完成了,一万三千件长剑也已经完成了,你们要的所有武器按照规格都已经完成了,现在请你们二位将领去检查一下,看看是否符合你们的要求?武器的质量怎么样?再看看数量够不够?请二位将领去验收呀!"赤帮麻赖听后说道:

> 铁艺老人请您听,
> 请您听呀我来说!

你们大家辛苦了，

昼夜不停在打造，

我们现在就去看。

赤帮麻赖听后说道："铁艺老人请您听，请您听呀我来说！你们大家都辛苦了，我知道你们大家最近昼夜不停地在打造，才在这么短的时间内全部打造完成了，这也全部归功于您的操劳和帮助呀！那我们现在就去看一看呀！"说完，他们三人就前往库房验货了。当他们走进库房时，就看见库房里整齐地码放着十万件箭头，赤帮麻赖拿起一支箭头仔细打量，箭头的做工非常漂亮，打造得光滑平整，形状就像马耳朵，大小重量都非常合适；在库房的另一边，整齐地摆满了矛头，赤帮麻赖又拿起一支矛头仔细地看了看，矛头做工非常精美，矛尖锋利，矛中宽大，矛根细小，矛头的整体大小长短都非常适合；他又转向另一边，看见那里整齐地摆放着一摞长剑，剑鞘做得精美华丽，雕工精细，拔出长剑一看，剑体足有三肘长，剑宽有三指宽，剑柄刚好三把能握得住，剑刃闪着寒光，无比锋利。赤帮麻赖看到这儿，很满意地对铁艺老人说道：

铁艺老人请您听，

请您听呀我来说！

箭头做工没得说，

矛头做工很精细，

长剑做工很精美，

您把价格说一说。

赤帮麻赖对铁艺老人说道："铁艺老人请您听，请您听呀我来说！箭头做工没得说，矛头做工很精细，长剑做工很精美，现在您把这些武器的价格说一说呀!"

铁艺老人听后报出了这些武器的价格。赤帮麻赖压低了一点价格,老人没有同意。诺布才让请来几位当地德高望重的老人,对双方的价格进行了评议之后,双方达成了一致。

这时,赤帮麻赖对铁艺老人说道:

> 铁艺老人请您听,
> 请您听呀我来说!
> 这次大家辛苦了,
> 早晨黎明天亮时,
> 我们尽快去朗部,
> 没有时间再耽误。
> 你们还得帮一事,
> 这里箭头有十万,
> 这里矛头有万只,
> 这里长剑有万把,
> 我们无法带回去,
> 烦请给我帮帮忙,
> 我们即刻回朗部。

这时,赤帮麻赖对铁艺老人说道:"铁艺老人请您听,请您听呀我来说!这次大家帮我们打造武器辛苦了,谢谢你们啊!明天早晨天亮时,我们就要回阿朗部去了,现如今我们阿朗部有太多的事要去做呀!我们没有更多的时间再逗留耽误了。现在我还有一事请你们帮一帮呀!这里箭头有十万只,矛头有一万三千只,长剑有一万三千把,这么多的武器,我们就两匹马是无法带回去的。所以,烦请大家再帮我一个忙,你们能不能帮忙送到我们阿朗部呀?

这样我们才能把这些武器带回去呀！拜托大家了！"

铁艺老人听后说道：

> 二位将领你们听，
> 你们听呀我来说！
> 你们话语没有错，
> 千真万确是真理。
> 如若我们不帮忙，
> 你们无法回朗部。
> 早晨太阳升起时，
> 我们都会来帮忙，
> 想方设法帮送货。

铁艺老人听后说道："二位将领你们听，你们听呀我来说！你们说的话语是对的，千真万确没有错呀！如若我们不来帮你们，您俩是没有办法带着这么多武器回到阿朗部的呀！明天早晨太阳刚刚升起时，我们大家来给您帮忙呀！设法让您带走这些武器呀！"

到了第二天早晨，天蒙蒙亮时，铁艺老人找来了他们这里的很多人，他们有些人牵着马，有些人赶着牛，来到武器存放点门口后，就将这些武器分门别类地打包，有些武器驮到了马背上，有些武器驮到了牛背上。等把所有的武器打包完成时，太阳已经到了中午时分。

这时，赤帮麻赖对铁艺老人说道：

> 铁艺老人请您听，
> 请您听呀我来说，
> 这次让您受累了！

没有时间再耽误，
我们现在就启程。
再见好心老爷爷，
再见善良的老人，
再见所有铁艺人。

这时，赤帮麻赖对铁艺老人说道："铁艺老人请您听，请您听呀我来说！这次真的让您受累了，没有您的帮助我们很难完成使命的！现在我们已经没有很多时间再耽误了，我们现在就启程呀！再见了好心的老爷爷，再见了善良的老人，再见了这里所有的铁艺人！祝你们健康又长寿呀！"

说完，他们赶着牦牛，牵着马匹，缓缓地向着阿朗部的方向出发了。

你牵马匹我赶牛，
缓步向着上部去，
走着走着去上部。
上部蜿蜒走小路，
驮队见首不见尾，
牛马背上有辎重，
大队人马要慢行。
走到上部那大滩，
蜿蜒小路变大路。
所有驮队要慢行，
一旦牛马受惊吓，
不但辎重受损失，
牛马人员有凶险，

为此驮队要缓行。

就这样你牵着马匹我赶着牛，整个驮队一步一步缓缓地向着上部进发，他们走着走着就到了上部。上部没有开阔的大道，只有蜿蜒的小路，驮队走在小路上时，只能排着长长的队列，远远望去，就像一条盘龙一般，多得见首不见尾，而且牛背和马背上驮着辎重。赤帮麻赖再三地要求大队人马一定要慢行！他们走了好久，就来到了上部的一片大滩上，顿时蜿蜒的小路变成了大路。这时，赤帮麻赖又要求所有的驮队要慢行，牛马到了大路上一旦跑起来，或者是受到惊吓，不但辎重受损失，牛马人员也会有凶险，为此驮队要缓行呀！

就这样，他们在路途中走了好几天，终于快要到达阿朗部的地界了。

第三节　满载而归迎将领

就在赤帮麻赖和诺布才让他们赶着牦牛，牵着马匹，带着辎重快要到达阿朗部时。格萨尔王和所有的将领们都在城堡内日日盼，夜夜盼，盼望着他们能顺利地把武器带回来。

这一天，齐项丹玛又派遣包日包当和扎西什德去下部察看。

齐项丹玛对包日包当和扎西什德说道：

包日包当请您听，
扎西什德请您听，
你俩听呀我来说！
你俩下部瞧一瞧，

赤帮麻赖来了没？
诺布才让来了没？
你们即刻去下方，
去到下方看一看！

有一天，齐项丹玛说道："包日包当、扎西什德你俩听，你俩听呀我来说！你们今天再去下方瞧一瞧呀！赤帮麻赖和扎西什德去北方购买兵器已经这么多天了，还没有回来呀！今天你们再去下方看一看，我感觉这几天他们就会到来呀！"

包日包当和扎西什德听了齐项丹玛的这番话之后，就带着阿朗部的几位将领，骑着各自的骏马向着下方飞奔而去。他们来到下方的那个小山丘上，向着下方望去时，看见下方有很多的驮队向着阿朗部而来。远远望去，队伍中有马匹，也有牦牛，缓缓地向着城堡方向走来。

他们看到这一切之后，就骑着马匹向着城堡方向飞奔而来。对齐项丹玛禀报道：

齐项丹玛请您听，
请您听呀我来说！
我们去到小山丘，
向着下部看了看，
看见驮队来这边。
这支驮队真奇怪，
有牛有马也有人，
驮的驮来背的背，
步态缓慢这边来。
赤帮麻赖要来了！

> 诺布才让要来了！
> 驮队过处尘土扬，
> 尘土飞扬这边来，
> 为此向您来禀报。

包日包当对齐项丹玛禀报道："齐项丹玛请您听，请您听呀我来说！我们按照您的吩咐去到下部的那个小山丘上向着下部看了看，看见有一支驮队从下部向着我们这边走来，这支驮队还有点奇怪呀！驮队中有牛有马也有人，驮的驮着，背的背着，步态非常缓慢地向着这边走来。看这个情况大概是我们的赤帮麻赖和诺布才让要来了！驮队走过的地方到处尘土飞扬，看似驮队中牛马有不少呀！为此我们赶快跑回来向您禀报呀！"

齐项丹玛听后说道：

> 包日包当请您听，
> 请您听呀我来说！
> 大家赶紧去准备，
> 备好土灶上中下：
> 上灶锅里酿上酒；
> 中灶锅里熬上茶；
> 下灶锅里煮上肉。
> 去了里域二将领，
> 很快就要到城堡，
> 我们门口去迎接。

齐项丹玛对包日包当说道："包日包当请您听，请您听呀我来说！赤帮麻赖和诺布才让马上就要到了，我们大家赶紧去准备呀！

烧起土灶上、中、下：上灶锅里酿上酒，中灶锅里熬上茶，下灶锅里
煮上肉。去了里域部的二位将领很快就要到城堡了，我们赶紧去
门口迎接呀！"

包日包当听后说道：

> 齐项丹玛请您听，
> 请您听呀我来说！
> 您的话语没有错，
> 千真万确是真理。
> 大家赶紧去准备，
> 备好土灶上中下：
> 上灶锅里酿上酒；
> 中灶锅里熬上茶；
> 下灶锅里煮上肉。
> 来的肯定是他们，
> 很快就要到城堡，
> 我们门口去迎接。

包日包当听后说道："齐项丹玛请您听，请您听呀我来说！您
的话语千真万确没有错。大家赶紧去准备，烧起土灶上、中、下：
上灶的锅里酿上酒，中灶的锅里熬上茶，下灶的锅里煮上肉。从下
部来的肯定是他们，他们很快就要到城堡门口了，我们大家出去迎
接他们呀！"

说完，那里的大小将领、大小措瓦的人们都熬茶的熬茶，酿酒
的酿酒，煮肉的煮肉。没过多久，二位将领赶着牦牛，牵着马匹，拉
的拉着，赶的赶着，驮的驮着，背的背着，浩浩荡荡地来到了城堡门
口。这时，在这里的人们从他们手中接过了缰绳，卸下了沉重的驮

子后,一起走进了城堡。

当他们二人落座时,茶也刚刚熬开,酒也刚刚酿好,肉也刚刚煮熟。于是,手下的将领们把刚刚熬开的茶,刚刚酿好的酒和刚刚煮熟的肉都一一地端到桌子上请他们享用,其他的老人们也围坐他们身旁问长问短,相互寒暄着。他们还热情款待了里域部帮忙送武器的那些人,喂饱了他们的牦牛和马匹,让这些人在阿朗部休整了几天,临走时,齐项丹玛和赤帮麻赖还给了他们一些钱粮作为他们返程的盘缠。

之后,齐项丹玛和包日包当等几位将领坐在一起商议道:"呀,现如今我们阿朗部所有的事都在一步一步地走向完善,虽然这次赤帮麻赖和诺布才让二位将领去里域部把箭头、矛头和长剑都带回来了,这些兵器还要进一步完善才行呀!"

包日包当听后说道:"呀,箭头需要箭杆和箭尾的羽毛呀! 光有箭没有弓还不行,我们还要做弓呀! 矛头还需要矛杆,找到矛杆还要系上红缨呀!"

这时,赤帮麻赖说道:"呀,几位将领说得是,不过不用担心这个问题! 我们负责把箭头和矛头分发给士兵,他们就会各自寻找称手又美观的材料将武器制作完成的,不用我们找工匠集中制作!"

扎西什德听后说道:"呀,几位将领说的都对呀! 那我们从明天开始就让各小组的大小将领来这里领取各自小组的武器,让他们自己去完成制作呀!"

到了第二天早晨,他们就吩咐部队中的各小组将领前来领取了各自小组的兵器后,各自回去制作武器。阿朗部城堡门前的广场上顿时变得热闹起来了。有的士兵在做箭杆,有的士兵在做箭尾,还有的士兵在做矛杆,有的士兵在做红缨,还把矛杆染成了一圈一圈红色的花纹。那边还有不少士兵在做弓,他们在那里烧起了很多大大小小的火堆,将从山里背来做弓的材料,在火堆中煨热后,挽弩的挽弩,做成龙骨形状,还有的在弓上拉上弓弦。就这样,在几位大将领的指导和带领下,没过几天,他们就把所有的兵器都制作完成了。

有了兵器和骏马的士兵看上去更加英姿飒爽,威武雄壮了。到了第二天早晨,金色的太阳刚刚从东方升起,齐项丹玛、赤帮麻赖、包日包当和扎西什德他们向格萨尔王禀报情况。

齐项丹玛说道:

> 格萨尔王请您听,
> 请您听呀我来说!
> 赤帮麻赖去里域,
> 如今已经回来了。
> 十万箭头带来了,
> 上万矛头带来了,
> 万把长剑带来了。
> 我们朗部百业兴,
> 朗部诸事已完成,
> 格萨尔王下旨意。

齐项丹玛对格萨尔王说道:"格萨尔王请您听,请您听呀我来说! 前一段时间赤帮麻赖去了里域部,如今他已经回来了。他去里域部把十万只箭头带回来了,一万三千个矛头也带回来了,一万三千把长剑都带回来了。我们对这些武器进行了整理归类后分发给了每一位士兵,现在我们阿朗部百业待兴,阿朗部诸事已完成,请格萨尔王下旨意呀!"

格萨尔王听了禀报后说道:

齐项丹玛请您听，
请您听呀我来说！
今天是个好日子，
朗部吉祥又如意。
我们朗部事繁多，
魔王不久要来犯。
我们建军已完成，
若是魔王来犯我，
我们必须去回击！
早晨太阳升起时，
你们去那神山顶，
神山峰顶煨堆桑，
桑烟供奉有三祭：
一祭上部天王神，
二祭中部财宝神，
三祭下部龙王神，
供奉山神和家神，
供奉灶神土地神，
如若不祭事难成！
从未挂过的佛像挂一挂！
从未敲过的战鼓敲一敲！
从未吹过的海螺吹一吹！
要把所有民众来召唤，
要把大小将领来召唤，
要把大小措瓦来召唤，
请把一万三千士兵叫，
等到大家聚集时，

有话要对大家说！

　　格萨尔王对齐项丹玛说道："齐项丹玛请您听，请您听呀我来说！今天是个好日子，此时此刻吉祥又如意，这是我们阿朗部的好兆头呀！如今我们阿朗部事宜繁多，魔王扬言要来侵犯我们阿朗部呀！不过我们的建军大业基本上已经完成了，但下一步还要继续加强训练才是呀！如若有一天魔王要来侵犯，我们就必须狠狠地回击他呀！明天早晨太阳升起时，你们大家去神山的峰顶上煨一堆很大的松柏桑，用桑烟供奉上部天王神、中部财宝神、下部龙王神，还要供奉山神和家神，供奉灶神和土地神，供奉我们阿朗部的所有神灵！如若不祭事难成！再把从未挂过的佛像挂一挂！从未敲过的战鼓敲一敲！从未吹过的海螺吹一吹！要把我们阿朗部的所有民众、大小将领和大小措瓦的人们都召唤来！等到大家聚齐时，我有话要对大家说呀！"

　　众将领听了格萨尔王的这番话之后，说道：

　　　　　　格萨尔王请您听，
　　　　　　请您听呀我来说！
　　　　　　您的话语没有错，
　　　　　　千真万确是真理。
　　　　　　佛陀言语没过错，
　　　　　　上师话语无疑虑。
　　　　　　早晨太阳升起时，
　　　　　　我们去那神山顶。
　　　　　　神山峰顶煨堆桑，
　　　　　　再把海螺吹一吹，
　　　　　　还把佛像挂一挂，

还把战鼓敲一敲！
所有民众来召唤，
大小将领来召唤，
大小措瓦来召唤，
万人士兵来召唤！

众将领对格萨尔王说道："格萨尔王请您听，请您听呀我来说！您的话语无疑虑，千真万确是真理。您说的话就像佛陀说的话一样没有过错，也像上师所说的话一样没有疑虑！明天早晨太阳升起时，我们大家去神山的峰顶上煨一堆很大的松柏桑，再把从未挂过的佛像挂一挂，从未敲过的战鼓敲一敲，从未吹过的海螺吹一吹！要把我们阿朗部的所有民众、大小将领和大小措瓦的人们都召唤来，把一万三千名士兵也都叫到这里来呀！"

到了第二天早晨，太阳刚刚从东方升起，他们就去了神山顶上煨起了一堆很大的松柏桑，挂起了从未挂过的佛像，敲响了从未敲过的战鼓，吹响了从未吹过的海螺法号。没过多久，那里的人们都看见了松柏桑的桑烟，听到了海螺法号的声音、敲击战鼓的声音后，人们都聚集到城堡门口的广场上。当所有的民众、大小将领、大小措瓦的人们和一万三千名士兵都齐聚之后，格萨尔王说道：

所有民众听一听，
听一听呀我来说！
今天是个好日子，
朗部吉祥又如意。
建军大业已完成，
我们共同来检阅，
我们共同来见证！

如今朗部有兵马，
朗部诸事已办成。
所有民众来聚集，
要把朗部事宜议。
朗部举行赛马会，
庆贺朗部已强盛。
建军大业已完成，
国泰民安百业兴，
国富民强千家乐。
如若共同不商议，
朗部诸事不圆满。

　　格萨尔王对所有民众说道："所有民众听一听，听一听呀我来说！今天是个好日子，此时此刻吉祥又如意，这是我们阿朗部的好兆头呀！我们的建军大业基本上已经完成了，今天请大家来就是我们大家共同来检阅，我们共同来见证一下我们阿朗部的兵马呀！现如今我们阿朗部的诸多事宜都已经办成了。阿朗部国泰民安，百业兴旺，国富民强，千家同乐。所以，今天请所有的民众聚在一起，我们共同来商议如何举办盛大的赛马大会，来庆贺我们阿朗部的建军大业已完成的这件事呀！我们阿朗部遇到的所有大小事都要大家一起来商议，如果不采取大家的意见和建议，那么我们阿朗部的所有事宜不会圆满的呀！"

　　所有民众听了格萨尔王这番话之后，都赞不绝口："阿朗部自从阿古加党当了首领之后，我们的事业遭受了巨大的创伤和挫败。现在好了，有了伟大的格萨尔王之后，我们终于有了自己的牛羊，我们有了自己的军队。从今天开始，我们就不怕其他部落的侵犯和掠夺。为此，我们一定要按照格萨尔王的旨意，举行盛大的赛马大会,来庆贺我们阿朗部今天的强盛和安定的生活,对这件事所有的民众和大小措瓦的人们都没有任何的意见,就听格萨尔王和各位将领的旨意呀!"

　　格萨尔王听了民众的这番话之后,说道:

> 所有民众听一听,
> 听一听呀我来说!
> 既然大家没意见,
> 赛马大会要举办。
> 八月十五好日子,
> 赛马时间就这天。
> 我的话语对不对,
> 所有民众议一议。

　　格萨尔王听了民众的这番话之后,说道:"所有民众听一听,听一听呀我来说!既然大家都没有意见的话,庆祝我们阿朗部建军成功的赛马大会一定要举办呀!我看了一下时间,农历八月十五这一天是个好日子,举办赛马会的时间就定在这一天吧!我说的话语对不对,请所有的民众都议一议吧!"

　　所有的民众听后说道:

> 格萨尔王请您听,
> 请您听呀我来说!
> 您的旨意没有错,
> 千真万确是真理。
> 佛陀话语无过错,
> 上师所言无疑虑!

我们就按您旨意，
即刻就去做准备。

　　他们听了格萨尔王的这番话之后，说道："格萨尔王请您听，请您听呀我来说！ 您的旨意没有错，千真万确是真理。就像佛陀的话语无过错，就像上师的语言无疑虑！ 我们现在就按照您的旨意去做准备呀！"

　　所有民众和大小措瓦的人们跟着齐项丹玛和其他将领，检阅和视察了阿朗部士兵的阵容和武器之后，大家都赞不绝口，个个都竖起了大拇指。当他们视察结束后，人们也都各自返回了驻地。

　　之后，在齐项丹玛、赤帮麻赖、包日包当和扎西什德的带领下，大家紧锣密鼓地准备着农历八月十五要举办的赛马大会的各项事宜。

　　到了农历八月十五这一天，在阿朗部举行了声势浩大，有几万人参加的盛大的赛马大会，这次的赛马大会持续了好多天才结束。这次赛马大会的成功举办，标志着阿朗部的事业更上一层楼，再一次证明了阿朗部民众在格萨尔王的带领下，初步走向富裕、强盛的道路，也坚定了格萨尔王抑强扶弱、为民除害的决心和信心。

图书在版编目(CIP)数据

大战魔王部. 第一册 / 王永福说唱；王国明搜集整理. —上海：上海古籍出版社，2022.10
（土族《格萨尔》翻译系列丛书）
ISBN 978-7-5732-0495-0

Ⅰ.①大… Ⅱ.①王… ②王… Ⅲ.①土族-英雄史诗-中国 Ⅳ.①I222.74

中国版本图书馆 CIP 数据核字(2022)第 210363 号

土族《格萨尔》翻译系列丛书

大战魔王部

（第一册）

王永福　说唱

王国明　搜集整理

上海古籍出版社出版发行

（上海市闵行区景路 159 弄 1-5 号 A 座 5F　邮政编码 201101）

　　(1) 网址：www.guji.com.cn

　　(2) E-mail：guji1@guji.com.cn

　　(3) 易文网网址：www.ewen.co

上海惠敦印务科技有限公司印刷

开本 890×1240　1/32　印张 12.375　插页 2　字数 300,000

2022 年 10 月第 1 版　2022 年 10 月第 1 次印刷

ISBN 978-7-5732-0495-0

K·3289　定价：58.00 元

如有质量问题，请与承印公司联系